星星上的盐

鲍尔吉·原野 著

天津出版传媒集团
百花文艺出版社

图书在版编目（CIP）数据

星星上的盐 / 鲍尔吉·原野著. -- 天津：百花文艺出版社, 2022.8
ISBN 978-7-5306-8305-7

Ⅰ. ①星… Ⅱ. ①鲍… Ⅲ. ①散文集-中国-当代
Ⅳ. ①I267

中国版本图书馆 CIP 数据核字(2022)第 078656 号

星星上的盐
XINGXINGSHANG DE YAN
鲍尔吉·原野 著

出 版 人：薛印胜
策划统筹：薛印胜 王 燕
责任编辑：王 燕 徐 姗
装帧设计：彭 泽
出版发行：百花文艺出版社
地址：天津市和平区西康路 35 号 邮编：300051
电话传真：+86-22-23332651（发行部）
+86-22-23332656（总编室）
+86-22-23332478（邮购部）
网址：http://www.baihuawenyi.com
印刷：天津新华印务有限公司
开本：880 毫米×1230 毫米 1/32
字数：150 千字
印张：7.625
版次：2022 年 8 月第 1 版
印次：2022 年 8 月第 1 次印刷
定价：58.00元

如有印装质量问题，请与天津新华印务有限公司联系调换
地址：天津东丽开发区五经路 23 号
电话：(022)58160306
邮编：300300

序

如果打开一本散文集,看到目录上写着:春天序曲,日出,麦子,水 ,干草的香气,荷花,柳树,向日葵,夏天的光影,蚂蚁们,小虫,狗在人间,风的舞蹈 ,玉米,星星上的盐,鱼,光的翅膀……我会觉得宁静回到了身边,好像自己是多尾的金鱼,在清水里游弋。

大自然有它独有的喧闹,鸟儿啼鸣,雨水落在树叶上沙沙响,蚂蚁无休止的劳动,都在喧闹。但对人类来说,这些风景非常宁静。人厌倦了人间的喧闹,进入大自然的喧闹中反而感觉安静,这就是大地的治愈力。

是的,上面的目录是我这本书的篇目。尽管我是作者,但当我看到这些汉字排列在一起——天的光影,蚂蚁们,日出,麦子,水,星星上的盐,我觉得每一个字都很干净,这些字也会喜欢排列在一起。

在这本书里,没有一个字写勾心斗角,互相倾轧,没有哲理,说教和标语口号。鸟类、蚂蚁和月光都不需要说教,他们按着自己的轨迹轮回。

实话说,写大自然很困难。蚂蚁怎么写?阳光怎么写?写大自然至少需要三样能力:敏锐的观察力、熟练的描写能力、重要的是对万物的持久的爱。我不一定能做得好，但我一直在努力。

我愿意为这本书的读者带来一些清风明月的气息，如同掀开窗帘的一角，说，来看啊，窗外的风景多么清新，多么美丽！是的，大自然美不胜收，人即使用尽了全身的气力，他写的文章也比不上大自然的一株青草。在天地大美面前，艺术家常常是悲哀的。

鲍尔吉·原野

2022年6月

目录

春天序曲

早春

上午九点多，我到公园的树林里漫游。练拳的人见背剑的人往回走，问："咋不练了？"背剑者说："再过一会儿地就化泞了。"

我看脚下，地黑而润，像眨着苏醒的眼睛。眼下二月末，略观物候，冬天好像还没过去，但地润了。如果冰冻的大地开始化泞并撵走背剑的晨练人，不就开春了吗？

"春天"后面的字虽然叫"天"，但春从地里走过来，夏天、秋天和冬天都由土地裁决节令，包括长草、开花和封冻。天只是刮刮风而已。

我说的"略观物候"，是以冬日的麻木心态看风景。若细瞅——假如以小鸟精准的视力和盼春心态辨察周围，与隆冬已有不同，垂柳从行道树的褐黑中透出微黄，枝条软了。枝软比微黄更可作立春的证据。走在土上能觉出地厚，冻土跟钢铁差不多，没所谓薄厚。说到鸟，鸟比冬日更大胆活泼，灰喜鹊扑啦落在离人不远的地面打量周遭。我猜它想在地上打一个滚儿，来表达高兴的心情。灌木的枝丫还在尘埃里萧条，但叶芽在前端已露破绽，像用指尖捉一只蚂蚁；也像旧商人捏手指头谈价钱。灌木和春风讨价还价的结果是每枝萌发三十六片叶芽。

对敏感的人，春夜比白天更有微妙的变化。夜空广大澄明，星星好像换了一拨值夜者，个头矮，且陌生。春夜观天，如在海底仰望。月夜，像一块蓝玻璃盒子，动荡、有波纹（流星的身影）。春天的夜色堆在天上放不下，从边际的地方流淌人间。月亮表面好像包了一层透明的冰，比夏天还白净。

观物候，除草木的渐变，还有小孩的征象。孩子属于大自然而非社会。归大自然所管的孩子透露季节的变化。孩子在春天里好动，如实说是盲动。在公园和大街上玩耍的孩子，脸上的粉红与冬夏都不相同，他们把花先开在脸上。孩子眼里笑意更多，跟放假、天气和暖有关，跟春天更有对应的缘由。春让大地松软，让柳枝轻柔，孩子怎么会无动于衷？“天人合一”，原本在说孩子，他们元神饱满，比老年人更早与更多接到春天的暗示，筋骨难耐，最宜生发。

假如用中医诊脉的手法为树、小鸟和大地把一把脉，结论一定是春天到了。墒在土里行走，水在树皮里行走，还有看不到的东西在万物间膨胀勃发，它是领跑者和启动人。在春天，它的名字叫春。

“春江花月夜”这五个字写尽了所有良辰美景，打头的是一个“春”字。春如果不站在头一排，万物都跟不上来。我对名字里带“春”的人素有敬意。春把花朵、河开、雁来这些意韵浓缩成一个字——春。“春”在汉字里的读法也有诗意，是一个唇音，跟“吃”的音接近，跟“恩”的音也接近。春是庄稼人吃饱饭的第一道门槛，春对每个人都有大恩。吃唔恩——春。在春天，对着绿叶与小鸟念几声“春”，都让人心里轻快。

杏花露出了后背

“笃、笃、笃……”沉睡的众树木间响起了梆子。

梆子的音色有点儿空，缺光泽。是什么木的？胡琴桐木，月琴杉木，梆子约为枣木吧。

梆子一响，就该开始了。

“开始”了什么，我也说不清。本想说一切都开始了，但是有些虚妄。姑且说春天开始了。

梆子声是啄木鸟搞的，在西甲楼边的枯杨树上，它和枯树干平行。“笃……”声音传得很远，急骤，推想它脖颈肌肉有多么发达。

有人说，啄木鸟啄木，力量有 15 公斤；蜡嘴雀敲开榛子，力量有 20 公斤。好在啄木鸟没对人脑袋发力。

有了梆子，就有唱。鸟儿放喉，不靠谱的民族唱法是麻雀，何止唱，如互相胳肢，它们乐得打滚儿；绣眼每三分钟唱一乐句，长笛音色，像教麻雀什么叫美声；喜鹊边飞边唱，拍着大翅掠过树梢，像散布消息。什么消息？

——桦树林里出现一条青草，周围的还黄着。这条青草一米宽，蜿蜒（蜿蜒？对，蜿蜒）绿过去，像河水，流向柏油路边上。这是怎么回事儿？地下有什么？它们和旁边的青草不是一家吗？

——湖冰化水变绿，青苔那种脏绿。风贴水面，波纹细密，如女人眼角初起的微小皱纹。在冰下过冬的红鲤鱼挤到岸边唼喋，密集到纠缠的程度。

——柳枝一天比一天软，无事摇摆。在柳枝里面，冬天的干褐与春天的姜黄对决，黄有南风撑腰，褐色渐渐逃离。柳枝把袖子甩来甩去，直至甩出叶苞。

在英不落的树林里走，树叶厚到踩上去趔趄，发出翻书页的声音。蹲下，手拨枯叶能见到青草。像婴儿一样的青草躺在湿暗的枯叶下做梦，还没开始长呢？

英不落没有鹰，高大的白杨树纠结鸟巢，即老鸹窝。远看，黑黑的鸟巢密布同一棵树上，多的几十个，这些老鸹估计是兄弟姐妹。一周后，我看到鸟巢开始泛绿，而后一天比一天绿，今天绿得有光亮。这岂不是……笑话吗？杨树还没散叶，老鸹窝先绿了。

请教有识之士。答我，那是冬青。

冬青，长在杨树杈上，圆而蓬张？

再问有识之士。说，鸟拉屎把冬青籽放置杨树之上。噢。

在大自然面前，人无知的事情很多，而人也没能力把吃过的带籽的东西转移到树梢上发芽与接受光照。人还是谦虚点儿吧，“易”之谦卦，六爻皆吉。其他的卦，每每吉凶相参，只有谦卦形势大好，鬼神不侵。

啄木鸟的枯木梆子从早上七时敲响，我称之为开始。对春天，谁说“开始”谁不懂事儿。春天像太极拳的拳法一样，没有停顿、章节，它是一个圆，流转无尽，首尾相连。

林里，枯枝比冬天更多。拾柴人盯着地面东奔西走。杏树枝头的叶苞挣裂了，露出一隙棉花般的白，这是杏花白嫩的后背，现在只露出一点点。

春天喊我

街上有今年的第一场春雨。

春雨知道自己金贵，雨点像铜钱一般“啪啪”甩在地上，亦如赌徒出牌。

下班的人谁也不抱怨，这是在漫长的冬天之后的第一场天水；人们不慌张，任雨滴清脆地弹着脑门。在漫长的冬天，谁都盼着探头一望，黄土湿润了，雨丝随风贴在脸上。但是在冬天，即使把一瓢瓢清水泼在街上，也洒不湿世界，请不来春意，除非是天水。

然而在雨中，土地委屈着，浮泛腥气，仿佛埋怨雨水来得太晚。土地是任性的情人，情人总认为对方迟到于约会的时间。在犹豫的雨中，土地扭脸赌着气，挣脱雨水的臂膀。那么，在眼前已经清新的时刻，在小镜子似的水坑向你眨眼的时刻，天地融为一体。夫妻吵架不需别人苦劝，天地亦如此。

在下雨之前，树枝把汁水提到了身边，就像人们把心提到嗓子眼儿，它们扬着脖颈等待与雨水遭逢。我想，它们遭逢时必有神秘的交易，不然叶苞何以密密鼓胀。

路灯下，一位孕妇安然穿越马路，剪影如树的剪影。我坐在街心花园的石椅上，周围是恋爱的人。雨后的春花，花园中恋爱的人即使增加十倍也不令人奇怪。我被雨水洗过的黑黝黝的树枝包围了，似乎准备一场关于春天的谈话。树习惯于默不作声，但我怎能比树和草更有资格谈论春天呢？大家在心里说着话。起身时，我被合欢树的曲枝扯住衣襟。我握着合欢树的枝，握着龙爪槐的枝，趴在它们耳边说：“唔，春天喊我！”

春天是改革家

四季当中，春天最神奇。夏季的树叶长满每一根枝条时，花朵已经谢了，有人说，“我怎么没感觉到春天呢？”

春天就这样，它高屋建瓴。它从事的工作一般人看不懂，比如刮大风。风过后，草儿绿了；再下点儿雪，然后开花。之后，不妨春天再来点儿风，或雨，或雨夹雪，树和草不知是谁先绿的。河里的冰开化了，但屋檐还有冰凌。

想干啥干啥，这就是春天的作风。事实上，我们在北方看不到端庄娴静的春天，比如油菜花黄着，蝴蝶飞飞。柳枝齐齐垂在鸭头绿的春水上，苞芽鹅黄。黑燕子像钻门帘一样穿过枝条。这样的春天住在江南，它是淑女，适合被画成油画、水彩，被拍照和旅游。北方有这样的春天吗？没见过。在北方，春天藏在一切事物的背后。

在北方，远看河水仍然是白茫茫的冰带，走近才发现这些冰已酥黑，灌满了气泡，这是春天的杰作。虽然草没有全绿，树未吐芽，更未开花，但脚下的泥土不知从何时泥泞起来。上冻的土地，一冻就冻三尺，是谁化冻成泞？春天。

像所有大人物一样，春天惯于在幕后做全局性、战略性的推手。让柳叶冒芽只是表面上的一件小事，早做晚做都不迟。春天在做什么？刚刚说过，它让土地解冻三尺，是把冬天变成夏天——春天认为，春天并不是自然界的归宿，夏、秋和冬才是归宿或结果——这事还小吗？

春天既然是大人物，就不为常人所熟知。它深居简出，偶尔接见一下春草、燕子这些春天的代表。春天在开会，在讨论土地开化之后泥泞和肮脏的问题。许多旧大员认为土地不可开化，开化就乱了，泥泞的样子实在给“春天”这两个字抹黑。这些讨论是呼呼的风声，我夜里常听到屋顶有什么东西被吹得叮当响，破门拍在地上，旧报纸满天飞。这是春天会议的一点儿小插曲。春天一边招呼一帮人开会，另一边在化冻，催生草根吸水，柳枝吐叶，把热气吹进冰层里，让小鸟满天飞。春天看上去一切都乱了，一切却在突然间露出了崭新的面貌。

春天暗中做的事情是让土地复苏，让麦苗长出来，让青草遍布天涯。“草都绿了，冬天想回也回不来了。”这是春天常说的一句话。春天并不是从冬天到达夏天的过渡，而是变革。世间最艰难的斗争是自然界的斗争，最酷烈的，莫过于让万物在冬天里复苏。冬天是冷酷的君王，拒绝哪怕是微小的变化。一变化，冬天就不成其为冬天了，正如不变化春天不成其为春天。春天和冬天的较量，每一次都是春天赢。谁都想象不到，一寸高的小草，可以打败一米厚的白雪，白雪认为自己这么厚永远都不会融化。如果它们是钱，永远花不完。积雪没承想自己不知不觉变成沟壑里的泥汤。

春天朴素无物，春天大象无形，春天弄脏了世界，又让世界进入盛夏。春天变了江山即退隐，柳枝的叶苞就是叶苞，它并不是春天。青草也只是一株草，也不是春天。春天以“天”作为词尾，它和人啊树啊花啊草啊牛啊羊啊都不一样，它是季候之神，说来就来，说走就走。爱照相的人跟夏天合影、跟秋天合影、跟冬天合影，最难的是跟春天合一张影，它们的脚步比“咔嚓”声还要快。

不要跟春天说话

春天忙。如果不算秋天，春天比另两个季节忙多了。以旅行譬喻，秋天是归来收拾东西的忙，春天是出发前的忙，不一样。所以，不要跟春天说话。

蚂蚁醒过来，看秋叶被打扫干净，枯草的地盘被新生的幼芽占领，才知道自己这一觉睡得太长了。蚂蚁奔跑，检阅家园。去年秋天所做的记号全没了，蚯蚓松过的地面，使蚂蚁认为发生了地震。打理这么一片田园，还要花费一年的光景，所以，不要跟蚂蚁说话。

燕子斜飞。它不想直飞，免得有人说它像麻雀。燕子口衔春泥，在裂口的檩木的檐下筑巢，划破冬日的蛛网。燕子忙，哪儿有农人插秧，哪儿就有燕子的身影。它喜欢看秧苗排队，像田字格本。衔泥的燕子，从不弄脏洁白的胸衣。在新巢筑好之前，不要跟燕子说话。

如果没有风，春天算不上什么春天。风把柳条摇醒，一直摇出鹅黄。风把冰的装甲吹酥，看一看冰下面的鱼是否还活着。风敲打树的门窗，催它们上工。风把积雪融化的消息告诉耕地：该长庄稼了。别对风说“嗨”，也别劝它休息。春风休息，春天就结束了。所以，不要跟春风说话。

雨是春天的战略预备队。在春天的战区，风打前阵，就像空军作第一轮攻势一样，摧枯拉朽，瓦解冬天的军心。雨水的地面部队紧接着赶到，它们整齐广大，占领并搜索每一个角落，全部清洗一遍,让泥土换上绿色的春装。不要跟它们讲话,春雨军纪严明。

草是春天的第一批移民。它们是老百姓,拖儿带女,自由散漫。草随便找个地方安家,有些草跑到老房子屋顶,以及柏油路裂缝的地方。草不管这个,把旗先竖起来再说。阳光充足的日子,草晾晒衣衫被褥,弄得乱七八糟。古人近视,说“草色遥看近却无”。哪里无?沟沟壑壑,连电线杆子脚下都有草的族群。人见春草生芽,舒一口气,道:“春天来了!”还有古人作诗:“溪上谁家掩竹扉,鸟啼浑似惜春晖。”(戴叔伦《过柳溪道院》)“渭北春天树,江东日暮云。”(杜甫《春日忆李白》)春晖与春树都比不过草的春意鲜明,它们缝春天的衣衫,不要跟忙碌的缝衣匠说话。

“管仲上车曰:‘嗟兹乎!吾不能以春风风人,吾不能夏雨雨人,吾穷必矣’。”(《说苑·贵德》)没有谁比春天更厉害,管仲伤感过甚。看春天如看大戏,急弦繁管,万物萌生。在春天,说话的主角只有春天自己,我们只做些看官。

春是春节的春

春是春节的春。小孩子像一堆红萝卜四处滚动,他们兜里多了钱,还有鞭炮,眼睛东张西望。柴火垛的积雪把孩子的脸蛋映衬得鲜红。春节驾到,它被厨房大团的蒸汽蒸出来,天生富足。人们集体换上同样的表情:憧憬的、采购的、赴约的、疲倦的,打底是豪迈的表情,即春节的表情。一只小白狗往桑塔纳车轮撒尿做记号,一会儿车开了,上哪儿找这个记号呢?春节把小狗乐糊涂了。春节是家家召开的总结表彰大会、烹饪大会、时装发布会、项目规划会，参与人士为全体国民。

春是春雪的春。正月的雪，是天送给地的一笔厚礼。若半尺厚，春小麦就有了一床暄暖的厚被。雪沃大地，黑龙江省进入童话，吉林省进入版画，辽宁的雪待不上几天就化了，气温高。春雪飘落，带着伞翼，旋转而下，把枯草包裹晶莹。屋顶的雪借阳光变为参差耀眼的檐冰，一边淌水，一边延伸。

春是春分的春。每年 3 月 21 日前后，太阳抵达黄经零度，昼夜均，寒暑平，阴阳相半。这天正午，在太阳的脚步落下那一刻，被天文学视为北半球春季的开始。保定农谚唱道："春分麦起身，一刻值千金。"

春是春水的春。庾信《燕歌行》："洛阳游丝百丈连，黄河春冰千片穿。"春冰薄如翼，捡一片放在手心，透出鲜红的掌纹，如玻璃一般。俄尔缩为水。春水浩荡，越岭翻山。旧日的东北土匪，此际出山拆冰。桃花水下来，冰块壅塞河道，影响木排运输。商人请胡子（匪）拆冰，匪们喝过酒，上冰，撑木杆左支右绌，轰隆一声，冰泄河通。胡子或永久失踪，或从哪个地方爬上岸，挣的是舍命钱。大部分江河，冰化水，如鱼下锅，酥了，碎了。我的感觉，冰在春夜比白昼化得快。春水流桃花，落红搭上了薄冰的小舟。想起黎锦晖那首《桃花江》："有人说，说什么？桃花江是美人窝。桃花千万朵，不如美人多。"

春是春草的春。柳枝在河面练习书法，字被波纹抹掉。不觉间，地上浮现密密麻麻的字，连成片是草书，它们是春草。草是春天的信函，连篇累牍，蘸着绿色的墨汁，写到天涯海角。有人说，画兰须备书法功底，苟求于“笔”“墨”则次之。而草的象形书法，撇捺通脱，开张奔放，是米芾的行草。这些草书，叫“大地回春帖”，被大地当衣裳披在身上，向夏天走去。

春是春耕的春。祭土神的春社过了，“桑柘影斜春社散，家家扶得醉人归”。春牛登场，地表阳升。农人扶犁挥鞭，头顶有燕子飞掠。庄稼人开始忙了，把粮食从地里忙进仓里，春耕是头一天。

春是春天的春。唐代称酒为春，“软脚春”“垆头春”等。曲艺界称相声为春，“宁送一锭金，不教一口春”。诗经里，思慕异性是春，“有女怀春”。在大自然看来，只有春天才是春。杜甫《腊月》诗：“侵陵雪色还萱草，漏泄春光有柳条。”春天所以为春，是万物皆萌，四季轮回的新一轮又开始了。春天所以叫天，是天的心情很好，江河风雨，温润和顺，柳絮乱飞也没惹老天爷生气。春天里，管弦乐队应该去田野里演奏。鲍罗丁《在中亚细亚草原上》或者德沃夏克《斯拉夫舞曲》，均广大深厚，田野吐出带甜味的呼吸。在春天，大地的胸膛潮湿澎湃，让生长的生长，让冬眠的醒来，让花朵在坚硬的枝头站成一排排蝴蝶，让孩子在乡村的学堂里朗读。

教员（温柔）：春……

孩子（倔强）：春！

教员（端正）：春天的春……

孩子（强烈）：春天的春！

喊声太大了，屋檐的小鸟惊飞，风从树林跑过来，看这里到底发生了什么事。

三月的预言

古希腊底比斯城邦的盲人先知提瑞萨斯手执圣杯，做出许多预言。时间太久，人们忘记了拿现实与他的那些预言相对照，没验证他说的准不准。然而该发生的事，不管有没有人预言，全都发生了。

在春天，人们会看到许多预言。我在蒲河岸边走，见到一棵柳树同其他柳树一样还没有返青。但这棵树有一枝柳条青了，树皮比其他柳枝更鼓胀。它与未青的柳枝一起在微风里晃动，显得惹眼，仿佛一盒白火柴中躺着一根绿火柴。它的枝条往南岸摇动，如同指路。不用问，蒲河南岸一定有事发生。

到南岸，没发现这与地球其他地方有什么异样。泥土、树和草均平凡，也没发现白狐狸在树上坐着。往前走，见到一片好桃花。这是新栽的桃花，四五十棵，树干约有拇指粗，全都开花了。幼小的桃树开花，如同早恋，但更像小孩儿奔跑。它的细细的枝上缀着更小的花蕾，都未开，但全打骨朵儿了。这些带骨朵儿的桃枝在风里晃，像合唱队员吟唱时那样晃身子。这是什么意思？我想它们在骄傲吧？是的，它们每一棵树都在骄傲。这些小桃树有可能第一次开花或第一次在蒲河岸边开花，喜不自胜，于风中摇晃得意。用陶渊明的话说，乃是“黄发垂髫，并怡然自乐”。陶渊明“并”字用得好。在桃花源这个好地方生活，黄发者与垂髫者都已很好，但陶渊明在他们的好之外，看出他们怡然自乐的好。这是两样好，所以“并”之。我的小桃树的花朵都没完全开放。对，你们是小孩儿，让着大人点儿。让他们先开。他们开着开着就开累了，就二线了。你们上阵恰逢其时。这些小蓓蕾让我想起了糖葫芦。它们好像是拿树枝在糖水里蘸的小蜜疙瘩。一串儿一串儿，数不过来。河北岸的柳枝预言得很准，如瞿秋白说“此地甚好”。

初春的许多事情在冬末见不到，出现了就像一个预言。头几天，一只橙色的七星瓢虫趴在我家北窗台上。它是怎样来到的这里？是风吹来的吗？风从树上（树离窗台还有十几米远）把瓢虫吹到了窗台上？或者它们从一楼爬上了三楼的窗台。瓢虫安静地——我不知用坐还是趴或蹲来形容瓢虫此时的状态——待在那里。即使你想招待它，用小米或清水，它都不需要。过了一会儿，它还在那里，没被风吹走，也没去其他地方。它想预言什么呢？我埋怨自己没有瓢虫的脑筋，不然完全可以破解它的预言。第二天，瓢虫没了。我观察它趴过或蹲过或坐过的窗台，看它留下什么字或迹象没有，没有。但我从这里往下看，一株桃树（又是桃树）露出棉絮般的花苞。明白了，瓢虫预言这棵桃树要开花了，就在我家北窗下面。我搬进这座新房子已有五个月，都不知窗下有桃树，而且是两棵，都是小桃树。以后，办什么事都要上窗台看一下，听取瓢虫的意见。可是，它好多天没来了，到别人家预言桃花去了？我觉得它预言不过来。桃树太多了。

在西方的传说里，预言者多是盲人，眼睛看不到的人心里清晰。现代物理学认为时间可能也是不存在的。未来发生的事情或许为某些禀赋异常者察觉，即被他（它）提前看到了。他（它）并不能改变这些事，只是看到。按物理学的解释，说提前看到也不对。既然没有时间，事物就没有先后。我认为那些先知先觉者都是不幸的，一则没人相信他（它）的预言；多数人只相信时间，把时间跟事实绑在一起,所以不相信有人能看到未来的事。二则,已经发生的事如果是好事,人们认为跟预言者无关。三则,人们嫉妒预言者竟然可以置身于未来之事的现场,这是僭越。其实,预言者也只是个旁观者,只是观早了。

有人对未来之事具有预先的觉知,但不会提前说出来。他们知道,必然发生的事一定会发生,说有何益?不如来说一说春天。田野上的电线上站着一排鸟儿。我走近,看到三只鸟儿站在一起,另一只单独站在一边。这情景的预言是什么?差一天就到四月了吗?我算了一下,今天是3月30日,是的,再过一天就进入四月这个艾略特所说的残忍的季节了。鸟儿连这个都知道,看来人上学真没什么用。但是,围绕松树的土坝露出新鲜的黄泥预言什么?迎春花的花蕊全都向下预言什么?喜鹊在枝头拍翅,仿佛要拍掉它翅上沾的面粉,野菜比青草先出来是方便那些踏青者撅着屁股来挖吗?开白花的桃树和开粉花的桃树站在一起是因为什么?春雨不再渗入地面,地面潮黑是在预言什么?春天已经切实来到,在土里雨里花里鸟里和虫里,我都学会了预言。

四月

四月的树,如一般出门的人。它们要去的地方是一个季节,曰春天。现在已入四月,刚刚过清明,花与草的萌发正在蓄谋之中。看不到满目芳菲,但有隐藏的春意,天地间充满了秘密。

蒲河大道两侧栽满了树,树都活了。这些景观树高矮不一,开花时间不一,花色叶色也不一样。看过去就看到了景观。

桃花刚开，它是这片天地最早开的花。连翘也露出黄骨朵儿，等桃花开烂了它才开。植物开花如开会一般秩序井然。

我在这条大路上走，像一个势利的人，专看开放的桃花。透过光秃秃的树枝往前看，桃花是暗藏其中的粉色的云，像几十个粉色的气球被系在树杈上。近看，桃树枝上缀满花朵。它的枣红的树枝上无叶，只有花。桃花对于沉寂的、灰暗的北方大地如同惊醒。桃花先醒了，它比看到它的人还吃惊，大地怎么如此荒凉？其实不荒凉。桃花没经历过冬天，不知道此时的土地已开始复苏。比桃花先醒来的是河流，它们身上的冰块被春风卸掉，河水一身轻松，试着流淌。河水一冬天没流淌，实话说不怎么会流了。它先瞭望四周，在水面做一些涟漪，做流的准备。春天的河水如乌黑的柏油路，上面漂着风吹不动的枯叶。

桃花惊讶地看望周遭，它们衣领开得太大，雪白的领子在寒气里扎眼。草绿了三分之一，大部分还不敢绿，在等什么呢？桃花不像连翘那样齐刷刷地开放，展露大小如一的金黄叶片。桃花觉得集体主义或团体操在花朵界没什么意思。桃花的花朵或开或半开，还有蓓蕾包在粉红的头巾里。枝上的一串花，如同画家点染，用墨有浓有淡，烘托参差的意态。桃花亦浓亦淡，欲开似合，与春天的节奏合拍。风不妨大一些或小一些，也可无风，让柳条不知往哪个方向摆动。如果春天愿意，可以先下一场雨，洗刷看不清纹理的石头，洗刷看不清白云的白垩色的天空。然后下一场薄薄的雪，厚一点儿也无妨。雪花卧在干净的草地里，睡一觉，睡醒了看看月亮到底是黄还是白。春天过后，春风起，把雪刮到树下或高坡上，使之均匀。你以为春天在干吗？在玩儿。从古到今，春天一直在玩儿，玩儿一个春季，潜入夏季休息。

四月里有树木出门，它们互相打量谁带了哪些东西。连翘手上胳膊上全是花瓣，穿上了出门才穿的花衣。柳树在枝上攥紧了拳头，掰也掰不开。再过 10 天，那些拳头松开了，柳叶的芽儿假装是花，一瓣一瓣地露出尖头。开着开着，柳树就露了馅，花朵变成树叶，如一片绿唇飞吻天下。树们要去的地方曰四月，它们带领大地返青。树们走在路的边上，如羞涩的农妇，不好意思在大马路中间行走。这些农妇脚踩在松软的土里，枝丫搭在前后旅伴的肩膀上。在四月，轻淡的云飘在树的头顶，云不想比树的步伐更快。云可以随时分成两片或六片，飘在一片片树林的头顶。桃花站在大地上开放，已无须走动看风景，它就是风景。大队的树绕开桃树，不妨碍它探出的水袖。桃花的枝像戏曲人物那样向虚空伸出手指，欲摘其他的花。桃树身穿枣红色的缎子轻衫，其他的树都没有。桃树手抓一把蓓蕾散出去，被风吹回，或浓或淡挂在枝头。这就是腕儿，科班出身，懂得表演的程序。倘若桃花身边有胡琴、月琴和梆笛，奏一曲昆曲的曲牌，它的身段比现在还要绰约迷离。

大地返青之前泥土先返黑。雨水和雪水挤进土的被窝，让它苏醒。草叶以百分之十的速率变青，每天绿十分之一，这样不累，与跑步训练的百分之十原则相通。绿不是什么难事。对草来说，没有比绿更容易的事情了。难就难在安排枯草的离退工作。四月末，你看到大地一片青葱，地上无一根枯草。枯草去了哪里？你想没想过这个事？这是很大一个工程，比南水北调、西气东输的工程量还大，是谁把枯草一根一根拣走，运到一个地方掩埋？这是人干的事，天不这么干。枯草被青草吞噬了。或者说，枯草在青草生长中转世轮回了，总之在新鲜的草地上看不见一根枯草。这是大自然无数秘密中的一项。大地不会丢弃自己的子孙，不会因为它们是草、因为干枯就抛弃它们。枯草在盛青到来时已经整齐地去了一个很好很干净的地方。

树在行走中遇到雨和风，它们打开叶子。它们身后跟着看不到尽头的青草，头顶环绕着叽叽喳喳的鸟儿。

日　出

曙色

曙色是未散叶的杨树皮的颜色，白里含着青。冻土化了，水分慢慢爬上树枝，但春天还没有到来，还要等两个节气。

日落时，西天兴高采烈，特朗斯特罗姆说像“狐狸点燃了天边的荒草”。日之将出，天际却如此空寂，比出牧的羊圈还冷清。

天空微明之际，仿佛跟日出无关，只是夜色淡了。大地、树林和山峦都没醒来，微弱的曦光在天空蹑手蹑脚地打一点儿底色，不妨碍星星明亮，也不妨碍山峦包裹在浓黑的毯子里。这时候，曙色只是比蚌壳还暗淡的一些白的底色，天还称不起亮。杨树和白桦树最早接收了这些光，它们的树干比夜里白净，也像是第一批醒来的植物。在似有若无的微明里，约略看得到河流的水纹。河流在夜里也在流动，而且不会流错方向。河水在不知不觉中白了起来，虽然岸边的草丛仍然黑黝黝的。这时，河水还映照不出云彩，天空看不到有云彩游荡，就像看不清洒在白布上的牛奶的流淌。星星遗憾地黯淡下来，仿佛退离，又像躺在山峦的背后。露珠开始眨眼，风的扫帚经过草叶时，露珠眨一眨眼睛，落入黑暗的土壤里。鸟儿在树林里飞蹿，摇动的树枝露出轮廓，但大树还笼罩在未化的夜色中。鸟儿在天空飞不出影子，它们洒下透明的啁啾。受到鸟儿的吵闹，曙色亮了一大块，似乎猛地抬起了身子。

我没听到过关于天亮的计量术语，它不能叫度，不叫勒克司（lx）与流明（lumen）。大地仍然幽暗之际，天空已出现明确的白，是刚刚洗过脸那种干净的白，是一天还没有初度的白。它在万物背后竖起了确切的白背景，山峰与天空分割开来。天的刀子在山峰上割出了锯齿形状。天光让树丛变成直立的树，圆圆的树冠缀满叶子，如散乱的首饰。河水开始运送云朵，这像是河上的帆。最后退场的星星如礼花陨灭于空中，它陨灭的地方出现了整齐的地平线。

这时候，如果谁说“天亮了”，他并没有说谎。人可以看清自己的手。夜半解手时，人看不见自己的手，只能摸索着解开裤子。

我在贝加尔湖左岸跑步，天的白光渐渐从树林里升到空中。湖水是庞大的黑，如挤满海豹的脊背，而天色的白是怯生生的，似蒙了一层轻纱。好像说天亮还是不亮是定不下来的事情。天未亮，但树林慢慢亮了，高大的松树露出它们粗壮的枝丫，如同强壮的胳膊。树从一团团剪影似的黑影里流露苍绿。转眼看，湖水变白，比天空还要白一些，类似于鱼肚白，好像刚才那些海豹翻过身晾肚子。站住脚看，这地方真是简洁，只有湖水和天空两样东西。而且，湖水比天空面积大得多。以人的身高看贝加尔湖，肯定是湖大天小，这跟上帝在天上俯瞰不相同。

在山野观曙色是另外一样。我曾在太行山顶上住过一宿。那里天黑得早，亮得晚。我有早起的习惯，出门刚走几步，被一个东西拉住衣袖。我用左手慢慢摸过去，原来是枣树的枝条，它隐藏在浓密的夜色里。抬眼看，看不见早已看惯的天，好像天被山峰挡住了。而我头一天入睡前，特意看了看，天分明还在那儿，还有星星，尽管不多，但此时竟一点儿天光都没有。我退回屋里，看表，天应该亮了。五点了，这个村的天却迟迟不亮。我甚至想——是不是这里的天不亮了？这么一想挺害怕，那就下不了山了。过了 15 分钟，窗外有白影。我出门，看到地上起白雾，天还没亮（其实亮了，不然哪儿有照见白雾的光？），往前走，又有树枝扯住右边衣袖，仍然是看不清树。此时，我明白了一个浅显的小道理：平原上的光由地平线漫射而来，它从四周冲过来包围大地。这里四外都是山峰，光悭吝。再走，我看到脚下的青石板，踩上走。雾越发浓，比舞台上干冰的效果还浓烈。雾里如有狗有狼咬住你的腿，那是一点儿办法也没有的。这么想着，我左腿肚子抽筋了，觉得龇牙的狗正在雾里瞄准我的腿肚子。雾大，看不到头顶的高山，当然也看不到所谓曙色。其实曙色已经藏在雾里，是一团团棉纱。说话间，山谷传来松涛的呼喊，雨滴如洪水那样斜着打过来，湿了左边衣裤，右边还是干的。一瞬间，雾跑了。雨或者风过来赶走雾。可爱的天空在头顶出现，白得如煮熟的蛋壳，山峰骄傲地站在昨天待的地方。最陡峭的地方树木孤独，大团的雾从它们身边沉落在山谷里。这时候，天空飘来了彩霞。它们细长成绺，身上藏着四五种颜色，以红黄色调为主。如果你愿意，把这些彩霞看成金鱼也可以。太阳正藏在东方峰峦后面，把强烈的彩光打到云彩上，之后打在山峰上，一片金红。

准噶尔汗国故城日出

站在城墙上看日出，故城里面白垩色的土块如同玫瑰色的波涛，火山喷发结束之后凝固此地。这些土块不是草原的土，它们原来是城墙和房子，不长草，如今只负责凝固。往下看，正对着城门的空场过去该是偌大的集市，人来人往，车马喧哗。如今只剩下空气与土。土块里没留下丝毫人的痕迹，比如衣服的碎片，比如刀剑的残骸，连一小片骨殖都见不到。故城好像被海水冲刷过，冲走了这个当年强大的西蒙古汗国。大自然试图把废弃的都城恢复成草原。大自然不需要房子、道路、水渠和井，它的子孙是草、岩石和河流。沙漠也是大自然的子孙，就像冰峰、火山是大自然的一部分。准噶尔汗国故城遗址没有树，荒草少而高，只有阳光每天在耕耘这片顽强的土块。这些土块丝毫没有长草长树的意思，它们在等待故人，等待重新成为城墙和房子的一部分，眼下铺满了阳光。我不知道太阳初升时的光线可以分成多少层。最初的光线可谓破晓，那是把世界照亮的清冷的光。这片光到来时，夜色还没退尽。树和石头背后还藏着静立一夜的黑影。接着，光线的洪流汹涌而来，不止天亮了，太阳正在准备初升。此刻，光线如同加入玫瑰色的经纬丝。这些玫瑰的丝被树梢挂住了大部，落在土地上显不出鲜艳。玫瑰的光很快被后面坚定的金光覆盖。太阳腾跃前，金光是它的近卫士兵，负责鸣锣开道。金光里，天边的云彩十分纤薄，惊讶地迸飞。这些云彩如同火炉里的木柴，在它们烧得愈薄愈小愈红的时候，太阳喷薄而出，金红的球体淹没天际的树丛。那些剪影似的树丛变得如荒草一般渺小，举着芒刺般的刀枪欢呼。太阳像被一头巨大的鲸鱼驮着上升，它的光芒照亮了一切。放眼看，周围没什么东西不被太阳照到，准噶尔汗国故城变得干干净净，土块复活了，仿佛集市就要开张。太阳专一地照在城里每一个土块上。土块姿态各异，摆出各式各样的姿势，仿佛还在睡梦中。故城内没有河流，却灌满了阳光的大水。才知道，那些土块的位置都是对的，断壁残垣都刚刚好。土块们显出历经沧海的姿态，在阳光下才看出它们并不荒凉。大自然没有人类眼里的直线、耸立或繁荣这些概念。废墟经过风的一遍遍雕刻，高矮大小已经恰好，好到在清晨的阳光下像一处乐园。

鸟群笔直地飞过来。鸟在金色的土块上留下黑影子，像黑色的小兔跑过。风来了，我的意思是说云从四方聚拢到故城上方。它们或许每天早上都要来到这里探望，围成一圈儿静坐。云的歌声从风里发出，呼啦呼啦钻进我的衣服和裤子，企图把衣服脱下，故城这里万物裸露，早就不时兴穿衣了。云彩在天空排列如城堡之后，太阳坐上天庭的金交椅。它脚下和两厢都是红云。密集的红云固若金汤，不敢留一丝缝隙，怕把太阳漏在地上。它们抬着太阳游历新疆大地。在太阳看来，准噶尔汗国故城的土块离戈壁只有一瞬，离绿洲也只有一瞬，它们的不同只有颜色的差异，内容没差异。正如历史无差异，只是朝代不同。

准噶尔汗国故城如此空寂，它位于和布克赛尔蒙古族自治县，太阳每天在它上方落下升起。当年的准噶尔汗国东起南西伯利亚，西至现今的哈萨克斯坦，拥有额尔齐斯河、鄂毕河、叶尼塞河这三条流向北冰洋的世界大河。这个西蒙古汗国的疆域内有茂密的森林、广阔的草原和沼泽地。现在森林还在，河流还在，风还在，国家各叫各的名，准噶尔汗国只遗留一些故城。这些故城正回归大自然怀抱，阳光给予它们新的能量，小鸟衔来的一颗草籽可能会长成未来森林第一株苗。这么漫长的变化，性急的人没办法看到的。

海上日出

在洞头岛看海上日出，这是早上 4:30 分。车开到开阔地带，略微能分辨出天与海的连接处。这处海滩沙子好，马蹄形的沙滩被黑黝黝的碉堡般的高崖环抱。抬眼看，天际有一隙暗红的光带，如烧红的铁条穿透了海平线。铁条分开了海和天上的云层。此刻仍黑暗，看不清海，也看不清云层，只是觉得那里应该是海天交接处。

太阳现在哪里隐匿？它要为盛大的演出而化妆、而换衣、而候场吗？在巨大的海与巨大的黑暗后面，会有一个金光四射的太阳吗？现在看不出来。平时谁都不怀疑太阳每天升起，但等在这里观日出的二十多个人都在心存疑虑。人们——一排排如黑树桩一般的剪影仰望天幕，日如不升，就成了一个负心人。我想的是：这根铁条横在那里，约等于说云层没有完全遮蔽我们观日出的通道，太阳上升的时候会允许人们在这个窄条里看它一眼。这一条红线实在太窄了，类似百叶窗的缝隙。也许由于看日出的人少，太阳留给洞头海滨浴场的观赏视域就这么窄，约等于一根芹菜外加一根韭菜叶的宽度。我想：铁条上面平直的浓云会不会降下来？如果答案是肯定的，那我们就什么都看不到了。

这些事写下来很啰唆，当时只是一晃的光景。又一晃，云与海平线的间隙宽了。瞬间，彩光铺在沙滩上。温柔的潮水上岸转头走掉，沙滩便留下一面平坦的浸满水的镜子，里面嵌装彩光的倒影。在几乎还可以称为黑暗的海滩上，橙色夹杂粉光的光影从沙滩的水渍反射出来，比天空更明亮。这些光并非彩云的光，也不是霞光，是太阳升起之前的金晖在被乌云遮挡中喷发过来的光束，敏感的水捉住了这些光。然而，海面并没有粼粼的光斑。应该有，但没有。此时，人站在对面看不清五官，天还算黑着。

太阳要出来了，我觉得坐站皆不宜，应该蹦高。沙滩太软，蹦不起来。但奏乐显然是最适宜的事，我后悔昨晚没在手机里下载几首乐曲在此时播放。海滩上的人们开始照相，小孩子光着身子往浪里冲。没人用手机播放庄严的乐曲，他们像我一样无知，一样莽撞。俄而，金光铺满沙滩。这么说有点儿不真实，解释一下：海的尽头喷涌光芒，但海上见不到。海上的浪头骑着前方的浪头奔来，见不到反光。不知哪会儿，天空的云层瓦解了，可能是阳光太热，把它们烤散了。云的头顶出现青白色飘着红云的光，这些天光照在沙滩的水上，绚丽一时。但这时太阳还没出来，还没到出的时候。我上网查看，2015 年 8 月 20 日洞头岛日出时间为早晨 5:21 分，现在已是 5:19 分。众人欢喜，不再管太阳出不出来，不出也不算事。这些人照相，追逐浪潮，天边幻化出以玫瑰色为主色调的光幕，海浪把这些光如锦缎一般铺在沙滩上。刹那间，你不觉得这是水、是沙滩，而如真实的织锦，转而消失。下一拨的浪铺出一幅新的锦缎图，比刚才更美，当然又消失了。正在看，有人高喊：“太阳出来了！”

太阳从海平线冒出头，边缘模糊，好像沾着水。它探出头来，似乎愣住不动了，原来世界竟是这个样子。少顷，日头猛地跃出海面，体积一下显小了。太阳在海上待了三五秒，钻进上面的云层，日出结束了，“结束”也可写成“完”。

日出这件事其实不可描述，宜目睹、宜惊呆，不宜转化为文字。文字跟日出的壮丽相比简直啥也不是。观日出后，总觉得一件事还没有完。人最爱用睡觉结束一件事，但现在是早上，怎么睡？我上公路跑了一个10公里。边跑边回味日出所见，想来想去不真实，这是真的吗？有点儿拿不准了。

麦　子

拾麦穗

遗留在大地上的珍贵之物不是光线与露珠，而是麦穗。收割之后的田野空寂荒凉，麦穗躺在泥土上，如一枚枚徽章闪光。

麦子摆动历来被称为麦浪，如今小小的浪花躺在大地的垄沟里，这朵浪花带着饱满的麦粒和尖锐的麦芒。麦海不知何时退潮，金色的相互碰撞的麦浪竟撤离得无声无息。

麦穗是大地留给孩子的礼物。不止一位西方画家画过贫困的妇孺拾麦穗的画作，人们把田野遗留的麦穗与贫与弱联想到一起。麦浪汹涌之际，大地何等丰饶。上天却知道粮食再多也有不能果腹之人，而收麦人无论怎样仔细，仍有麦穗遗落在土地上。"余"这个词不仅说一个人的钱财资粮多到用不完，还说老天总让果腹之物有所遗漏，不至于严谨无缺，让麻雀和穷人的肚子里也有一点儿粮食或者叫热量。

麦穗更愿意回到麦垛还是被遗弃在地里？麦穗知道，没一株麦穗会永远遗弃在田野。这些麦穗更愿意被握在穷人和儿童的手里，麦穗被这些手握得更紧，不会松开。法国巴比松画派画家米勒画过一幅《拾穗者》。画面上，三位身穿粗布衣服、脚上套着木鞋的妇人弯腰拣拾地上的麦穗。她们弯着的腰和伸向土地的手——如向大地祈祷，手里不过是一条麦穗。远处是高高的麦垛和灰暗的天空。米勒在三位妇人身上画满了鲜明的光，面孔却模糊不清，人和大地在一起的时候，人的表情早就让位于大地的表情，人和大地表现得同样谦卑隐忍。罗曼·罗兰说，米勒这幅画中的三位农妇是法国历史上的三女神。米勒的艺术评论人说“她们无异于乞丐，但比坐在宝座上的国王更美丽。”

拾麦穗的农妇是穷人，住在森林里的米勒也是穷人。他城里的朋友给他的儿女带来一些糖果，孩子们兴奋地尖叫，米勒躲到暗处擦眼泪。这个世界上，谁关心遗落在田野里的麦穗？是穷人和米勒，是乌鸦和上帝。

麦穗是天空的飞鸟，落在大地上，让穷人领回家。穷人的家里空空荡荡，水在水缸里珍藏着光。穷人家猫狗的颜色更接近于土。穷人家灶膛的火亮了之后，把四周照得更加漆黑。星星后半夜溜进穷人的院子，听一听他们是否有鼾声；风藏在杨树的背后，“哗”地从叶子上跳下。麦穗躺在穷人孩子的筐里朝四外张望，听这家人均匀的呼吸，听老鼠飞快的脚步声，看挂在墙上的农具——犁杖、镰刀和筐。麦穗此刻正躺在筐里。因为拾麦穗，穷人的孩子睡得格外香甜。大地还在他的梦里闪耀秋天的光彩，他真高兴麦子被割走却留下这些麦穗。这些麦穗好像一束束金子，不像土里生长而是天上落下的礼物。麦穗里包裹的不像是麦粒而是秘密，如同麦穗遗留在田地是一个秘密。拾麦穗的诱惑，是弯腰拾起一条，不远处又有一条。土地多么慷慨，让孩子弯腰得到巨大的喜悦。

麦穗在孩子的梦境里飞翔，如鸟儿在天空织成一张金色的网。然后落下来，落在树上，如绿树所结的金果子；落在河水里，跟鱼儿比赛游泳。麦穗更多落在孩子的筐里，落在穷人的屋顶上。在穷孩子的梦里，他的家也有了麦穗编织的屋顶，雨水顺麦芒的尖顶流下来，洒在屋檐下白鹅的羽毛上。有了这样的梦，孩子们憧憬第二天早上再去地里拾麦穗。最好的年景就是天天可以去地里拣麦穗，垄沟里的麦穗等待孩子已经很久了。

大地肃穆，看到拾麦穗的人频频弯腰，农民从春到秋，对土地一步一叩首。麦收之后，他们的孩子接续到地里叩首。割麦子的时候，白云让出了偌大的天空，让蓝照耀金黄，世界上有一种名叫麦子的圣物从地里割下、装车、进场、入仓。地里和村庄隆起高高矮矮的麦垛，金黄成了大地的主色调。大地萧疏之后，田野里还有孩子们在拾麦穗，他们如落在田野里的鸟儿，蹦着跳着，大地被这些软乎乎的小脚丫踩过，舒舒服服。

面包的天堂

麦子，像海涛一样翻滚的麦浪凝固在面包里，被凝固的还有早晨的露水和夜晚的月光。所有面包都像哈哈大笑的胖子，如果面包不胖，谁都别想胖了。仅仅在三十年前，胖仍然是一个好词，胖子可以对向他谄媚的瘦子微笑并用鼻子出气。由此上溯三千年，历史上的胖子超不过三千个，胖比娶小老婆更让人羡慕，那时没有全球化。

面包的笑容，如同农民坐地上盘腿喝酒的表情。对麦子来说，成了面包就上了天堂。天堂并不远，需要炉子而不是梯子，谁进了天堂谁香。人的天堂有可能遥不可及。告诉一个人：你的天堂在你的善心里，在有鸟的树林和有蜜蜂折腾的花蕊里。他不信，说你是个骗子。事实上，如果在雪地迎面撞见一轮红日、在月夜听到小鸟的梦呓，都算天堂的一个小片段，但人们不信。

麦子相信天堂不远。它们成为面条算是参加工作，当面片是当自由职业者，变成馅饼皮和包子皮是在黑白两道上混，当面包就进了天堂。

每个面包里都有一个天堂，类似教堂，更类似于蜂巢，香味灌满楼上楼下所有的房间，圆形屋子里有面粉砌的光滑的墙壁。如果小虫钻进面包，一天啃三遍墙就饱了。

面包的香气从麦子、从炉火里来，但这只是表象。往深里说，面包的香气包含着大地的沉静，弥漫阳光所赐予的格调。这么说好像牵强点儿，其实不牵强。说阳光有气味、有味道，不如说它有格调。晒过的被子有香气，细究它不是香气，是味，它是用嗅觉来品鉴的格调，来自太阳和棉花之间，主体是阳光。面包里也有阳光的格调，源于太阳对麦子的赞许。麦子护生，天地之大德谓之生。人类对香的理解很窄，对香的表述几乎是文盲。香奈尔说她首创的 5 号香水灵感来自北欧的白夜，这种说法乃是顾左右而言他。一个人说不出东西的本质，就把它支得更远。北欧、卡萨布兰卡、丽江均适合描述狂乱的想象。说香奈尔 5 号具有泰山的味道就不浪漫，不浪漫就没人买。泰山属于松柏加褐色大酱的香型。

面包的香味来自大地和光，来自炉火。而火的前身或许是树和煤。燃烧的煤里有光，而煤不过是树的化石。煤在地下藏了亿万年仍然储存着阳光，否则它起不了火。玉就不燃烧，玉乃石髓，不挨着阳光。

这就说清了面包为什么笑和大笑、为什么胖。面包看见了钻进麦子里的光和来自炉火的光，这些同学在自己身体里相遇，面包哈哈大笑。阳光遇见了阳光，真巧了。但天堂里没有巧合，巧合只发生于电视剧。天堂不遵从戏剧三一律而恪守因果律。因果的意思是因即果、果即因，循环回转、生生不息。我们在这个叫作面包的天堂里看到了阳光、雨水、土壤、夜色和火的笑容，神让它们互相转换，变成粮食，变成人的身体。实话说，每一粒粮食都是天堂。

水

流水

流水的声音好听，从小溪穿过鹅卵石，乃至水穿过人的喉咙钻入肚子里的声音，都好听。跑步之后，口渴如弱禾，仰面饮水，我听到“咚咚”的水声，极为敬佩。这是什么声音？水砸在食道上，还是喉咙像活塞一样收缩？

夏季跑步之后，我大约要喝 1246 毫升的水，其中漏出来一些，化为汗。运动结束，人的皮肤如同漏斗。喝过水，你盯着自己的胸脯看，每个汗毛眼儿都冒出一眼泉，互相投奔，化为大滴的汗流下，还拐走了我体内的一些盐分。回头多吃一个咸鸭蛋就成了。

喝过水，我想象水在身体里面的神秘旅行，经过胃，在小肠排空，进入血液当中。我拍拍大腿、胳膊，和那些水打个招呼：到了？都到了。其中最活跃的水，已经跑入毛细血管，即身体的表层，所谓皮肤。

我喝过的水，有龙井、可乐、伪装成苹果颜色与味道的碳酸饮料，还有矿泉水、自来水。它们在血里流淌，如果用听诊器听脉搏，所听到的就是流水的声音，“咚咚”，跟喝水的声音差不多。

水的声音,是水的喊叫与诗歌。水流的时候,一点点的阻遏、不平、回转都要发出声音。如果在三里之外听一个瀑布的喊叫,急促的呐喊变为低缓的喉音,像弦乐的大提琴声部。而滴水之音,是孩子的独语,清脆而天真,像念课文一样。屋檐泻下的水是女人的絮叨,漫长而缺少确切的意义。而风中的雨水,像鞭子与泼墨写意,是男人的心声,在夜里听到尤为峻切。

在北方的冬季,河床的冰下会传出流水的声音,像笑声,不由让人想趴在冰上寻找一阵。冰下的水流黔黑,浮漾白雾,庇护着黑脊的游鱼。如果人耳的听觉范围再扩大一些,还会听到水在树里流淌的声音、在花盆的土里渗透的声音:呼啦啦、哗啦啦,像在龙宫里一样。

露水的信

"不要踏过露水
因为有过人夜哭……"(阿垅《无题》)

这是七月诗派诗人阿垅写于 1944 年写的诗。

白茫茫的露水,在秋季尤为苍凉。我在罕山脚下的月夜,看见山坡的草尖挂一片露水,每一滴都流露决绝的苍白。大地如同哭过,为了草木凋零。我在落叶松的针叶上走,听不到自己的脚步声,心里想:露水究竟是什么呢?

我现在也不知道露水从哪儿来,好像每株草身上都藏有一口井,汲水捧在手心。给谁喝呢?按说,这是送给小鸟和蚂蚱的饮品，但谁也没见过小鸟趴在草上喝水，蚂蚱、螳螂、蟋蟀们好像都不喝水。从生理学说，具备血液的哺乳动物才饮水，肠道吸收水分补充血液。蚂蚱有肠子吗？它们并没有血。人们惯常把含有血红细胞并在血管里运行的体液叫作血。血的第一个功能是运送氧气与排出二氧化碳，这是对有肺叶的生物而言，蚂蚱没这些东西。

人的童年和老年的泪水比重都不同。泪水从儿童眼里涌出，化为一滴泪在脸蛋上挂着，如露珠那样饱满。我冒昧揣想，儿童泪水的水分子结构或与成人不同，属于大分子，聚成团而不破，与露珠仿佛。而成人的泪，特别是老年人的泪，流下来散在脸上，化了，见不到珠。人老了，连泪水都出水货了吗？散掉的泪是小分子结构，钠含量高，流得快。成年人流泪，只见他们用手抹，见不到泪水，说话鼻腔堵塞，鼻腔无共鸣，这是真哭。电视剧演员用眼药水假哭，一听声音就听出是赝品哭。而儿童是另一番情景，号啕的同时倾诉，鼻腔照样共鸣。儿童厉害呀，他们大滴的泪水多么真挚。

露珠挂在草上如同挂不住，但还在挂着。草为能抱住这么一团水而昂然，它们昂然有理由。拿人来说，没有盆，没有碗，你能抱住一团赤裸裸的水吗？不能，人抱不住水。如果哪天见到露珠满身的人，估计他已得道成仙了，可写入《本草纲目》。

水在人的细胞内也是一颗颗露水，被细胞膜包着，钾和钠承担细胞壁的水平衡，不要瘪了，也不要胀破。从比重来说，把人说成是水做的没说错，水占到人身体重量的百分之七十以上。人脸生皱纹是皮肤水代谢出了问题，皮薄了才生皱。然而多喝水并不能直接喝进皮肤里。人空腹饮水，30 秒进入肠道，多余的水全被排出。人类皮肤的水分靠脂肪（油性）来平衡，油性少了，水也少了。你看不到一个老年人对着镜子挤粉刺，他的皮肤与内心已经没有多余的脂肪与情感化为粉刺，因为油少了。年龄控制人的一切。

我的曾祖母曾说露水是月亮给太阳写的信，夜晚挂草上，太阳早晨收走。曾祖母努恩吉雅给我讲过许多稀奇古怪的事情，不知是她的创作还是民间传说。

月亮给太阳写了什么？我问曾祖母。

哎呀，信里面什么事情都有。曾祖母回答我。谁家丢了羊、猫干了哪些坏事、蛤蟆干了哪些坏事，月亮都要告诉太阳。

人能看懂露水的信吗？

她说，甘旗卡地方有一个说书的人专门看这些信。这个说书人叫龙台，他把露珠拿到嘴里尝一下，就知道信的内容。

“他比太阳先知道信的内容？”我问。

“对的。”曾祖母说，“但他不是太阳，知道了也没用。龙台从露水里知道了许多药方，可以治好门牙中间的缝。”

这是讥讽我。我两颗门牙中间有缝，这是我特意用一分钱硬币别开的。有了缝，含一口水从牙缝中可以滋出一米远，冲跑墙上爬的蚂蚁。听曾祖母这样说，我猜露水里有信是她的即兴创作，相声术语叫“现挂”。

再说阿垅，他本名陈守梅，杭州人，黄埔军校十期毕业生，曾做中共地下工作。1955 年受胡风案牵连下狱，1967 年病死狱中。《无题》结尾写道：“我们无罪，然后我们凋谢。”

用筛子筛水

我看见一个人猫腰在水库边上筛水，身后是绿中带黄的毛竹林，林梢的竹叶成团旋转，像钻进了一窝蛇。水比竹林的颜色绿，如一大块切不开的翡翠扣在地上。这地方属余杭，越过一座山就到了安吉。

银锭形的水库包住湖心的山。水面无一丝波纹，好像自古代起就没有波纹，鸟儿都不敢到水面落一下。

筛水的人站立在水边的大石上，手端一米多宽的大竹笸箩在水里筛。笸箩由竹篾或木篾编造，边沿包一个自行车旧轮胎，他可能在洗菜或洗草药。我走一圈儿回来，见笸箩里空无一物。他也可能在淘金吧。淘金千淘百漉最后可能淘到一坨二斤重的金疙瘩。然而，淘金都在河滩淘，水库里有金子吗？

我走到跟前观看。这个人身穿印着英文的T恤衫，脚下拖鞋。他用笸箩舀水，筛筛，水漏走；再舀水筛之。我忍不住问："您筛啥呢？"他说："筛筛水。""啊？"我差点儿被吓跑，筛筛水！我问："筛多少了？"他转身看水面说："不到十分之一。"

"筛完得多长时间？"我问。

他边筛边答："两年吧。"

我想乐，没敢。有一位中国艺术家在英国某地路边拣了一块石子。他揣着这块石子徒步行走115天，环绕英伦走回来，把石子放在原来的地方。记者问他这么做是为了什么。他答：让石子看看风景。记者问："还有吗？"艺术家答："让石子回到原地。"

筛水比带石子旅行更深奥并东方。看穿戴，筛水的人不像行为艺术家。其实我有许多问题想问他。你是吃饱撑的吗？这是第一个问题，可以不问。你是精神病患者吗？第二个问题也可以不问。你失恋了吗？也不能问。问啥呢？

我说："我帮你筛一会儿。"

他乐了，说："好，我抽支烟。"

我端起笸箩筛水，没等筛两下，水漏没了。我把笸箩还给他。

"你筛水干吗？"我问。

他用白眼翻我一下，好像答案写在他的眼白里。

嗯，他是问题二，精神病。

古代所谓愚公移山的故事在这个柳暗花明的水库重新上演。愚公一锹一镐把山搞碎搬走，此人以笸箩要把水库的水筛一遍。他有五十岁了，能把水筛完吗？这样的问题不能问，像瞧不起人。我再次打量此人，他头发很短，少许白。面黑少肉，身架如农民。我不懂英文，不知他T恤上印着的英文意思是什么。英文也许是：我是不像艺术家的大艺术家。

"你是这个村的人吗？"我问。

"上个村的。"他答。

他志向高远，不愿与平凡人交谈。我与他惜别，在心里祝他早日把水筛完并治好精神病。我看他的眼神、胳膊（精神病患者的胳膊伸不直），他比较正常。是不是有人拿钱让他在这儿筛水呢？那么，拿钱的那个人有精神病吗？胳膊直吗？我年纪越大越感到凡事不可妄评，遇到一个奇怪的人，只能证明你见识少，不证明其他。

我回村里，路遇桶装水厂的老板，他是杭州人，正坐在石头上长篇大论训斥他的小黄狗。小狗先坐着，后来被训得躺在地上闭上眼睛。

我问老板："水库里有人筛水是怎么回事？"他答："筛个屁，水是筛的吗？他做药引子。"

药引子？不能用一水库的水做药引子吧，那得熬多少药啊？全浙江的人吃也吃不完。

他说，那个笸箩是黄杨木皮做的。他这个人有肩周炎，中医说拿黄杨树皮做个笸箩筛水九千九百九十九次，再把树皮煎水喝就好了。他做了个黄杨木皮的笸箩搞这个，搞一个月了。

我明白了，中医的部署。

过了几个月，我遇见一位中医，就此事向他请教。中医笑了，说这里边有一个关子。"你非杏林之人，本不该对你说，说了也没啥事。古代医疗资源缺乏，好多医方是谋略。医家本来就跟兵家相通。这个筛水或煎水只是个幌子，黄杨木也是个幌子。大夫在用动功治他的肩周炎，明白不？筛不了九千遍，病就好了，架不住肩膀老动，筋拨开了。之后用黄杨木煎水喝，那是治好了之后的事了。这些事关键在于你信还是不信，人是不是老实。所以医家常说，傻子去病快，治聪明人的病反而慢，信则灵嘛。"

西，或八点钟方向

养胡沟的溪水纯得有如空气，石子枚枚可见。这么干净的水，别说喝，输入血管也心安。

坐在水边巨如龟背的石上，浓荫笼罩，四野无声。随手拣一粒石子掷水，一群蝌蚪笔直逃逸。

此景令人着迷。蝌蚪个个朝一个方向飞游，东南、正北或西，必定有一个蝌蚪喊号：西！用飞行员的术语，叫“八点钟方向”。但蝌蚪的口号一定简洁，石子才入水，口号已响起，不然它们怎么会箭一般朝同一方向脱弦而出？这情景很优美，小蝌蚪的尾巴像奔马那样拉直。你也可以想象这是群鲸的冲锋。

水滴没有残缺

每一滴水都是圆的，水比所有的东西都看重圆满并保持圆满。水珠将滴未滴之际，是瞬间的椭圆，坠下马上修复成标准的圆。水滴在空中坠落，水分子拉紧了手，绷紧了身上的衣衫。每一滴水都抱着如此大的力量和信念——保持一个圆。圆不会分散，圆没有残缺，圆可以保持自己的力量又借助别人的力量。水在空中被打碎，化为新的水珠，新的圆。把水称为兄弟何等准确，它们用看不见的手抱在一起，不分离。

水透明，人看不清水的容貌和水的个体。所谓“水分子”只是科学的一种说法。每个水一定有小到人眼看不见的身体，它们彼此相识相亲，不分你我。

把一碗水、一壶水、一桶水倒入河水江水海水里，它们瞬间融合，找不到过去的“我”。水有神奇的融合能力，不固执、不拘泥、不自我，最在意和合。把瓶里的水倒入杯里的水，分不出先后，它们如同自古以来就在一起，没区别。

相比较，人的融合最难。与其说性格难合，不如说文化难合，文化所包含的真实与虚伪、虔诚与诡诈、信仰与傲慢，让每个人都抱着自己的文化和利益绝不妥协，宽容在大部分情况下是一句空话。有的夫妻过了一辈子还在争吵，文化或价值观把每一件事都变成导火索。人看到水的融合会不会自省？只要是水，一杯脏水倒进干净水里，也会被均匀地淡化与净化，干净水慷慨地接纳了“脏水”，使它们比原来清澈一些，尽管水的整体浊了一些。

天下没有比水更加包容的物体。水无差别，无分别，水尽最大力量维持着平衡。水比钢铁坚硬又懂得温柔，水动驰万里，静守千年。人不知水的衣服在哪里，波浪是水奔跑的身姿，却不是它的衣服。有一天，冬天洋井的铸铁包了一层透明的膜，是冰，这就是水的外衣。水最巧，这一层冰多么薄、多么均匀。水可以分成多少层呢？它可以分成无数层却不分层。“浑然一体”这个词最适合于水。

水不挡光。生物的生长离不开阳光。阳光对植物而言，不只是温度，还是能量，像粮食一样。水的透光性保证了水中生物的生长。水无私，生育万物。

我们抓不住一滴水，更没办法用手捧着水走过千万里。水爱自由，它不想成为人的装饰或附庸。但人们身上有水。血液中百分之九十九的成分是纯净水。这些水里携带着人赖以生存的氧气，含着把水变红的红细胞。血水运送人体的养料和废料。而人体细胞内有更多的水。水做的女人是红楼梦的说法，水做的人是上帝的说法。我们生活在身体的水中。但我们还是不像水，像我们自己。

悉帕是一滴露珠

“《旧约》里面那些女性的名字中隐藏着多少温柔，拿玛说的是甜美，尼可尔是一条小溪，阿比盖尔是快乐之泉……杰迈玛是鸽子，他玛是棕榈树，蒂尔扎是优雅，悉帕是一滴露珠。”（塞弗尔特诗《失乐园》）

这首诗里还有：“迪莱拉是柔弱，雷切尔是母羔羊，戴博拉是蜜蜂，埃丝特是明亮的星星。我刚从墓地归来，六月的黄昏带着它的香气歇息在窗口，战争的雷声从寂静的远方传来。”

希伯来语的女人名在诗中停留，杰迈玛、蒂尔扎、埃丝特，鸽子般优雅，如明亮的星星。水晶的琴弦流下诗的小瀑布，瀑布折射出女性的面容。我的目光停在这句诗上——悉帕是一滴露珠，这是一句最好的诗。悉帕，它的含义是露珠又不止于露珠。希伯来语把这么好的音节送给了露珠。除了露珠，谁还能享用这两个音节呢？如果把所有语言里命名露珠的词汇收集到一起就是最好的诗篇。

悉帕还有无力垂下的含义，如露珠滑下芭蕉的叶子。《旧约》里，悉帕这个女人是利亚的使女、雅各的妾、迦得和亚设的母亲。几千年后，悉帕从迦南之地流到捷克国雅罗斯拉夫·塞费尔特的诗里，静静地卧在诗的玫瑰花瓣的旋涡里。

“悉帕是一滴露珠”，像一首诗的起始。接下来，这滴露珠用它透明的躯体在丝绒般的花瓣上滚动。花瓣的绒毛把露珠拆分成更小的露珠，如碎钻石闪射白光。是谁终生在花瓣上行走？那是蜜蜂和露珠，它们的步履与登山人没什么两样。花瓣是光滑的岩石，花的重重叠嶂是露珠的旅途。露珠从这一朵花瞭望另一朵花，像牧羊人从这山看望那山。

露珠没有衣裙，它的衣裙是它的名字——悉帕。这个名字为露珠编织了丝绸的披肩。悉帕是它的头巾、袜子和束腰。人说“悉帕”，露珠回头看，掉进了花蕊里。露珠在青草的叶子上能站立多长时间？青草伸出修长手臂，中间有一道白线。宽叶子上站两滴圆弧的露珠，窄叶子只站一滴露珠。悉帕站在青草的叶子上，如乘小船在海上航行。草叶在风中缓缓起伏，船在浪里起伏。小鸟在清晨低飞，草地上全是耀眼的星星。

悉帕是一滴露珠，这个词包含着早晨和清水一样的空气。光线像金针刺入花朵，悉帕躺在草叶上仰望。天上是绸缎铺，仿佛正在包裹一个巨大的转经筒。旋转中，红云变成了白云，露珠是草的瞳孔。

露珠从花瓣垂落，像从马背跳进草里。世上美好的东西似乎都应该有露珠，花朵与青草上沾着露珠，月亮和小鸟的羽毛上结露。小鹿站在树下东张西望，颈子上如果挂着露珠也不奇怪。美好的诗篇应该从纸页上凸出露珠，如松香那样。演奏美好乐曲的小提琴与长笛垂下一滴滴露珠比不滴更正常，就像把《鹧鸪飞》吹得太好，笛子会结霜一样。

如果悉帕是一滴露珠，也会是一滴或许多滴眼泪。悉帕不光是露珠，还是人名。犹太人的一生仿佛是送到窑里的炭，光明里交织黑暗，灼人又被人灼痛。湿柴剥剥燃烧时冒出水汽，甚至滴下水，不知是露珠还是眼泪。悉帕是使女、妾和母亲，悉帕是苦难中的一滴露珠。

无限水

喜多郎音乐《气》里边的一节，名《无限水》。什么是无限水？水即无限。水无处不见，无限延伸。北京在北京里面，故乡人在故乡，贡嘎雪山在贡嘎雪山那搭儿。而水，此处有它清亮的面孔和柔软的手，坐飞机到远方，如昆明，一开龙头，它又出现，一模一样，比你来得还快。

水无二致。山有山相，或峥或嵘，而天下的水是一个娘的孩子，没有昆仲之别。水系宽大，不分种族地域，水不自外于自己的兄弟。

水跟水亲。水一生急急忙忙，为了寻找同道，什么都挡不住水找水的真切。万丈高崖，一跃而下；大山挡路，蜿曲穿行。水为何流？它们母寻子，兄找弟，妹呼姊，儿投父。水什么时候不流，什么时候安静。它们聚流成湖，汇为大江之后，才以从容的步履缓入海洋。路上，鲜花绿草都不会让水停下脚步，不管遇到多么好的风景。水只想着走，行至天涯也把散居的弟兄拽进怀抱。

水流无情。情者何？放下抱负去做另一个我，改弦更张。眼前之情道不得，不许人走，只让人留。水亦潋滟，也会温柔，但决不停留。滔天浪做给天看，决地河让道改变。水若生情，盘桓延宕，早就干涸。

水包容。水不捐细流，水不拒污浊，水甘低下，水至柔至刚，水不重复常形常态，水运动，水映射星月，水漂木沉石，水饱人饮禾，水寓身万物之中，水风光，水袒裸，水施恩于任何生命，水存于方器则方圆器则圆，水遁形为气为雪为冰，水不可制造，水温张力为100摄氏度，水随处可见，水从天而降，水自地而出，水不悬空，水无眼耳鼻舌身意香味触法，水无首尾，水不回头……

水无限。

水既“是”又“不是”，身有人人得而见之最平凡的神奇，水从不透露自己的秘密。在泉边，只见水流，对其余，人们一概不知。

海伦·凯勒说：“水在我手上写满了‘水’字，不用别人教我也知道，这是何等巨大的喜悦……”

干草的香气

干草

干草堆积在仓房，像瓷器沉静地放在花梨木的格子上。干草在这里呼吸、低语，气味微甜而遥远。

干草通过回忆把泥土、河流与夏夜的故事讲述了一遍，既干净，又质朴，而它自己惯常发出这么一种甜味。像小米一样浅黄的干草，露出金子般闪亮褪去的黄色，如高级丝绸的质地。它发出的芳香，比青草隐逸。

我喜欢躺在仓房的干草上，架着二郎腿，想各种奇怪的事情。干草在身体下面发出响动，比纸好听。我想，我躺在多少青草上面啊。那些青草在夏天飒飒起舞，开过上百朵的花儿。

可是在夏季，闻不到青草准确的味道——河水、羊粪甚至蛙鸣都混入空气之中，青草的气味成了细小的呼喊。而这里，仓房里传出草的合唱，淡黄色富有光泽的和声，还有弦乐。一丝丝不绝如缕的甜味，自然是小提琴的独语。

从仓房木板的缝隙向外看。现在是初冬，雪在低洼处晾晒衣裳，庄稼被收走了，谷茬画出长长的垄线；天变得浅蓝，像被晒了一个夏天，有些脱色；狗在没有庄稼的地里慌慌张张地跑，追逐落在树上的乌鸦；白雾只有脚踝那么高，像大地披了一件衣裳。

仓房很暖，虽然以后就会冷了。放上一张床，加上煤油灯、猎枪和一本辞典，就能安度悠闲的日子。仓门半开，看日影一点点拉长，门口的猫望着远处犹疑不决。慢慢地，干草的气味钻进衣服和人的身体里，让人清爽健壮、咳嗽响亮；肺里的废气都被干草撵跑，脸色因此红润。

我想象，舅舅仓房的干草里藏着一本日记，记着民初的事情，有多少大烟被土匪抢走，村里的某某实为某某的私生子。而后从草堆里找出一把毛瑟枪，克虏伯所造，已经锈了，还有湖绉手帕裹着的一绺女人的头发，以及地图、鼻烟壶和掏耳勺；把仓房的门用力一关，上面掉下一函清朝王爷呈蒙藏院的密札。

然而，这多不可能。干草是昭日格图舅舅和我芟割的，还有朝鲁。我们在西洼地芟草的时候，马车一侧的轱辘陷进田鼠洞里，翻了，使朝鲁的脑袋缝了6针。在放干草之前，仓房堆着铁犁、马鞍和朝鲁结婚用的组合家具。去年，我在巴林右旗的查干沐沦村住了一个秋天。

草垛里藏着一望无际的草原

草垛如同干草的房子，但里面不住人，也不住动物。这座草的房子没有厅室，没有门，也没有窗户。我在拜兴塔拉乡住的时候，把一扇没人要的旧门摆在牧民额博家的草垛上，远看草垛像一个蒙古包。额博哈哈大笑，说："你是一个热爱家的人啊。"

那些日子，我没事绕着草垛散步。额博的老婆玉簪花说，狐狸才这样围着草垛转，假如有一只老母鸡在草垛里抱窝的话。

我不在意玉簪花的玩笑，她脸上布满雀斑，像一个芝麻烧饼。

额博有三个草垛，它们是牧畜过冬的牧草。现在开春了，三个草垛只剩下一个，额博家的牛羊在六月青草长出来之前靠它维生。草垛如一只金黄的大刺猬，蓬松着蹲在瓦房前。房前停一辆蓝色的摩托车，洋井上挂着马笼头。我观赏这个草垛，并不因为它是牛羊的口粮，也没想跟牛羊抢这堆口粮。我在惊异——见到草垛我每每惊异，这么多草从地里割下，一绺一绺躺在一起。草从来没想过它们会像粉条似的躺在这里吧？

我从草垛上看到一望无际的草原。草原上的草不躺着，它们站立在宽厚的泥土上，头顶飘过白云。早上，曦光从山顶射过来，草尖的露水闪烁光芒，好像手执刀剑。六月末，大地花朵盛开，像从山坡上跑下来，挥动红的、黄的和蓝的头巾。城里人习惯用花盆栽花，花在家具之间孤零零地开。草原上，大片的花像没融化的彩色的雪。花朵恣意盛开，才叫怒放。开花，只是草在一年中几天里所做的事而已。

野花夹杂在草里，和草一同嬉戏。花朵如一群小女孩儿，甩掉鞋子跑到了草叶身后捉迷藏。明明没有风，却看见草叶的袖子摆动。草浪起伏的节律，让人想到歌王哈扎布唱蒙古长调的气息。歌者把腹中所有的气吐尽，吸气时喉头颤动，气息沿上颚抵达颅顶，进入高音区并轻松地发出假声。这种演唱方法如草浪在风里俯仰，深缓广大，无止息。在哈扎布的演唱中找不到一个接头，找不到停顿或换气的地方，像透明的风，一直在呼吸却听不到风的呼吸声。

风在草里染上了绿色，它去河水里洗濯，绿色沉淀在河底的水草上。水草在水里得意地梳自己比柳枝还要长的辫子，散在斑驳的石子间。水草根部藏着鬼鬼祟祟的小鱼，这些泥土色带黑斑的小鱼只有人的指甲那么长，不知会不会长大。草原的深处，暗伏很多几米深的小河，河里有小鱼小虾。

草对于草原，不是衣服，更不是装饰。草是草原上最广大的种族，祖祖辈辈长于此地。白云堆在天上，如一个集市。如果地上没有草，剩下的只有死寂。草把沟壑填满，风里飘过一群群鸟的黑影。小河如同伸出的胳膊，上面站立白云的倒影。草的香味钻进人的衣服里，草的汁液浸泡马蹄。

草们如今成了额博的干草垛，它们一根挨一根躺在一起，回忆星光和露水。摸一下，草叶唰唰响，夏天的草发不出这样的声音。我在心里算计，这些草在草原能占多大的面积，十亩？还是五亩？算不出。只好说，它们是很大一片草。草绿时分，蝴蝶在上面飞，像给草冠插一朵花，过一会儿又插到别的草冠上。草窠下面爬过褐黄的大蚂蚁，举着半只昆虫干枯的翅膀。不远处小河在流淌，几乎没有声音，水面光影婆娑。花朵高傲地仰起头，颈子摇动。月亮升起后，草叶沾满露水，如同下河走了一圈儿。

如今它们变成草垛，变成一个伪装的房子，身边放一个油漆剥落的旧门。我像狐狸一样围着草垛转，嗅干草的香甜味。干草的香甜味久远，仿佛可以慢慢酿成酒。

荷　花

荷

光是“荷”这个名字就足够好。荷的音念出来语气平缓，不促不亢也没办法激烈。荷——从中脘缓缓而出，上牙膛和印堂感到和的气息，即和气。荷这个字也好看，如团团圆圆的荷叶，有草有人有可，符合伦理。

植物最大的叶子，我只见过荷与芭蕉，而荷把叶子漂在水上。陆地上的树叶如小鸟羽毛，披纷飒飒，包住一棵树，假装在风里飞行。荷叶的冠盖占领一小片水。这片水比圆规画的还圆，荷上沾着露珠。我觉得水变成荷叶上的露珠很幸福。水在荷叶上站立，滚动，却不涣散。水如果变成珠而且站立就和精灵没什么两样。它们瞪着眼睛看一切，边看边滚，不留一丝痕迹。屋檐的雨滴、竹叶上的水滴都没有荷上露珠这么惬意。

口诵荷字可除燥气。人吵架前念一百声“荷”就只想睡觉而不愿意争吵了。荷乃合。借中医的说法，寡人有疾乃是身心未合。肝肾不合气郁，水火不合湿寒。阴阳交泰曰合，于风曰和，于植物一类曰荷。

八月既望，适于和风中赏荷。西湖里面的曲院风荷就是一个荷风国，小于荷兰国。曲院在南宋是皇家麯院，酒气纷纷，荷花颜面酡红，一看就是酒精过敏；花朵见了风摇晃不已，仿佛真醉了。我住进曲院风荷，才知道这里有木屋。高大的芭蕉叶下，被雨水淋湿的木屋像水牛皮那么黑，竹叶擦拭窗玻璃，各屋转角处走来皮毛斑斓的野猫，譬如白毛黄斑、白毛黑斑的猫，没见到白毛白斑的猫。从我住的房子大步往外走，不出十五步可见荷花。小步走七步，见到了桂花树下的水仙花。桂花包容，让不香的花先开。杏花、桃花、迎春、苹果这些不香的花都先开，白一下，黄一下，做一个序幕，尔后百花登场。倘若集中精神闻杏花，会闻到一点儿带杏仁苦味儿的微香，但我不会对外说此事。在春天，一帮人手扶杏花闭眼闻，让蜜蜂干什么？

盛夏，荷叶让西湖的水面缩小了，西湖垂柳依依的岸边挤满荷的圆圈，像几千个小孩儿藏在水里，撑着荷叶的绿伞。荷花的红里有一点点蓝，红更亮了，可称之艳。树上的花开花要把身子靠在枝上，不胜单薄，而荷花单腿站在高高的茎上，茎下的荷叶如圆圆的舞台。荷花绽放要有台子，这并非矜持，而为端庄。未放时，荷的花瓣双掌合拢，白白的花苞顶尖晕红。打开后，花瓣捧出恬静的、鲜美的、果实般的红。

荷叶让鱼虾感受到水下森林的乐趣，红鱼黑鱼在荷叶下享受绿的阴凉。风把荷香藕香送到十里八乡，荷让江山多一分和气，大度安详。

荷花骑马坐轿

早上，山麓的凉意近秋。石头砌的池子里温泉的汤水蒸发白雾；蝉声织出一片比雾气更密的网，尾音拉得很长，似有倦意。

我在池子边上跑步，迎着空气中温泉的硫黄味，绕过桥，面临一大片荷花。

荷花长于绿琉璃似的瓷花盆里，沉在一尺多深的水里。这样，它们就不必被人们说成是出淤泥而不染了，这一片水塘没污泥。花盆小，荷花开得也小，一朵朵只有拳头大；比洗脸盆大的荷叶更玲珑可心。

我坐在鹅卵石上看清晨的荷花，目光儿与花瓣平齐。不经意间，觉得荷花像欲开又拢的婴儿的手。花比婴儿的手大些，但其红肥圆拢都像婴儿的手掌。怪不得佛菩萨喜欢安坐在荷花里，花瓣如一个个手印。手指拈出不同的手印，代表修道人不同的心意。荷花的手印无外喻示美，或开示美。其美红白相间，美而圆满。这么大一朵荷花竟被细茎孤零零地举着，高出水面很多，显出卓然不群。这枝细茎举得也好，不偏不倚刚好举在荷花的中间。因此，说荷花如一个灯盏也算贴切。花心是一截莲蓬，可作灯盏里的蜡烛，只是没火苗而已。现在是早上，不必有火苗。

我起身接着跑，沉迷花草消磨意志。顺一条汽车路往山上跑，过玉米地，见松鼠上树、鸭子下河，绕过一片苹果树林下山。从高处再看这片荷花，如见一队迎亲的队伍：荷花骑马坐轿，在一片绿叶的簇拥下，涉江而来。我觉得红花、圆叶、绿茎都是民间故事的题材，仿佛荷花比别的花更有故事，要不然，荷花怎么会骑马坐轿？它高高在上，左顾右盼都是涟漪。老百姓发明了荷花仙子之说，月季比它更艳丽，也未配仙名。

陆地上的花长在泥土里，花边上还有青草、树木，还有爬来爬去的蚂蚁。而荷花的背景干净，只有水。水如一面镜子，映衬荷花娴静。风把水面吹起皱纹，荷花因而多情。它在风中微微俯仰，似颔首、似含笑，最似欲言又止，姑且如此吧。

其实荷花颜色很艳，算是桃红。我猜这种颜色并非出自荷花本意，而是上帝指定的颜色。其他的花配上这种颜色会显出俗，人穿荷花色的衣服会极俗，而荷花却不俗。一来它的艳红有白色在下面衬托，二来水面实为暗调子，显出它新鲜，甚至童稚。它如婴儿般的手掌即有童稚意趣。画荷花是文人画的主要题材，源头是八大山人朱耷。数不清的画家仰慕八大山人，心摹手追，但画出来就俗。荷这种东西容易画出败意，不鲜灵。从技法来说，中国画的看家本领——皴法在画荷中基本用不上。传递荷花精神，关键看画者能不能掌握骨法。好笔法笔笔是中锋，苍润鲜明，这是功夫，也是境界。用晕染一类手段画荷只算刚入门。

柳　树

柳树的母性

常言道:“柳树低着头长高。”

这话像拉开一个帘子,或者说射进一束光,让人看清了一些东西。柳是一辈子低着头生长的树,连柳条也垂向地面,而不是伸向天空。柳树一辈子低头在看什么?原来是看自己的儿女。

柳树的儿女多到数不过来,树要牵挂每一根,只好低头看。丰子恺也是低头俯察的人,他留心孩子,他的画作和散文里多见他小孩的趣事。丰子恺笔下的阿宝、瞻瞻,留给人间多少美好。丰子恺的画多多少少掩盖了他的文名。现代作家中,他写孩子写得最好。他的幽默居于鲁迅之后,排在其他作家的前面,比林语堂、梁实秋深味。

有人说拍电影是遗憾的艺术,最遗憾的莫过于成人不曾观察孩子的成长,他们的成长比电影更艺术。为人父母,如果从孩子降生就开始观察他,看他爬、走、学语、打闹、上学堂,会看到一片连绵深广的美,比看什么风景都感人。美学的审美范畴,不外真诚、纯洁、天真、幽默、单纯和热忱等等,这些美在孩子身上毕露无遗,比任何书和电影都丰富。

一个低着头看自己孩子成长的人，他的脸一定生动、友善，人有幽默感。因为他有一个孩子做老师，教他生动、友善与幽默。成年人的心灵越来越板结、僵化和虚伪，唯一的良药是向孩子学习。泰戈尔说，上帝等待人们在智慧中回到童年。

没错，泰戈尔发现了童年的美好——包括生动、友善、幽默。回到童年的路径是智慧，智慧是什么？是爱。孩子的心灵里装的爱太多了，多到四溢。孩子们睁开眼睛就考虑小鸟、小花和白云。花鸟和白云冷不冷，需不需要帮助？孩子们大把挥洒着爱，爱并没减少，而他们因此可爱。花草、小动物和美的东西受到损坏，孩子随时洒下大颗的眼泪。除了上帝，哪儿还有像孩子这么博爱的人？孩子们智慧充足，成人见到孩子，不自觉惭愧，不为自己的虚伪脸红，也是一件极大的怪事。

西方宗教说人应该谦卑，中国的道家告诉人从谦卑中得到好处，而人其实最难谦卑。处低下者自然恭顺，一旦得势就要昂然，正是“王莽谦恭未篡时”。人自己也分不清趾高气扬与扬眉吐气是不是一回事，这两种情态实在不是两回事。如果没有博大的悲悯情怀，没有百炼钢化绕指柔的修养，身居高位而又谦卑者，古今都少见。老子称“道法自然”，自然界成熟的谷穗和向日葵，哪一株不低着头？成熟和母性是同义词。植物从收获开始向大地躬身致谢，替它们的孩子向造物主表达感恩。

柳树趴在河边喝水

我妈说，柳树上辈子是渴死的。每每看到柳树趴在河边饮水，我就想起我妈说的话。柳枝一挂一挂垂下来，伸到河里饮水。我妈不愧是我妈，说得真对。你看，细长的柳叶好像是绿嘴唇，树叶长成这样就是为了喝水。

河边多柳树。它们从远处走来，走到河边不想走了，低头喝水。我在高唐县的河边见到一棵大柳树，它的一多半枝条垂向河面。如果不是树根拽着，它早就掉进河里淹死了。但它的柳条离水面还有两三寸。一个干渴的人的嘴离水杯中的水还有两寸是什么滋味？这棵柳树快急死了。我想，柳枝需要多长时间长出两三寸呢？半个月，也许一个星期。这怎么能行呢？我上前摸了摸柳树斑驳的树干，说："柳树啊柳树，你幸亏遇到我啦！我妈说你上辈子是渴死的，估计你上辈子生在巴丹吉林沙漠。过去的事就不提了，今天我帮你喝水。"我手拽柳枝塞进水里。水面虽然没咕噜咕噜冒泡，但柳枝分明喝到了水。河水顺枝条喝进树干再喝进树根咋也要十分钟，我不能轻率地离开，要帮它把水喝足。它喝水造成我手酸是不可避免的，但我不能老拽着柳条，别人看不出来我这是做好事，倒像是傻子。话说怕啥来啥，这时一个人从河边踱来，当然他是高唐人。他走到我身边站定，背上手，问："你干吗呢？"

我怎么回答他呢？他妈肯定没跟他讲过关于柳树的话，他妈不算是一个称职的妈。贵为人母，你难道不应该告诉孩子关于水和植物的道理吗？你生出孩子就不管了？让他到处乱问话。

"你干吗呢？"

他又问。他四十多岁，腰围约 90 厘米（2 尺 7 寸许），头发白一半了，穿方格半袖衫。我问他："你妈多大岁数了？"

他一愣，手不背了，说："俺娘七十一了。"

"身体咋样？"

他高兴地咧开嘴，说："俺娘身板儿好着哩。"

我用另一只手向他摆了摆，这只手继续帮着柳树喝水。

他咧着嘴向我摆摆手，走了。可算走了。

柳叶的七八个嘴唇在河里喝水，我以手摆柳，这些嘴唇像绿色的小鱼飞游。我觉着柳树比刚才绿点儿了，也可能没绿，我不想争论这个问题。

"你干吗呢？"这人又回来了，从我身后左侧包抄过来，还穿着那件方格衫。

"你怎么不走呢？"我反问他。

他憨厚地笑笑："你捋着树头干吗？"

我怎么回答这个坏蛋呢？我说："钓鱼呢。"

"哈哈哈"他爆发大笑，"拿柳树枝钓鱼？哈哈哈，钓上来没有？哈哈哈……"

他笑着，突然间引发剧烈的咳嗽。看到了没有？瞎问出事了吧？他的气管和支气管不支持他瞎问话。这个人低着头，咳嗽着走了，这回真走了。

这一切柳树都看在了眼里，我私下认为是柳树发功让他咳嗽的，有这种可能。人常说柳树老了成精，没准儿这事就是真的。我对柳树竖起大拇指，同时觉得它喝得差不多了，我怕再来一个人用山东口音问："你干吗呢？"

我看到树下面有一段尼龙绳，我拣起绳子，找到一块砖头，把它系在柳枝上。"喝吧，"我对柳树说："上辈子渴死的，这辈子喝个够。”

我到了远处，回头看这棵大柳树。虽然已近盛夏，它的枝叶仍然浅绿，好像留着更多的绿色秋天用。秋天的时候，柳树的绿里带一些灰色，好像累了，也许是喝水太多造成的水潴留。人身体的钾钠离子不平衡也会形成水潴留，即浮肿。柳树每根枝条都垂向地面，为了喝水。柳树有点儿像动物里的羊，温驯平和。羊里面的每只羊都像母羊，它们像母亲一样奔走着，以哀怜的眼神看小羊羔。羊比人更早知道羊的命运。每株柳树都像孕育子孙的母树，枝条万千即其子孙。柳树为了子孙繁茂俯在河边喝水，枝条在风里摆动，像回忆，又像音乐里的回旋曲。对河水来说，柳枝是从天上降落的梯子，从上面走下来一个又一个精灵。而河水踏着柳树的阶梯，经过枝条和树干到达根系，像旅行结婚一样。

“干吗呢？”我回头，又看见了穿方格衫的人。他背手站着问我，面有笑意。上帝派他第三次来到我跟前。

说什么好呢？我“咳，咳”咳嗽起来。我记得他是咳嗽走的。这人一愣，手捂胸口但没咳嗽。我接着咳嗽，因为真不知道怎样回答山东口音的“你干吗呢”。他转身走了，真走了，带点儿小跑，连头都不回了。原来咳嗽也算一种特异功能啊。

向日葵

葵花

盟公署家属院，家家有一个院子。别人家把院子变成了园子，他们是汉族，其先人把几千年的耕作经验留传给盟公署家属院的子孙。他们拿铁锹翻地、下种、浇水，见了地喜笑颜开。他们家的窗前变成了农场和花园。汉族人在园子里种玉米、高粱、圆白菜、大白菜、葱和韭菜。更高明的人种黄瓜、青椒，简直匪夷所思。那时的赤峰人基本上没见过黄瓜青椒，见也是在课本上见的，没吃过。街上没卖过黄瓜青椒。汉族人在庄稼的边上种花，波斯菊和大丽花。每家的院子不大，也就二分地。种高粱不指望收米，半夜撒尿挡挡月亮。

我爸看别人家院子里冒出小苗着急了。我爸我妈从牧区来，祖祖辈辈没种过地。我爸向别人学习种地。经指导，我爸拿各类种子胡乱种进地里，用脚踩实，浇点儿水完事了。不久，小苗长出来，在一场春雨之后。我们趴地上看，绿色的小苗如倒写的人字，甩出两条袖子，一东一西，或一南一北。我们设想我家园子很快像森林一样繁盛，进院被各种植物的叶子挡住脸。

小苗一天天长大，我妈发现，它们多数是青草，这不算我爸的业绩。尔后长了一些别样的苗,但不知是什么苗。这就像小孩儿长大了才能看出他是谁家的孩子。苗长大了,有的苗长到半尺就开花,这是花而非白菜。我家的花多数是胭粉豆,也有扫帚梅。有的苗长到半道就死了,死者不知是玉米、高粱还是谷子。马克·吐温说他是他妈生的双胞胎之一,其中一个洗澡淹死了。马克·吐温说他始终不知是谁淹死了。不死还噌噌往上长并越发粗壮的是向日葵,这很容易看出来。葵花秆长一层白毛,像人的汗毛一样。

我爸撒籽时抓各种籽撒下去,因此葵花并不像汉族人种的那样排列成行。我家的葵花如散步散进了院子的过客,在窗前停留谈话。葵花长出花盘,虽然小,也生出一圈儿黄花瓣,像火苗一样飘飘然。每天早上醒来,我先趴窗台上透过玻璃看这些小向日葵。它们的脑袋越长越大,越长越圆。当然,它这个脑袋像铁饼一样扁。圆的像倭瓜,秆就支不动了。葵花戴着厨娘的帽子,脸庞边缘露出一圈儿花瓣。花瓣有得是,只不过先露出一小圈儿给你们看看。葵花的脸盘子长满花蕊。花蕊横竖成行,上百。这么多花蕊,说葵花的脸盘子是花蕊的广场也可以。花蕊在集会,它们手举更小的花瓣准备走过主席台,主席是太阳。

我爸对院子里长出稀稀拉拉的葵花感到欣慰,双手掐腰,以县委书记焦裕禄的造型看这些葵花,好像这是他发明的植物新品种。葵花驾临我家小院,招来好多客人。小猫在葵花下面挖坑埋屎。蜜蜂追随葵花的脸盘子嗡嗡响,好像想给葵花洗脸却没处下手。葵花笑着,脸这么圆,笑呗。人说葵花的脸对着太阳转动。我仔细看它的脖子,没轴怎么转呢?我没看过葵花转。那时候,大街上画的葵花比世上真实存在的葵花多得多。葵花匍匐着，环绕红太阳。

向日葵的影子

小时候，我家院子里种的向日葵夭折了七八棵，秋天只剩下一棵高大的老向日葵。它长到两米多高，好像一根绿色的电线杆子。为了帮助牧区的亲戚找到我家，我妈用蒙古族文字写信告诉他们“院子里长了一棵特别高的葵花”。

我常常趴在窗台看这棵向日葵，它的躯干如同拧满了筋，筋外的绿皮生一层白绒毛。向日葵扁平的后脑勺也长满了筋包，原来像小舌头一样的黄花瓣枯干之后仍不凋落，萎在脸盘子的外圈儿。它的叶子如一片片手绢，仿佛想送人却没送出去，尴尬地举在手上。

向日葵的伴侣是它的影子。我家的小园子在秋天已一无所有，地上只剩下灰白色的泥土。土被连续的秋雨冲刷出一层起伏的花纹，似干涸的河床。立于院子中间的向日葵的影子如长长的黑色表针，从早晨开始缓缓地转动，仿佛探测园子里土壤下面的秘密。我们这个家属院的地里有许多秘密。春天，各家种园子翻地翻出过日本刺刀，还有人的骨头。按说，翻地只翻一铁锹深，翻出来一些东西就不应再翻出来新东西了。但我们家属院年年春天翻出来新东西，这些东西仿佛年年往上长，最多的是人的肱骨和胫骨。有的人家把翻出的骨头棒子顺条堆在松木栅栏边上，仿佛炫耀他家的财富，那个时候的人真愚昧。我们跑到各家看这些骨头。有个小孩儿腰扎一根草绳子，把骨头别在腰上，到街里闲逛。这个小孩儿后来失踪了。

我总觉得向日葵的影子底下会有什么秘密。骨头不算秘密，虽然有人说骨头们每天会从地底下往上长一点儿，春天长到地面，它们要长出来。如果不翻动，骨头也许长出白枝白叶，也许红枝红叶，不一定。有人说这些骨头的宿主乃有冤魂。我沿着向日葵的影子往下挖一条细细的深沟，把土掏出来。这样，向日葵影子的细长身躯与大脸盘子就镶嵌在沟里。我见此很欣慰，如果蹲下看，地面已看不到向日葵的影子了。这是多好的事：我藏起了向日葵的影子。

万物和它们的影子应该是两回事吧，东西是东西，影子是影子。向日葵影子的生活是在模仿向日葵，为它剪裁一件透明的黑衣，追随它，须臾不得离开，直至黑夜来临。向日葵的影子没想到它竟掉进了沟里。我在向日葵的东面和西面挖了两条沟，都很细。西面的沟更长。太阳落山时，向日葵的影子掉进这条沟基本上爬不上来了。我一看到此景就想笑，这是它万万没想到的事情。黄昏的光线从辽河工程局家属院以及更西面的体育场和卫校方向的天空奔涌过来，几乎一点儿阻挡都没有。向日葵拖着一根影子的尾巴朝夕阳跑，过一会儿，慢慢地，影子中计了，它掉进了沟里，我在沟上面盖上早已准备好的草。看到没有，向日葵的影子消失了，它是世界上唯一没有影子的向日葵。虽然它老得豁掉了牙齿——它脸盘上的瓜子被喜鹊偷啄了很多，像豁牙子的老人。但它摆脱了影子该有多么轻松。房子和杨树都倚靠在自己沉重的影子里，房屋的影子由于沉重而倾斜。杨树的影子甚至在模仿杨树的断枝，像取笑它一样。

向日葵在自己的影子里站立，它在影子里站高、变矮，影子是它对往事的回忆。蚂蚁在向日葵的影子里爬，如同检查它的身体，或者说正把它的影子拆掉，搬到各个地方。每次我从窗台看到向日葵，它如同拄着拐杖的老将军，它离不开那根拐杖，拐杖就是它的影子。

向日葵的奇特在于把那么多种子结在自己脸上，它的大而圆的脸仿佛在笑，长时间凝视太阳却不会造成日盲症。然而它的脸上堆满了子女，多到数不过来。它看不到眼前的情景，它的子女在它脸上铺设了一座团体操的广场。蜜蜂般的花蕊脱落，向日葵的脸上布满黑色带白纹的瓜子。它们被称为瓜子，然而跟瓜没关系。瓜子们等待阅兵的口令。它们的横列已经齐得不能再齐，纵列更整齐，每一个肩膀都靠在一起。

沙 漠

勃隆克

雨滴钻进沙漠里就再没出来过。铅色的低云下，沙漠由耀眼的白色变为明黄，好像穿了一件新衣裳。

雨在沙漠上一个脚印也没留下，没有滴痕，没有水洼，雨水没了。

不一会儿，雨停了，太阳出来了，空气立刻蒸发一股潮湿气味。太阳如同开了一个玩笑，拉开铅云的门帘对人们笑，好像在沙漠下雨是个笑话。

这个地方叫勃隆克，是沙漠而不是沙地。我自己觉得，草原被耕种、被开垦、被采掘造成的沙化是人插手自然形成的荒漠化，叫沙地。草原表面由草的根须织成的保护层被撕破，土没有根须的保护被风刮跑，变成尘。地死去，流沙成了统治者。而沙漠是另一回事，它是大自然的杰作之一，像河流、岩石、土壤一样，古今如一。它哪儿也不去，只留在原初的家园。沙漠有自己的生态系统，生长只在沙漠存活的红柳（红柳在沙地里活不成，什么植物在沙地里都活不成），有动物和昆虫，也有草。没下雨时，我的手像铲子一样嗖嗖插进沙漠，不到二十厘米，手觉出清凉，铲出来的沙子全是含水分的湿块儿。

鸟飞过沙漠上空，最是好看，即使没读过柳宗元的诗也能体会出“千山鸟飞绝”的意境。鸟飞得太孤单，好像有人从沙漠后扔出一块抛物线轨迹的石头。站在沙峰上，风大到人站不住脚。看见鸟在下面逆风飞（顺风早被吹跑了），它抬着胸，几乎站起身子。这样的鸟留一头长发会飘得多么好看，套一件裙子更好看。鸟来这里纯粹是玩儿来了，像人一样。

人从沙的悬崖上如八女投江一般头朝下栽下去，结果变成了长距离的滑行。在沙漠戏耍，没有摔伤、磕伤，沙子有巨大的缓冲力，还干净。

有人说，七八月份，游人戴墨镜躺在沙子上，用滚烫的沙熨腰，既舒服又治腰伤。当地人用细腻的白沙做婴儿的尿不湿，如猫砂一般。

沙漠表面有一层矩阵的花纹，像海浪凝固了，一排距另一排二十多厘米。用手在沙漠里掏玩儿，边缘的沙子以人眼看不清的速度塌下来，保留顶端均匀的圆形。

勃隆克沙漠方圆十多公里，有冰川时期漂来的巨石，石褐色，方形。有一个湖宛然泊于沙漠谷底，蓝色，不沉也不涨。湖里有野鸭子，它们从此岸往彼岸游，脚蹼分出水波的“八”字越划越大。它已游到对岸，“八”的水痕还在，见出湖水的静。我觉得在这里当野鸭子比当人强多了，尽享世间胜景；不用装，但比装拥有更大的美感。湖里的鱼没人捕，蒙古族人不吃鱼，鱼在湖底比闹市的人还多。

我赞叹的不是沙漠，是胜景。给自然造成灾祸的是土地荒漠化，而不是沙漠。沙漠是大自然的儿孙之一，它一直待在自己的故乡，有其他地方看不到的美。

沙漠里的流水

勃隆克沙漠如山丘一般有峰有谷、有沙坡和悬崖，全是沙。站在沙的悬崖上，人可以往下跳，甚至头朝下鱼跃冲下，身体毫发无损。沙子比人的身体还软，用它的软接住你，缓冲力量，人跳了崖之后还是人。人摔在比身体坚硬的物体上，身体迸而物体不迸；人落沙子上是沙迸，人还是完人。仔细看，沙砾实为坚硬的半透明的晶石，不规则的晶石之间的空气与间隙，缓解了力。

行走在沙漠的峰峦，像走在鲤鱼的脊背上。沙漠顶峰有一道曲折鲜明的分界线，如同阴阳面。风把沙曲折地堆在顶端，沙子显出金黄的着光面和阴影。站在沙峰上看，左右峰峦线条柔和，没有树；一只鸟飞过，在沙漠上拖下鸡蛋大的阴影。在沙漠中待着，耳朵有点儿闷，如飞机落地前那种闷，耳朵不适应太静。在有泉鸟的山里，人感寂静，耳底时有泉流和鸟鸣的低回，只是人注意不到。沙漠真是空寂，什么声音都没有，耳朵反而嗡嗡响。静，原本以喧闹为根基。不喧闹耳朵自己闹，它变成自鸣钟。

沙峰的谷底有一条溪流，边上一溜金红色的柳条，流水在柳条的生长路线上断断续续露出身影。

沙漠里有流水？这好像是大自然撒的一个谎。走到水边，用手捧起水，清亮，凉，才知道水的真实。沙漠里怎么会存水呢？所有的水不都会在沙漠中迅速漏下去吗？这里怎么会有流水呢？河床用淤泥和坚硬的石头兜住了流水，沙子能吗？我用手掏溪流的底部，仍然是沙子，但坚硬。我觉得不能再掏了，再掏就漏了。

水在沙漠上比金子还贵重。柳树用枝条隐蔽水的身影，如果不遮挡，会有人上这儿偷水吗？这些水以微微颤动代替流淌，一尺多宽，有的地方只剩两指宽。水的底部铺着大沙砾，还有躺直的草。

我顺着河走，踩塌的沙子堵住一些水流，如破坏者。再走，这道水钻进地下没了。怎么会没了呢？我以掌做挖掘机，掏出一堆湿润的沙子，却不见水流。或者说，水流着，一头栽进了地心。它到地心去干什么？好像不符合流水的常态。水惯于在地表流淌，并不会突然失踪。

在谷底走，约走五十米，水抬头冒出地面。地面又长出零零星星的柳条。宋代有歌谣：凡有井水处皆咏柳词，柳乃柳咏柳三变。此话在这里可改为：凡有柳条处皆涌流水，水乃沙漠流水地下水。

我觉得它们不是一般的水。对，它们肯定不是平凡的水。庸常之水在这里早漏下去了，怎么可能往前流呢？我捧水尝尝，还是水味，没尝出河味；再尝，有一点儿柳树的苦味。喝过此水，必也延年矣。可是，刚才断流入地的水，为何会挑头冒上来呢？似乎不合重力定律的约束。对大自然，人不明白的事太多了。

我跟着流水走，又见到惊喜。在一巴掌宽的溪流中，游着两条小鱼，火柴那么长。小鱼像沙子那样黄，半透明，露着骨骼，但没刺。鱼甩一下尾巴动一下，眼睛是两个黑点。除了飞过的那只鸟，小鱼是沙漠里唯一的生物。当然我也是生物，眼睛比鱼眼大，不会飞。我把小鱼团到手心，像个坏人那样想：它长到餐桌上的红烧鱼那么大要多长时间？把鱼放回水里，另一条急忙趋近它，像询问它受伤没有。

沙漠有水流过，像大自然的谎言。大自然偶现诡异，但不撒谎。它让沙漠里有水，有鱼和柳树，这是一个生态系统。再往前走，我见到了壁虎似的蜥蜴。再往前，水面宽了，游着不一样的鱼，水边出现几朵野花，有一只野蜂飞过，一条蜥蜴跳进水里……

沙滩

世上最难理解的东西是沙子，或者叫砂子。没见过沙子什么时间被加工过，但比加工的还精细、还晶莹、还茫然。

走在海边的沙滩上，我除了自己的脚印什么都看不到。捧起沙子，有一个声音问我：沙子是什么？

我不知道，这实在是最深奥而非最申奥的问题。

你可以把它的前身想象成一块巨大的石英石，半透明，但还没有透明到磨成凸透镜片把阳光变成火种的程度。后来这块巨石碎了，变成了沙子。问题是谁让石头碎了，碎得这么均匀？

见到沙子，我知道我们不了解的事情多了。

沙子的前身可能是一颗星星，叫水瓶星，跟摩羯星顶牛旋转，火星喷云，落地为尘，变成了地球的沙子。

或者有一位游戏的天星，捕捉其他的小星按在地上研粉。他手里有一个筛子，网眼儿像沙子那么细，星粉露到人间。

我走过沙滩，感觉走在别人的东西上，像什么洒了，而我们管它叫沙子。沙子时时挑战人的观念——它没有主次、没有首尾、没有营养、没有矗立。沙子挑战人对秩序与伟大的膜拜,以无表情。

人幸运自己的体积比沙子大,人如果小似真菌,看沙子就看到了玲珑的玉山,宫殿叠加,巍峨入云。真菌的人在沙砾的水晶宫中穿行,看到折射的虹霓像老者的花镜。在海滩的沙子底下,听浪头如白衣宪兵搜捕海的腥味,水渗半尺,沙子留下泡沫的帐篷。

如果沙子生长,每年长一点点,每粒沙子长得像白菜那么大,人们开始喜欢沙子,每人搬一块回家渍酸菜。

沙子来自外星。沙子被古埃及人用来测量时间,沙漏搬运时间只留下沙子匿名的脸。沙子代表虚无。沙子是水和生命的反物质。沙子仰观云飞雾散。沙子喻示以前或以后的史前时代。沙子是滔滔奔涌的石头河流,暗示自己是某一种水。儿童喜欢沙子,母鸡和骆驼喜欢沙子。沙子的浪花在风里。沙子是大自然的形态之一。沙子这个名起得不怎么好。沙子是自然界最大的疑团。

苦　味

草药与大地的苦

在山上，找一块干净的土，往下掏一尺取一捻放在嘴里尝，品不出什么味道。用李时珍的笔法，可写为“土性平、无味、生育万物”。

我尝这捻土，心想：土里到底有什么，让甘草那么甜，让黄连那么苦？土里一定百味聚集，不同的庄稼、植物从其中提取了不同的味道。生嚼高粱玉米，微甜有一点儿涩。嚼玉米，甜；嚼青草，干脆的甜。高粱玉米的秸秆都甜，玉米的秸秆略带一点点臊味。生茄子甜，黄瓜清香。西瓜香瓜不用说了，甜是它们的本职工作。树上结的苹果、梨和枣都甜。由此说，大地所储存的营养，以甜为主。可是，草药为什么聚集那么多的苦呢？大地有甜的怀抱，也有酸辛、有苦情，草药把苦长在自己身上。

大地怎么不苦？世上唯有大地最艰辛，日晒风吹，洪水冰雹都倾泻在大地的怀抱。地被冻过三尺，被涝过三尺，世上从未停止劳动的并不是人，而是大地。

大地的苦情，高粱玉米不懂，苹果和桃更不懂，懂大地的只有草药。苦是什么？是执拗，是抓住你不撒手，是一屁股坐在地上大哭,是心头化不开的恨,是沉潜向下的哀怨。苦进了人的嘴里像进了蛇蝎,嚼不得,咽不得。苦只是一个比喻,人把生活的所有艰难用这个味觉的词汇形容之:苦。

中医认为苦可清肝火、明双目。按天人合一的观点,人的身体也堪与大地相配伍。地产百味,人吸纳百味。苦只是一味,没尝过苦味的人,舌蕾相当于一个聋子。

味原本不存在,或者说它只为味蕾或中药的药味而存在。拿一块冰糖贴脊背上,脊背察觉不出其甜,拿一块山楂糕放脸上,脸也不酸。佛家典籍讲,味只存在于人的三寸舌头上,何必吃山珍海味?多么贵重的珍馔佳肴滑过三寸舌面,落入肚里都成糟粕。佛教认为不应该也不值得为了舌头而杀生食肉。

在物品的味道和舌头之间,有一个是真相,另一个在欺骗。蒙特利尔大学的生物学家得出结论,人类的味觉是由味蕾基因的特殊排列方式决定的,并得益于口腔中的酶。而人与其他动物味蕾基因排列方式的不同,使其尝到的味道也不同。人吃干粮狗吃屎,各得其味,谁也不能臆测对方的味。广东人吃蛆、湖南人吃臭干子,中国人吃 CNN 瞧不起的皮蛋,都由顽固的味觉好恶所决定。欧洲最好的奶酪,中国人吃起来臭不可当。榴莲也如此。这是说,鼻子和舌头(特别是唾液中的酶)具有不同的认知方式,它们闻到与吃到的是同一种东西,但味道不一样。味是刁钻的、缥缈的、深不可测的东西。

草药拔出了大地的苦,煎成汁却可以给人去病。想一想,不可思议。泥土里积累的苦,草药是怎样找到的呢?草药找到这些苦,存在根茎叶里,人采而煎汁,霍然病愈。给予人类粮食的大地，又长出替人类去病的草药，大地的恩情，人还是还不完的。

苦瓜

跟所有瓜类唱反调的瓜是苦瓜。在一条以甜划分的河流上，甜瓜在此岸，苦瓜在彼岸。

甜瓜是热闹集市、是锣鼓队、是合唱团。它们的高音是甜，它们的铜钹和鲜艳衣服是各式各样的甜。甜像神秘的地河被甜瓜吸到它们橘色白色红色的瓤里。如果说大地上有珠宝，甜瓜难道不算其中一种吗？假如世界上甜瓜变得稀少，每个县区只生产一枚，那么，有钱人会拿着无味的黄金翡翠排队去换这个甜瓜；他们舍不得吃，捧在手里照相。算命的人会说，得到甜瓜的人本有三世祖荫，自己精进修行才得到这样的福分。他的面相和掌纹都预示他是一个配吃甜瓜的人。甜瓜嘻嘻哈哈，它稀里糊涂弄了一肚子甜水，科学家把它的甜称之为糖分。玉米面、白面和大米里都有糖分，但它们不甜。不甜就算不上公众人物。就像在国外读完博士不回国就显不出尊贵。针对舌头的甜才算糖，不甜就是明珠暗投，就没有身份。西瓜、香瓜、白兰瓜、伽师瓜、哈密瓜、蛇皮瓜，它们甜成一片，秘密酝酿一个天堂，让舌头不知所措。甜瓜让苹果、鸭梨为自己甜度不够而感惭愧，瓜们滚瓜溜圆，在瓜果摊子上睥睨众生。瓜看熙熙攘攘的人流，想他们无非是想吃瓜而吃得上与吃不上的人，世上无非这两种人。瓜分不出人之男女贫富，它只知道有人吃过瓜，有人没吃过瓜，如此而已。

苦瓜是另一回事，它走得太远。苦瓜比南瓜、丝瓜、黄瓜、角瓜走得都远。它天生具备黄连、黄檗这些黄字辈家族的禀赋,在大地里找到苦,揣在了身上,仿佛走夜路的人在身上揣了一把刀子。苦瓜认为苦才是世间正味。万物活下去的底色是苦,能喘气的、能生长的生灵,陪伴它们一生的是苦,而非其他味道。所谓甜是幻象,是舌头编造的谎言。甜跟舌头的关系比跟糖的关系更密切。人把轻浮的甜瓜抱在怀里,怀没觉得甜。手拿甜瓜,手也没甜。秤与甜瓜打了一辈子交道,却不知甜瓜哪里甜。万物相互依存,所谓快乐只是因缘偶合的结果。舌头宣布的甜只是舌头的结论。除舌头外,谁也听不懂它的味觉语言。

犹太人对刚刚懂事的孩子布道,先说人生的本质是苦,他们说教育的真谛是接受苦,而不是改变苦。接受了这种观念至少可以远离抑郁症,把人生遇到的所有磨难看成无法避免并理所当然的。犹太人的想法也是苦瓜的想法。苦瓜生活在苦里,所以感受不到苦,它从未受到甜的绮靡诱惑而感到焦虑。苦瓜以为苦乃中正之味,清热解毒。甜是浑水,苦才是清水。我小时候听广播老听到一个日本人名为清水正夫,率领日本松山芭蕾舞团来北京表演芭蕾舞剧《白毛女》。清水清澈,人在苦里也清澈,思考能力被苦激活。所谓思考,在神经学表述里被称为判断力,即自己给自己过秤的能力,也是空间定位能力。获知自己在哪里,看到了前后左右,同时知道了自己的分量,物理学叫质量,由此得知自己的起点在哪里,终点在哪里,以及自己的运行速度是多少。马三立将此称为“饭量”——知道自己吃几碗干饭。人类在已知的几千种疾病中发现了与糖代谢异常相关的病,曰糖尿病,但没发现苦尿病。甜可置人于死地,但苦不会。作为味觉的苦,只害了舌头但不会使舌头烂掉，苦味无害于其他器官。人惯着自己，先惯自己的舌头，曰吃喝；再惯着自己的腿脚，曰行；又惯着自己见不得人的器具，曰色；还惯着自己的脾气，曰嗔。集合起来说叫吃喝嫖赌或酒色财气。人类已经摆脱朝有饭、夕没着落的困窘，有用钱币使脂肪积累资源的能力，之后追享膏粱厚味，曰享受，实为轮回。

苦瓜没想过人也会吃它。它以为苦可免刀俎，但仍有人自讨苦吃。苦瓜的一生跟人吃不吃它没关系，就像人的一生怎么活跟骨灰盒形状没关系。苦瓜比其他瓜更像玉，故宫里的白玉苦瓜坚而美，与想象中的白玉黄瓜、白玉西瓜、白玉冬瓜比更接近艺术。苦瓜之绿是柳梢初青的绿，它绿不到西瓜那种深潭之色。苦瓜的初绿如同说苦也是一种清新，这是春味。春天里，没有哪一样植物突兀地冒出来甜。甜总是夏季与秋季以后的事情，是中年而非青春的味道。事实上，你嚼一下春天的杨树叶子、柳树枝条，包括嚼一嚼杏花和桃花，都有苦味，只是苦得比较淡。大多数植物对人的味觉而言都有些苦，人类栽培养育植物时除去了这些苦，苦是自然界原初的味道。苦瓜不删除自己基因里的苦味，此乃清高。它比大多数瓜果蔬菜都宁静，不去谄媚人类，只过自己的生活。

夏天的光影

初夏

初夏羞怯地来到世间，像小孩子。小孩子见到生人会不好意思。尽管是在他的家，他还是要羞怯，会脸红，尽管没有让他脸红的事情发生。小孩子在羞怯和脸红中欢迎客人，他的眼睛热切地望着你，用牙咬着衣衫或咬着自己的手指肚。你越看他，他越羞怯，直至跑掉。但过一会儿他还要转回来。

这就是初夏。初夏悄悄地来到世间，踮着脚尖小跑，但它跑不远，它要蓬蓬勃勃地跑回来。春天在前些时候开了那么多的花，相当于吹喇叭，招徕人来观看。人们想知道这么多鲜花带来了什么，有怎样的新鲜、丰润与壮硕。鲜花只带来了一样东西，它是春天的儿子，叫初夏。初夏初长成，但很快要生产更多的儿子与女儿，人们称之为夏天。夏天不止于草长莺飞，草占领了所有的土地，莺下了许多蛋。夏天是一个昏暗的绿世界，草木恨不能长出八只手来抢夺阳光。此时创造了许多阴凉，昆虫在树荫下昏昏欲睡。

然而初夏胆子有点儿小，它像小孩子一样睁着天真的眼睛看望四外。作为春天的后代，它为自己的朴素而羞怯。初夏没有花朵的鲜艳。春天开花是春天的事，春天总是有点儿言过其实。春天谢幕轮到初夏登场时，它手里只带了很少的鲜花。但它手里有树叶和庄稼，树的果实和庄稼的种子是夏天的使命和礼物，此谓生。生生不息是夏天之道。

初夏第一次来到世间，换句话说，每一年的初夏都不是同一个夏天，就像河流每一分钟都不是刚才那条河流。在老天爷那里，谁也不能搞垄断。夏天盼了许多年才脱胎到世间，它没有经验可以利用。往年的夏天早已变为秋天与冬天。夏天的少年时光叫初夏，它不知道怎样变成夏天。每当初夏看一眼身边的葱茏草木都会吓一跳，无边的草木都是奔着夏天来的，找它成长壮大。一想这个，初夏的脑袋就大了，压力也不小。初夏常常蹲在河边躲一躲草木的目光，它想说它不想干了，但季候节气没有退路，不像坐火车可以去又可以回来。初夏只好豁出去，率领草木庄稼云朵河流昆虫一起闯天下，打一打夏天的江山。

初夏肌肤新鲜，像小孩胳膊腿儿上的肉都新鲜，没一寸老皮。初夏带着新鲜的带白霜的高粱的秸秆、新鲜的开化才几个月的河流、新鲜的带锯齿的树叶走向盛夏。它喜欢虫鸣，蛐蛐儿试声胆怯，小鸟儿试声胆怯，青蛙还没开始鼓腹大叫。初夏喜欢看到和它一样年轻幼稚的生命体，它们一同扭捏地、热烈地、好奇地走向盛大的夏天。

人早已经历过夏天，但初夏第一次度夏。它不知道什么是夏天，就像姑娘不知道什么叫妇人。这不是无知，是财富；就像白纸在白里藏的财富、清水在清里藏的财富，这是空与无的财富。人带着一肚子见识去了哪里？去见谁？这事不说人人都知道。人带着见识与皱纹以及僵硬的关节去见死神，不如无知好。如果一个人已经老了，仍然很无知，同时抱有好奇心与幼稚的举止，这个人该有多么幸福。只可惜人知道得太多，而所知大多无用，不能帮他们好好生活。

初夏走进湿漉漉的雨林，有人问它天空为什么下雨，初夏又扭捏一下，它也是第一次见到雨。这些清凉的雨滴从天空降落，它们是从喷壶还是筛子里降落到地面？天上是不是也有一条河？初夏由于回答不出这些问题而脸红了，比苹果早红两个月。

初夏跑过山岗，撞碎了灌木的露水。它在草地留下硕大的脚印，草叶被踩得歪斜。初夏的云像初夏一样幼稚，有事没事上天空飘几圈儿。其实，云飘一圈儿就可以了，但初夏的云鼓着白白的腮帮子在天空转个没完，还是年轻啊。你看冬天那些老云窝在山坳里不动弹，动也是为了晒一晒太阳。初夏的云朵比河水汹涌。大地上的花朵才开，大地的草花要等到夏天才绽放。开在枝上的春花像高明人凭空绣上去的，尤其梅花，没有叶子的帮衬。而草花像雨水一样洒满大地，它们在绿草的胸襟别上一朵又一朵花，就像小姑娘喜欢把花朵插在母亲的发簪上。

初夏坐在河流上，坐在长出嫩叶的树桩上。初夏目测大地与星空之间的距离。它寻找春天剩下的花瓣，把它们埋在土里或丢在河里漂走。初夏藏在花朵的叶子下面等待蜜蜂来临。初夏把行囊塞了一遍又一遍，还有挺多草木塞不进去。要装下这么多东西，除非是一列火车。

仲夏

夏天好似乐曲里的中板，它的绿、星斗的整齐和蛙鸣呈现中和之美。夏日与夏夜的节奏匀称，它的织体饱满。夏天的一切都饱满，像一池绿水要漫出来。庄稼和草都在匀称之间达到饱满。夏日的生命最丰富，庞杂却秩序清晰。生命，是说所有生灵的命，不光包括庄稼和草，还有几千种小虫子。有的小虫用一天时间从柳枝的这一端爬到那一端，而它不过活十天左右。小虫不会因为一生只有十天而快跑或慢爬，更不会因此哭泣。每一种生物对时间的感受都不一样，就像天上神仙叹息人生百年太短，而“百”和“年”只是人发明出来的说辞。小虫的时间是一条梦幻的河流，没有“年月日”。命对人来说是寿，对小虫来说是自然。虫鸟比人更懂缘起情空的道理。

夏天盛大，到处都是生命的集市。夏天的白昼那么长，仍然不够用。万物藉太阳的光照节节生长。老天爷看它们已经长疯了，让夜过来笼罩它们，让它们歇歇。有的东西——比如高粱和玉米，在夜里偷着“咔咔”拔节，没停止过生长。这是庄稼的梦游症。在夏日，管弦乐队所有的乐器全都奏响。闪电雷鸣是打击乐；雾是双簧管，柔和弥漫；檐下雨滴是竖琴，从石缝跳下来的山泉水也是竖琴；大提琴是大地的呼吸，大地的肺要把草木吸入的废气全吐出来。它怕吓到柔弱的草，缓缓吐出气。这气息在夜里如同歌声，是天籁地籁人籁中的歌声。

许许多多的草木只有春天和夏天，没有秋天，就像死去的人看不见自己墓地的风景一样。草不知何谓秋天，它对秋天等于收获这种逻辑丝毫不懂，这是人的逻辑，所说都是功利。

夏日是雨的天堂。雨水有无数理由从天空奔赴大地，最后无需理由直接倾泻到大地上，像小孩儿冲出家门跑向田野。雨至大地，用手摸到了它们想摸的一切东西。雨的手滑过玉米的秸秆和宽大的叶子，降落到沉默的牛的脊背上。雨从树干滑下来，钻进烟囱里，踩过千万颗沙砾，钻进花蕊。雨没去过什么地方？雨停下来，想一想，然后站在房顶排队跳下来。它们在大地造出千万条河流，最小的河流从窗户玻璃上流下来，只有韭菜叶那么宽，也是河流。更多的雨加入河水，把河挤得只剩一小条，拥挤的雨水挤塌了河岸，它们得意地跑向远方。太阳出来，意思是说雨可以休息了。雨去了哪里？被河水冲跑和沉入泥土的雨只是这个庞大家族的一部分子民，其他的雨回到了天空。它们乘上一个名为“蒸发”的热气球，回到了天上。它们在空中遇到冷空气，急忙换上厚厚的棉衣。那些在天空奔跑的棉花团里面，隐藏着昨夜降落在漆黑大地上的雨水。

夏夜深邃。如果夜是一片海，夏夜的海水最深，上面浮着星星的岛屿。在夏夜，许多星星似乎被海水冲走了。不知从哪里漂来新的星屿，它们比原来的岛屿更白净。

夏天流行的传染病中，最严重的是虫子和青蛙所患的呼喊强迫症。它们的呼喊声停不下来，它们的耳朵必须听到自己的喊声。这也是老天爷的安排，它安排无数青蛙巡夜呼喊，听上去如同赞美夏天。夏天如此丰满，虫与蛙的呼声再多一倍也不算多，赞美每一棵苹果和樱桃的甜美，赞美高粱谷子暗中结穗，花朵把花粉撒在四面八方。河床满了，小鸟的羽毛干干净净，土地随时长出新的植物。虫子要为这些奇迹喊破嗓子，青蛙把肚子喊得像气球一样透明。

七月有权力炎热

七月有权力下小雨、大雨和暴雨。野草在汪洋中露出绝望的头颅，它的手在积水里写了无数个水字，却没一个字浮出水面。七月悬挂着骄阳的火炉，把土壤晒得开裂，蚂蚁得到纵横四海的地道。野蜂在七月结成网，吮取所有植物的花粉，让大地变成蜜地。野蜂改变了七月每一个早晨的气味，在青草的苦味儿和河流的腥味儿里加入透明的甜味儿。空气如同黏稠的旋涡，不知去哪一棵树上结晶。

七月在每天的傍晚都戴上玫瑰色的草帽，帽檐宽至天际。地上的花朵与西山的晚霞共同跳一支舞。它们的舞步在风里燃烧，草帽里露出窟窿，露出隐藏在里边的星星。

七月醉了 30 天，野草乘季候之神的醉意占领所有的领地。在七月，野草不再向上生长，草尖垂下来。野草张开臂膀霸占更多的土地，草叶变宽，贴在地面延伸。草的容貌气质在七月变野了，成了从千里之外跋涉而来的流浪汉。它们黧黑、粗犷。被暴雨冰雹冲刷过的野草的生命力在此达到最高点。

七月有雾，河上的薄雾如云母一般空灵，离河面三尺，不高不低，为河流里的鱼搭了一条羊毛的毡棚。雾是迷路者，雾是夜里跑出来玩耍却找不到家的精灵。阳光出来后，雾忘了应该从哪一道山缝走回去。山在夜里昼里的模样完全不一样。雾游荡，它们不会飞，不会像水流一样潜地，兀自让风吹着游走，不高不低，像山腰的、白桦林的、河流的纱巾。七月，雾的纱巾在每一棵树上都做了记号，在松鼠的尾巴绕过三圈儿。雾让树林变成了舞台，雾慢慢拉开帷幕时，树的合唱队员已经排好了队形。

七月电闪雷鸣，乌云如同江底的淤泥压塌了天空。天所降者不光有雨，还有天堂的溪流，天堂屋檐的冰凌，天堂草地与小路上的积水。庄稼喝到这些水并体会到天意。天意无非好生，生生不息。在七月，雷霆把天空炸裂。从天上看，雷把天炸开无数裂纹，像碎鸡蛋一样，流出闪电的蛋黄。七月，雷声的嗓门最大，回声千里。天神看到被闪电击中起火的森林在大雨中燃烧。七月之中，天下所有河流都增加了一倍的水。丰满混浊的河流在河床里游荡，如浴后久久不穿外衣的肥胖妇人。

野草俯身大地，流星找不到降落的地点。七月的夜空比春夜更深邃，春夜的天空仍然结冰，星斗和月亮的影子从冰层照射过来，看上去模糊清冷，比夏夜多了一重蓝屏风。七月的夜空是天海的深底，星星、星宿与星座是游鱼、珊瑚和没有马的马车。这时候，天空的海底渐渐变暖，生物密集，潮汐剧烈，七月的夜常常因此下一场雨。人们在地球上见到的月亮其实隔着天空的海水。由于水对光的折射作用，月牙儿显得纤瘦、白净。在无事的后半夜，月牙儿躺在摇椅上睡到天亮。

蚂蚁在七月长大了一倍。春天蠕动的小蚂蚁长成了大黄蚁和大黑蚁，气势汹汹。老天爷怂恿所有生物在七月变得理直气壮。蚂蚁像螳螂一样凶恶，青蛙像黄狗一样狂吠，雨水毁坏道路，乌鸦的翅膀扇来了暮色。七月，生长的势力最大，树在风中模仿庄稼拔节,“咔嚓”的声音惊醒了鸟梦。七月是蛮横的兵勇,他们手持滚木礌石,打碎所有妨碍生的路障,一日千里,如群山驮走太阳。

七月有权力炎热，阳光的轧道机从天下滚下来把麦地轧一遍,或两遍,让不熟的种子全部成熟。金黄的麦浪起伏不定,保留了轧道机的痕迹。七月有权力号召大雨滔天,被阳光晒死的虫子所产的卵在潮湿里新生。每一种生物在七月都得到一份生的份额,不止巨蟹,万物于此皆生。

七月的晨雾如牛奶泼在草地上，河水用颤动仍然摆脱不掉玉米叶子的倒影。昆虫在七月彻夜歌唱,它们爬过每一寸大地,熟悉每一株草。七月任性,七月压抑不住自己的热情,七月水灵,七月是六月后面那个月,比八月清新一个月,它长胖了夏天的腰。

蚂蚁们

红绿蚂蚁

雨后，碧桃树枣红色，像缎子一样发亮的树皮分泌亮晶晶的胶。它们一簇一簇地粘在树皮上，像玻璃闪亮。风吹过，树顶有拇指大的碧桃掉下来，像一个找不到路的旅行者。在刚才的暴雨中，已有许多碧桃纷纷而下，被老太太们拣走，晒干去皮，作念珠。

雨后的桑园，最先出现的是鸟儿。看不见它们，叽喳声从树顶的密叶传出。然后是孩子。孩子们的眼睛牢牢盯着地面，仿佛雨后的大地应该呈现一些奇迹。地上零散的碧桃、蚯蚓在地表拱起的沙痕，都算奇迹，平时看不到。

一个孩子捉蚂蚁放进透明的盒子里。他只捉小蚂蚁，黑黑的；手指像捏不住，又怕捏死。他把捉来的蚂蚁分别放进两个盒子。

"捉蚂蚁做什么？"我问。

他一愣。当感觉出我并不阻止他捉，反瞪了我一眼，仿佛说："问这个做什么？"

小孩儿不愿回答的干脆不答。

“为什么不捉大蚂蚁呢？”我觉得大黄蚂蚁更好捉。

他不理。

蚂蚁们纷纷出来晒太阳，它们也许听到了小鸟儿的召唤。在一个伐掉的桃树的树桩上，小蚂蚁在疾走，年轮好像是跑道。树桩边上窜出几枝新枝。

我借雨后的清新空气练罢一套太极拳，看那孩子俯在树墙后的窗台上鼓捣。我悄悄走过去。

窗台上放着水彩盒子，他调好之后，用笔给一个盒子的蚂蚁涂红色，另一个盒子的涂绿色。蚂蚁在黏糊糊的颜料里蠕动。

“你会把它们弄死。”我说。孩子看我一眼，意思是“你别管”。

我离开的时候，看到桑园里走来一队队孩子，他们用手捏着蜻蜓的翅膀，兴致勃勃。这些蜻蜓即使丢开，也不会飞了。孩子们的眼睛仍然在树间滴溜溜转，企图捕捉到新的生物。

现在是暑假。城里的孩子除了蜻蜓和蚂蚁，也接触不到更多的生物了。

我在第二天早上醒来的时候，忽然想到那些蚂蚁。如果它们还活着，会给那孩子带来多么大的惊喜：

阳光照进塑料盒子，红蚂蚁亮晶晶地跑过来，绿蚂蚁亮晶晶地跑过去。如果把它们放在一起，红绿交织奔走，像团体操也像卡通表演。

以后，这孩子放学后的第一件事，就是观看这些红绿蚂蚁，久久的。

蚂蚁

它在人类看来是最小且最忙碌的生灵，是人类能看到的生活最无意义的生物体。人类对蚁类的轻蔑见诸语言则如蚁族，命贱如蚁。

而蚂蚁仍然在忙碌，我看它们是最有喜剧感的昆虫。两头大、中间小，有哑铃式的细腰。蚂蚁终日在地上爬，仿佛叩谢什么，祭拜什么。它忙来忙去，谁也看不到它吃什么却活着。人经过百般进化，变为50至80公斤，150至180厘米的生物体。他们对其他生物的恐惧首先是从体积开始的。虎的体重150至200公斤，又有斑斓皮毛，其可怕自不用提。狼体重30公斤，以食肉为生，也可怕。动物的体积小到老鼠麻雀以下，方可解除人类对异己的恐惧感，因此看得见人类追打老鼠麻雀。小于鼠雀的生物如昆虫，人之杀戮更是不在话下。儿童——他们承载着最多的人类原始本能，见到虫子，见一个踩死一个。一半是厌恶，一半是快感。人对自己瞬间灭杀另一个生命有莫名的成就感，特别是他们看到一个蠕动的昆虫化成了一摊水。昆虫倘若有害，人类反而敬畏，马蜂体积不大，但人人见而避之。

蚂蚁的身长短到不及人类指甲的长度，体重到不了一克，因此常被人类踩死。人类把大脚踩到蚂蚁窝上，一脚踩死几十个蚂蚁也无困难，这是一些人自豪的理由。既然踩不死一窝虎崽儿，踩死一窝蚂蚁也可证明能力。虽如此，蚁类实为人类最贴近的写照，蚂蚁的生活比狼类、羊类、猫类更像人的生活。它们终日在泥土里忙碌，农民不正是这样吗？蚂蚁忙东忙西，但似乎不知自己在忙什么。常常站下来想想，再接着忙。蚂蚁在停下想完之后也没改变自己的生活方式，没去飞翔、没下河游泳、没上花朵采蜜。蚂蚁不管停下来多少次，想多长时间，最终还要按本能的指令在土里奔跑觅食。蚂蚁忙到了没时间思考自己为什么是蚂蚁，因为它们忙不过来。

按生物学的解释，蚂蚁不具备思考的器官，上帝没给它们安装这个软件。它们只知道执行，接受指令的方式是同伴传达的生物信息。这些信息以化学气味组成。蚂蚁接受信息之后便着手执行。它们没安装不执行指令删除指令的软件，也没安装自私自利的软件，只知道执行。蚂蚁不思考生命之长短、伙食之优劣，没这个软件。它们终日奔跑也不为减肥（蚂蚁的腰够细了，不能再细了）。蚂蚁甚至跑不成一条直线。我一直希望看到一只蚂蚁沿一条直线爬行，爬到一个它从来没去过的地方，错了。蚂蚁群居且穴居，沿直线或曲线误入其他蚂蚁的领地就踏入了不归路，蚁蚁见而诛之。蚂蚁在看似一无所有的大地上设置了化学信息的国界和围墙，翻墙者杀无赦。蚂蚁不靠大脑（无脑，更谈不上大）而由化学气息决定它怎么活，化学气息已划好死亡的边际。蚂蚁跑跑停停之后，是在整理一下安装在口腔里的化学气息接收器，看它灵不灵，按太阳照射的夹角确定一下自己的位置，接着跑。在其他蚂蚁面前，一只蚂蚁如不显露跑姿，如慢条斯理地踱步，如晒太阳、如躺在石头上睡觉、如哼戏曲、如研究与己无关的草的叶子，就离死不远了。蚁类个个是劳动力，个个也是行刑队员。

人只看到蚂蚁的渺小，而未理会它造型的恐怖。上帝没把蚂蚁体积制定到牛羊那么大完全出于仁慈。蚂蚁即使像羊那么大也十分吓人，它的六只爪子完全是凶器，只有机器人可与之抗衡。它的头颅看上去没有一点儿理性与表情。就脸而言，昆虫所谓的“脸”都让人难以理喻。牛羊这一类脊椎动物的脸能让人看出一些表情，而外骨骼的昆虫根本没表情。虾是什么表情？蜜蜂是什么表情？它们的表情能吓死你。按人的标准看，蚂蚁缺了许多软件，最缺的是那个叫“我”的软件。它们无我，“无智亦无得”。它们忙，但不知谁在忙。它们凶恶，但其他物种都比它大。它们搞不死比它们大太多的异类。它们奔跑、建设，那个谁也不明底细的庞大的王国。

蔬　菜

白菜

说到白菜，我想到了一群女人。我印象中女人总是成群结队，像花朵成群结队，云朵成群结队，而白菜们也整齐地排列在一起。它们微胖、随和、世俗，老了之后仍然是一棵白菜。

如女人一般的白菜是母亲们。许多少女变成母亲之后，心里突然涌出大量关于家务的话语，如大江之水滔滔不绝。这些话不像是学来的，仿佛早就藏在她们心里，等待打开闸门。那是对于孩子、食品、衣物等一切的描述与感受。批评家经常提醒作家写作多注意细节（这是多么好笑的一件事），母亲们对于家务的描述倘若没有细节就一句话都说不出来。她们所说的都是自己与听众可以看到、摸到、闻到和听到的一切，全是细节。而白菜假如有一天突然学会说话，也会快速地、琐碎地叙述厨房的一切，关于粉条们、酱油们、暖气热与不热，也全是细节。

挨过冬季的白菜，在春天里消瘦了一些，外皮不鲜嫩了。我觉得这像母亲们又添了十岁。皮不嫩了，但白菜仍然水分十足，像母亲乳汁充足。谁也不知道母亲的奶是从哪里来的，不来自血管，也不来自肚子，没看过她们携带奶囊，但有了孩子，乳汁便源源不断。白菜亦如此，以水养人。白菜里除去水，还有什么？水是最好的东西。白菜并没有创造水，它把水从大地吸出，加上淡淡的白菜的味道和淡淡的白菜的养分，如此而已。

白菜可能是最缺少人类讴歌颂扬的菜蔬，好在它不需要人类颂扬。它众多、无味、出身平凡。在我看来，这全是优胜禀赋。人类自古即有刁钻痴，以为食物得之愈难愈珍贵，如取悬崖上的燕窝，拿牛结石和狗结石当药，吃鲶鱼须子。然而把他们养大成人的还是粟米白菜。白菜无味最高明，味是岔路，辛者、甘者、辣者都走在一条偏路上。花椒偏得更远，连虫子都不生。白菜懂得中和之美，比无味只多一点点味，可能是甜，也可能是清香，仅此而已。自古未见吃白菜吃死人的，其他食品食之过量均可毙命。白菜不发旧病，不与鱼虾搅和，不傍厚味成名。白菜进了锅里还是原来模样，它不觉得变成其他样子会更好。白菜朴素，堆在墙角的白菜像会笑。蔬菜自有蔬菜的表情，以人的观念看，青椒怎么看都像气歪了鼻子，而且是外国鼻子。豆角在模仿狗的脊椎。芹菜身上藏了许多琴弦。南瓜在模仿儿童的灯笼。葱的叶子中间进了空气。大蒜是裸体者挤在一起祷告。白菜丝毫不古怪，从根上长出一片菜叶抱住菜心，如此而已。菜帮如臂膀，一层层抱紧，护住嫩黄幼小的菜心，其他没什么可说。如果哪一样物品像白菜，那就证明它平凡中正之极，让人说不出什么。说不出什么的东西大都得道，可得恒常。

白菜的名字亦平凡之极，找不出比它更白的名字，一白一菜，说的都是本源。龙须菜、鸭掌菜之名是比附，它们的命名由人发现了龙须和鸭掌之后而来。被比喻是不幸的，即使被比喻成太阳也很不幸，至少可笑。白菜的名字里没有比喻，如江河日月都不是比喻，它们是原初之物。有人从白菜中发现了“百财”的谐音，商人们便把树脂染色的白菜雕塑放在案头，变成艺术品。更早些时候，故宫里有翡翠的白菜蝈蝈摆件。然而，即使翡翠上身，白菜的形态仍然没增添富贵气象，依然平凡，只不过闪出白菜发不出来的石料的亮光。

白菜最外层的叶子如同它们的劳动服，它们即使躺在角落也有一副劳动的样子。白菜与粉条熬的汤看上去有如艺术品。清汤里面透着明白，透着淡味和长久。挑食的人或许拒绝南瓜、芹菜、辣椒，但没人跟白菜赌气。常年不吃白菜的人显然会缺少一种叫白菜的营养。这一种营养叫作淡，叫平易、叫地气、叫实在。

我看到白菜会想起那些扎着围裙在灶台做饭、刷碗的人，那些在土路上行走、在墙根儿蹲着晒太阳的人，那些坐乡村长途汽车的人。他们破旧的外衣包着充满活力的身体，适应各种各样的目光。在零工市场找活儿干的农民工从不在意你目光里的评价，他们只想从你目光里猜出一样工作——刮大白、刷油漆还是搬家。炒作的新闻里没有白菜，白菜影响不了股市与经济走向。白菜是菜里的泥土，普通之极。它长在地里的时候，蓬勃的叶子也像怒放的花，层层叠叠。白菜一直都把自己当成漂亮的、常开不败的花。

洋葱的衣服

蔬菜里面，衣服最多的是洋葱。或者说，洋葱没有身体，全是衣服。如果是紫皮洋葱，剥开外面的紫皮，里面的衣服还是紫皮。把它的衣服一直脱下去，它的衣服一直紫下去，最后剩一个纽扣大的、既不是核也不是芯的东西，像哨兵守在里边，这个东西长开了还是衣服。因此说，所有洋葱都是衣裳铺子，或衣服柜子。

洋葱在中药学的药性，有壮阳之效。谁生吃洋葱都要冒汗，性大热。但它怕冷，穿上了所有的衣服。而且它的衣服不分里外，样式色彩全一样，但薄厚不一样。小时候，我们夜里翻墙爬上小卖店的洋葱垛吃洋葱。躺在洋葱上大吃，吃完一个再吃一个，跟吃梨差不多，把洋葱的衣服全吃了，不辣，甜而脆。现在的洋葱个个脾气火暴，再显能耐的人也吃不了俩洋葱。这是怎么回事？跟气候变暖有关还是跟排碳量增加有关，搞不清楚。也许是菜农加了过多的添加剂，把洋葱惹恼了，谁吃辣谁。

一次，我碰见一个在新疆生活的人，他说新疆的洋葱可以生吃，甜。我一把拉住他的手，问："是真的吗？"他说是真的。这下我放心了，世上还有温良恭谦的洋葱、君子绅士洋葱，只是它们离咱们有点儿远。

科学资讯说洋葱有净化血液的功效。敏德尔博士那本风靡全球的《最具抗衰老效果的100种水果蔬菜》，对洋葱给予积极的评价。但洋葱怎么吃好呢？它总是太辣。有人说拿洋葱泡红酒既好吃又好喝，我试过。我戴上韩国产、著名的"蝶衣牌"游泳镜，咔咔切洋葱，浑身熏出一层汗，但眼睛没事。在洋葱碎末上倒上红酒泡一个礼拜，问题来了：国产的中档红酒，开盖后到不了一星期就馊了，拿勺豁拉酒里的洋葱馊得更快。而且，你喝到的酒味道怪极了，这两种东西似乎不应该混在一起，混上就有不可思议的化工原料的味道。有人说好多日本人正在喝这样的洋葱酒，他们太能自残了。

有一年，香港遭遇寒流，冻死了一位70多岁的老人。他家里没有取暖设备，香港过冬一般用不上取暖设备。人们发现老人身上穿着所有的衣服，共11层，除了两件西服外，其余全是衬衣。这么多衣服也没帮他保住体温，他以洋葱的样子溘然离世。

服装科学里面有一门人体工程学，其中说到衣服和保暖之间的关系。该门科学认为，若想有效保住体温，不在衣服厚，而在层多。保暖的不是棉花、棉布与皮革，是每层衣服之间的空气层。由此，服装学里还有一门学科叫空气气温学，阐释为什么穿很多层衣服会保暖。其实这门科学从仿生学而来，鸟类的羽毛就靠空气层保温与排热，它是一个系统。

现在专家特别多，每一种学科都派生出分支学科，分支再分支，简直就像洋葱一样，繁复之极，内里什么都没有。

西红柿

在我长期喜爱的东西里，有一样是——

西红柿。

我甚至为它着迷。如果我看到哪一个人站在路边，弯着腰，忘情地吃一个西红柿时，就感到他是自己人，是“我们”。

而“我们”在吃过西红柿后，手向地上甩汁水，以袖子擦腮，更令人感到亲切。假如真的有一位上帝，它看到子民这样享用造物主的恩典，一定会高兴。这样吃西红柿，与喝西红柿汤、在桌边文雅地吃糖拌柿子完全不一样。当一个人腮边没有沾上西红柿的汁液，那珍珠般莹润的西红柿籽没有在牙齿间上下飞逸时，仿佛还没获得更大的幸福。即使如啖西红柿，幸福亦有大小之别。

我吃西红柿前，掰开，看。赞美它们。在鲜红的西红柿的穹窿里，绿莹莹的籽像小粒的翡翠排成一个小金字塔，也像杂技演员叠成的罗汉。这令人欣喜，和其他果蔬比，这个情况似乎藏有更多的秘密，比杏与葡萄肉更神秘。我有时对站在顶尖的西红柿籽说："小心，别掉下来！"每个西红柿里都有五个装籽的房间，泛黄光的小籽像小鸟的眼睛，滴溜溜的。它们像议员一样，在五个大厅里表决秋天的事情。

我的朋友赵世民是乐评家。有好几次，我赶到他在鲍家街的居所时，就见他笑着，进厨房取一个大红柿子，掰一半给我。我接过来吃，特朴实，虚情假意的东西一点儿都没有。他吃完还拍拍肚子，更加"我们"。而后的谈话是轻松愉快的。那年赵世民生病不能下楼，其兄大踏每天都为乃弟送柿子。

西红柿还有一些奥妙，譬如其番茄红素对前列腺大有补益。但我们不图这个，只为了稀里呼噜由口至腹的美感。

有一次，我到一位高官府上去。高官客厅里好吃的有的是，譬如镶花生仁的红枣等，荔枝成筐。高官挺客气，问："吃点儿啥呀？"我问："有西红柿吗？"高官宽和地笑了，进厨房取西红柿。我从其不易察觉的叹惋中，看出他对我的怜悯。大约是：天下之大，品尝美味竟有未出西红柿之右者。

绿屁股西红柿

神经哲学家(亦称哲学神经学家)说,人的潜能与他所运用的显能相比,后者只占百分之二左右。也就是说,每个人都揣着百分之九十八的潜能浑浑噩噩地度过了一生,自己不觉。

我闻此学说挺惊讶:还有那么多的潜能没发挥,岂不是捧着金碗讨饭吃吗?一定要把它们找出来运用。我坐那儿想潜能。潜能,出来吧!闲着也是闲着。但潜能不动声色,要不咋叫潜能。我回忆自己的显能。胡琴、笛子,水平太一般。作曲,我7岁的时候作过一回曲,时比莫扎特大两岁,曲名《拉风匣之歌》,中速,进行曲式,降B调。但没唱出去。我给朋友演唱此曲,还没等唱到副歌——副歌是一首歌曲中最好听的部分,朋友翻着白眼儿说:“像你这种曲,我一天能作100首。”尔后,我从作曲界全身而退。其他的显能是当车工、在农村起猪圈、套车、给果树喷药,都没啥了不起。

潜能应该是超凡脱俗的洞察力。我也有一些洞察力,这是针对香瓜而言。别人挑香瓜,用鼻子闻,还有人用手掂量;我挑香瓜,目光一扫就把筐里的好香瓜纳入眼帘。一指,这个、那个,上秤一称,完事。有一次,我对卖香瓜的人说:“我把香瓜挑完之后,你干脆回家,剩下的没法儿吃。”那人(一农夫)眼光发亮,用粗黑的大手捧着我的手说:“大哥,我算服了你了。”什么是“服了”?即在实践中自然而然形成的威信。我在香瓜界威信挺高。

我与香瓜在心灵中形成默契。吾妻乃香瓜发烧友,她见了香瓜一般是一口气连吃四个,吃的时候表情专注,另一手像女游击队队长一样掐着腰。她自己也挑香瓜,但水平没法儿跟我比。她对我作一赞语，赞曰："你挑香瓜可比写散文能耐大多了。"

除香瓜外，我的另一洞察力是挑西红柿。好西红柿有棱，不是红色，而是粉里透一些白。还有一特点是屁股要绿。那些像猴屁股一样的红屁股西红柿不是用了催红素，就是摘早了捂的。绿屁股西红柿乃天生丽质，皮厚汁多。吾妻在吃香瓜的时候，我一般在吃西红柿，也是三至四个。吃完，我想象着莹洁的、像鱼子一样的西红柿籽在我肚子里游行，是一件高级的事情。有此潜能，我也该知足了。

菜啊，菜

养生家说长寿的基础是少吃肉、多吃蔬菜。医生支持这种说法，说高血压、心脏病，特别是肠道疾病，跟吃肉多、吃菜少相关。

我起初也相信这些话，觉得说这些话的人基本上算是人类的救星。此言虽然对卖肉的不利，但人们用买肉省下的钱买菜，社会经济总量（也就是所谓GDP）也没有减少，而且人健康了，这比什么都好。

现在我已经不敢相信这类益世金言了，窃以为医院患者越来越多，可能正是吃菜吃的。我盼望一位有实证结论的医生毅然站出来说：高血压、心脏病，特别是肠道疾病，多是吃菜太多的结果。

我们一边吃市场上的菜，一边等待不知哪一天疾病以极为奇怪的方式在体内爆发。

农药、化肥大量施于蔬菜生产，这是众所周知之事。我们吃进嘴里的菜不仅含有杀虫剂，还含有使西红柿膨大、使草莓鲜艳、使葡萄挂霜、使大葱像胡萝卜那么粗、使芹菜像大葱那么粗、使蒜变成独头的各式各样的化学生长剂，包括让绿豆芽不蔫（正派的绿豆芽一小时就该蔫了），让黄喉、百叶可黄可黑的化学品。我冒天下之大不韪与吕不韦说一句得罪人的话：今天的坏事大部分是由化学家与农民联手干的。

人把让菜变得赤橙黄绿青蓝紫的化学品吃进肚子之后，没人说你的身体会出现哪些变化以及怎么代谢它们。国家本有食品药品监督管理局，还有一个预防医学科学院。他们本该把每一种蔬菜化学品进入人体的毒理与病理反应告诉公众，但他们没这么做，可能是没这能耐，也可能不允许公布相关结论，以避免破坏三农工作。过去有一本书名《菜根谭》，我们现在要跟菜谈，谈谈蔬菜栽培到底用了多少种化学品。

人的身体实为化学体。任何一种物质进入身体后都被以化学的方式识别、吸收或排斥。身体做不到原封不动地排除有毒物质，它只能用自身的化学物质分解与化合这些东西，一方面消耗掉自身资源，另一方面产生处理毒物的新废料。简言之，上帝造人的时候并没想到农民和化学家联手在蔬菜上使用杀虫剂。现在最落后的乡村也没人生虱子了，人的身体已经成了杀虫剂的仓库，虱子臭虫都绝种了。目前在全球范围内，蜜蜂、蜻蜓、蚂蚁的数量都在减少。而人群的内分泌疾病在增加，流产与不育症已经成为常见病。

并非所有的城里的人都得罪了农村人。政策确实由城里人制定，但这只是城里少而又少的人，况且他们有能力不吃市场上的菜。国家能决策政令的人也就几百人,参与制定政策的人也就几千人,他们吃不了多少菜。

杀虫剂在人身体里的代谢过程是一个迷宫式的系统工程,没听说国内谁在研究这件事。但确定无疑的是,杀虫剂必定对人类的血液系统、神经系统和肝肾造成损害。我怀疑它的伤害标靶还包括人的生殖系统。以后的人不一定需要计划生育,可能要像俄罗斯那样对生育者颁发奖章。在杀虫剂的影响下,孕育将成为困难的事情。不光蔬菜,肉里含的激素和抗生素不比杀虫剂好多少。

以后,我不打算吃菜了,只吃在地面下生长的土豆、萝卜以及白菜心和从来不生虫子的花椒。以后,人们吃菜,能够想到的方法大约是:一,在窗台垒一堆土种菜。二,上外国买菜空运回来。三,合伙到农村雇人种菜。四,把家迁到农村。五,前半辈子挣钱,后半辈子自己种菜。六,置换人的牙齿和肠胃系统,改吃青草;当人适应了草的纤维后,可像牛马一样强壮。

小 虫

小虫看佛像

春天,岸边的柳枝爬上绿苞,所谓“东风柳枝长”。叶苞好像从伊水河里爬上柳梢,为了看一眼龙门大佛。奉先寺的卢舍那佛像四季安详,对眼前景物视若不见。春天不一样,大佛喜满身心,看万物生长。伊水河的水量在春天大了,生灵们开始活动,小鸟儿飞来飞去,在空中结一张透明的网,兜住春色。小虫子从冬天醒过来,缓缓地爬向石窟。龙门石窟存佛像十万八千尊,最小的佛像只有两厘米。小虫要找小佛像。

小虫拿佛菩萨当作自己的朋友。两厘米佛像的洞窟是菩萨的家,也是小虫的家。这里清凉,远处的伊水像漫过了对岸,其实只在往前流。水流到洞龛这一段,慢得像集合的队伍散开了。河水慢慢看这些佛像。佛像经两千年人间风雨,庄严如故,俯视有情国土。小虫觉得佛像是在等待与自己相逢。佛也这样回答小虫:为了等你,化为石像。小鸟也飞到佛像的龛里歇脚。无数翠鸟从四面八方飞到这里,在佛像脚下肩上,好像长出了一簇簇绿叶子。

大佛年年看到此景,嘴角些微含笑。佛对一切生机无不欢喜。草芽、叶苞和小鸟遗落在空中的羽毛，都在宣扬生的美。生命，仅就美这一项就是一个宝，而生的意义可谓贵。多么卑下残缺的人，他生命的价值对家人亲友都宝贵。人看佛像，佛像看人，均栩栩如生。卢舍那佛是龙门石窟里保存最好的大佛，高十七米多，唐皇李治、武则天夫妻在位时凿成（公元 675 年）。卢舍那的梵文意思为“遍体光明”。在一千四百年间的每一个早晨，第一抹朝晖里的大佛如披金纱，景色一定动人心魄。阳光把佛像一点点照亮，金色一点点加深。唐朝的工匠们看曦光中的大佛眉目清晰，眷恋这一块土地。杜甫诗：“孤舟一系故园心，”其中“故园”就是在洛阳。佛的面庞和衣褶上，滑落过工匠的泪珠和汗滴。我们走走站站看大佛，却说不出佛的表情里的深蕴。宁静里、庄严里、亲切里还有更深的意味，对这些，佛不从表情里透露。每个游人带着对佛的印象回家，一人一个印象，都喜悦。雕像达到这样的境界不可思议。如果没有龙门石窟，中国就没有在人类历史上占有顶峰位置的石雕艺术。

春天里、晨曦中、月夜下看奉先寺大佛，最为殊胜。

虫子澄澈

小青虫有跟菜叶同样的质感，浅绿，更多是水样的绿。真羡慕青菜能派生出这样的小虫。如果菜青虫不是菜叶的子女的话，也是它的亲戚，血缘很近的亲戚。有的人对菜青虫吃菜叶子感到愤怒，我不知道这样的愤怒从何而来。世界上无论有多少样山珍海味，小虫子吃到的只有菜叶。它跟菜叶是共生关系，相当于吃它妈的奶，你生什么气？一只小虫子能吃多少菜叶子？尽其一生，也吃不下一片菜帮子。它的生命那么短，吃着吃着就死了。听不到它鸣叫、哀告，死在一个人们不知道的地方，也可能化为露水。菜青虫不吃法式牛排，也不吃宫保鸡丁，即使你掏钱请它去吃它也吃不下。如果把它放在一盘宫保鸡丁上，它以为是受刑，熏也熏死了。只有人类吃各种稀奇古怪的东西而不会死，什么生蚝、海胆、牛鞭、燕窝。如果拿这些东西强制喂食牛羊，一定会喂死它们。人为自己能吃许许多多的东西并不死而怡然自得，他们把吃东西当成地位的象征之一。

小青虫在菜叶子上爬行，它这辈子不想离开菜叶而去其他地方，最可庆幸的是它没理想，菜和其他虫子也没强加给它什么理想。它只在菜叶子上爬，吃吃菜、喝喝露水。太阳照得暖和时睡睡觉，就这些。它听从老天爷的安排，用流行的话说叫“一切都是最好的安排”。

没在菜叶上爬过不知道其实菜叶并不好爬，菜的绿叶部分如同泡泡纱，在上面匍匐很磨肚子。小虫无脚，只好用肚子走路。大肚子人假若肯于匍匐前进，肚子也会扁平化。虫子知道，世界除了菜叶之外空无一物，它没时间仰望星空与城市的灯光。虫子的大床是一张青玉案，饿就吃这张床。虫子把菜叶咬出斑斑点点的小窟窿，正好透点儿凉风。它从窟窿眼儿里往外看，下面的菜叶层层叠叠，不光吃不完，睡也睡不完。菜青虫再一次满意自己是生在菜里的虫子，它不想让别的生物知道它的幸福。如果人也躺在菜叶子上，就太没意思了。人还是去自己的房子里待着吧，他们身上的颜色跟菜叶子对不上。

菜青虫从菜叶上爬过来，像菜叶活了——菜叶卷起一滴清水，然后爬动，这不就是小虫吗？拈过一只青虫看，它通体澄澈，看上去比人干净 20×20 倍。它没有腰椎（也没腰脱）这类东西。是的，它只是一包清水。小虫子吃菜叶长大，身上除了水还能有什么呢？菜叶上的小虫如一小节挤出的牙膏，然而它会爬，与人无害地在菜叶上蠕动。它的意思是从菜叶这一段爬到那一段，其实都一样，它视力不行，可能以为前面有比菜更好吃的东西。什么东西，难道是肉吗？上帝赋予菜青虫的爬行速度是每秒一微米。这个速度怎么能保证它这个种物不灭绝呢？它没被灭绝的原因：第一它不好吃；第二它不是蛋白质；第三它不是药材，尤其不是中药材；第四有伪装色；第五耐饥渴；第六有剧毒；第七攻击力强。小虫具备了其中四项，可以勉强活着。但免不了被鸟儿吃掉。然而最可怕的不是鸟儿。上帝不会在安排鸟儿吃虫子的同时又安排老虎、狼和狐狸都去吃虫子。那样有多少虫子也不够吃。比虎狼更冷酷的是农药，尽管小青虫只是一滴水，有伪装色，又不是药材，但农药仍然会准确无误地杀死它。不是杀个半死，是全死。这就是人办的事，农业大学农药系正在培养这些刽子手。

小虫子没有胃肠肝肾这类复杂器官，也没脑子。其实不是所有生物都需要脑子。本能足以让一条命活下去，该经历的苦难不是有脑子就可以回避的。我看一些人一辈子没活好，是因为脑子没用对。小虫子想长脑子也没地方长，它身体里到处都是来自菜叶里的水。风从它身上吹过，它以为下了雨。雨浇在它身上的时候，它以为自己钻进了湿润的菜帮里。小青虫在菜里生活了一辈子，并不知菜叫“菜”。它以为菜是一颗星球，夜里可以在天空发光。菜叶的大地碧绿无垠，除了小虫，竟没有其他主人。菜叶被风吹动卷起来，小虫认为那是大海掀起的波浪。小虫爬行，失足掉进菜心里，它才知道嫩黄的菜心比菜帮更可口。菜青虫吃到菜心后，套用人类表决心的话说，叫“下辈子还要当小虫”。

群星的呼喊

听虫鸣可以练听力。夏夜的合唱里，虫的种类会超过一百种，越是细辨，越觉出大自然的丰富无可比拟，虫世界比人世界还要热闹。

作为音乐术语，听力，指倾听人对音准和音高的辨别力。唱歌跑调的人不是声带出了问题，是听力有偏差。而更深入的听力，可以同时听到乐曲中不同乐器的演奏，比如听出铜管乐里面小号和长号的音色，听到小提琴和竖琴的声音。莫扎特的晚期作品，喜欢以长笛和竖琴对位演奏，小提琴齐奏上下迎接，与歌剧的咏叹调相仿。长笛是女高音，竖琴是次女高音，小提琴是合唱队。当所有的乐器共同演奏时，同一时间听出不同旋律不同乐器的演奏，就有相当好的听力，自然也是好的享受。

以这种态度听虫鸣，感到大自然的音乐更神秘、渺茫与出人意料。把虫鸣当乐曲听，相当于看赵无极的画。他的画乍看像骗子画的，但越看越见出精妙，没有五十年的苦功，当不了这样的骗子。他的画不具象，就像虫鸣没有旋律性。而他画里的一与多、线与面、构图（他好像用不上构图这个词，没构过）合乎星空一般的潇散自如，做是做不出来的，画也画不出来。赵无极的画接近于音乐，音乐里面实在是“没有什么”。假如这个“什么”是主题、是高潮、是究竟的话，好的音乐一律什么也没有。听巴赫和莫扎特的音乐，似乎连铺垫也没有。我常想说巴赫的音乐没开头，劈面就是剥开的橘子瓣的脉络。但巴赫每首乐曲的开头，不是开头又是什么呢？这么一问，又把我问住了。但这种开头不是起承转合的起，是太极拳一般、云朵般连绵的意的截面。高级的艺术品首尾相连，像匈奴人崇拜的头尾相连的团形豹。

虫鸣也没有开头，谁也不知道夜里是哪只小虫发出的第一声鸣唱。它们的鸣唱织体晶莹，比星星散落得更远，好像流星们相互呼喊。我觉得流星那么突然地栽到一个地方，一定会传来呼救声，只是声音要经过亿万光年才传到我们几辈子孙们的耳边。那我们为什么听不到亿万光年之前流星的尖叫呢？可能人的生命太短，连一声流星声还没听到就过去了。这样，刚好可以把虫鸣当作群星（含流星）的呼喊。

箕坐山野，闭上眼睛听虫的鸣唱，感觉虫鸣如电脉冲在示波仪里长短窜动，如同大地的心电图，又像草芽从土里钻出，还像一张大网把夜罩住，虫子从网里往外钻。睁开眼，四野空旷，平安无事，而山野则是华纵的别称。夜晚，天像玻璃碗一样空灵盈余，大地的绚烂全被黑暗收藏，唯一收不走的是这些晶莹的虫鸣。它们让大地铺满了钻石，天亮时跟露水一起消失。

上帝的伏兵

有一只粉色的小虫子在空中旋转，好像它是一只小虾，在空气的水里下沉。这是我在桑园练拳时看到的。但我知道,谁也不能摆脱地心引力,包括虫子,它的头部或尾部必有一根丝悬着。

我俯身,看它舞蹈。此物也是壮士,从口里或腹内泌出绳索,且出且下,转着圈儿,不惧脚下深渊,也不怕这丝吐到半道不够用。但我还是看不清那根丝,近视。

雨后的太阳迸然而出,像把云彩的棉絮挣破了。阳光洒过来,照见虫子上方一根银丝,闪亮。

我把树枝小心抬起,看丝缚在哪里。却见:这个宽如老鹰翅膀的树枝下面,悬藏着密密麻麻的雨滴。我惊讶了,这些雨滴向我闪烁千百之眼,而且圆圆的要坠下去,警告我松开手。是的,我发现了造物的机密,便战战兢兢松开手,仿佛掉下一滴水都是我的罪过。

它们是上帝的伏兵,正在监视那只粉红的小虫往地面降落。

狗在人间

小狗睡觉

我每天跑步经过市场，亲切接见红塑料大盆里的黄褐色的螃蟹、待宰的公鸡、胡萝卜和大蒜，有一窝小狗吸引了我。

小狗挤在柳条编的大扁筐里，它们把下巴放在兄弟姐妹们的脊背上，像鲜黄带黑斑的粘豆包黏在了一起，黑斑是豆馅挤到了皮外面。我不知道还有哪些生灵比这些小狗睡得更香，它们的黑鼻子和花鼻子以及没有皱纹的脸上写着温暖、香甜。

小狗在市场上睡觉，自己不知道来这里要被卖掉。它们压根儿听不懂“卖”这个词。卖，是人类的发明，动物们从来没卖过其他东西。狗没有卖过猫，猫没卖过麻雀，麻雀没卖过驼背的甲壳虫。动物和昆虫也没卖过感情、眼泪和金融衍生品。小狗太困了，不知是什么让它们这么困。边上铁笼里的公鸡在刀下发出啼鸣，仿佛申诉打鸣的公鸡不应该被宰。而宰鸡的男人背剪公鸡双翅，横刀抹鸡脖子，放血，那一圈儿土地颜色深黑。笼子里的鸡慌慌张张地啄米，不知看没看到同类赴刑的一幕、多幕。

小狗睡着，仿佛鼻子上有一个天堂。科学家说，哺乳动物都要睡眠，那么感谢上帝让它们睡眠。睡吧，在睡眠中编织你们的梦境，哪管梦见自己变成拿刀抹那个男人脖子的公鸡。

家里养了小猫后，我差不多一下子理解了所有小狗的表情。原来怕狗，如耗子那么大的狗都让我恐惧。后来知道，小狗在街上怔怔地看人，它们几乎认为所有人都是好人，这是从狗的眼神里发出的信号。狗的眼神纯真、信任，热切地盼望你与它打滚、追逐或互相咬鼻子。狗不知道主人因为它有病而把它抛弃街头；狗不知道主人搂着它叫它儿子的时候连自己亲爹都不管；狗不知道世上有狗医院、狗香波、狗照相馆。人发明了“狗”这个词之后自己当人去了。

人在教科书上说人是高级动物，为了佐证这一点，说人有思想、有情感、有爱心。人间的历史书包括法国史、丝绸史、医药史以及一切史，却见不到人编出一部人类残暴史和欺骗史。人管自己叫人已够恭维，管自己叫动物也没什么不可以，然而管自己叫高级动物有点儿说冒了，没有得到所有动物的同意，如果仅仅以屠杀动物或吃动物就管自己叫高级动物，那么狼早就高级了。

小狗在泥土那么黑的筐里睡觉，像彼此搭伴泅渡一条河，梦的河。狗像展览脸上幼稚的斑点，像证明筐有催眠的魔法。而它们的母亲，在一个未知的地方落寞地想它们，一群没有名字、无处寻找的儿女，用眼神问每一个过路的人。

不许管狗叫狗

我见过一位不许管狗叫狗的人。他是警犬驯导员，姓刘，面色平静。

“狗的视力……”一次我向他发问。

“犬。”他纠正我。

“是的。”我问,“犬有没有彩色视力?”我听说,狗——当然是犬的视神经缺少管状与锥状细胞之一种,不能分辨色彩。看世界如国画家一样,“墨分五色”。还有一个外国人声称狗看周遭是带红色的灰白,仿佛他有犬目。

刘驯导员沉吟一下,说:“犬的嗅觉是最好的。”他显然不愿说犬的缺点。

“那它们的视觉……”

“犬主要依靠嗅觉。”刘驯导员说。

那就说嗅觉吧。“狗……”

“犬。”他再次纠正我。

“是的,犬。”我说,“人类基本不能用嗅觉识别事情的性质。”

“对。”他坚定地回答。

“我们要靠视力及其推理判断。”

“是的。”

“但狗,不,犬,能够将气味记忆存盘,像DNA指纹图一样,绝不重复。”

刘驯导员点头。

“可是,”我的疑惑还没有解决,“环境的因素,比如化妆品、经过化学洗涤剂漂染的衣物、食物,从空气中飘来的工业污染、卖油条、炸臭豆腐的气味,会不会干扰犬对嫌疑人的识别呢?比如他昨夜在KTV包房玩儿了一宿,抽烟喝酒洗浴等等。”

“犬的嗅觉是不能怀疑的。”刘驯导员严肃地回答。

“我没怀疑。我说的是犬的鼻子这么敏感，是否容易被环境污染所——怎么说呢——伤害？”

“是的。”他有些伤感，“现在的环境太糟糕了。”

“不适合狗生存。”

他瞥了我一眼。

“妨碍犬的精巧的嗅觉。”我又说。

他默默点点头。过了一会儿，他说，“我跟你说吧。你知道用警犬追捕嫌疑人最怕啥吗？”

“嫌疑人往鞋上倒酒，然后把鞋脱掉？”我回答。

他摇摇头：“最怕月经期的女人。”

我不解其意。

“有一次，我们追捕嫌疑人。快追上了，犬越来越兴奋。突然，它停下了，朝桥上暴跳狂叫。一个女人骑车在上边走。我一看，完了。

“咋完了？”

“肯定是经期妇女。狗对血液气味儿最敏感。一遇见这个，就完了。”

“怎么完了？”

他用手比画，说不出来。

“把原来的气味儿忘了？”

“对！”他痛惜地说，“把原来的记忆覆盖了。”

我一听，也挺遗憾。但你也不能不让妇女来月经啊？

“血的气味太强烈了，传得特别远。”刘接着说。

强烈？可见人类的鼻子低能拙劣，无异于形同虚设。人们不可能知道谁在月经期，或做其他什么。

“那犬更不能到屠宰厂附近破案。”

他移动坐姿，不予回答。凡是对犬不利的话他都不说，且不爱听。

后来我想，我们的鼻子看来只是粗略地辨别香臭，如稚儿读连环画。犬鼻是读哲学概论、微积分、大百科全书的。咱们，鼻盲而已。但鼻子太灵之后，每天对几千种气味进行分析，也够恼人的。倘若参加万人集会，其味无异于万众呐喊，太可怕了。我突然有点儿怜悯狗，当然是犬。

犬的彩色照片的告示，在楼前贴了十多天，直到被风刮得支离破碎。我瞅一眼，就联想到，这空气中其实有多少我们并不知道的神秘气味啊。

享狗福

牧区的狗享福，不牧羊，不守家护院。福气最大之处是在草原上飞奔玩耍。

牧区没有深宅大院，夏天连屋门也不关，冬天关门为挡风，没听说谁偷东西。偷东西？为什么偷别人东西呢？所以没人偷。在早年间，狗协助主人牧羊。羊儿们现在舍饲圈养，狗愈清闲，叫啊，跳啊，天天过年。如果主人开一处餐饮店——买一个蒙古包，架上桌子板凳，杀羊、灌血肠、蒸荞麦面窝窝、摆黄油奶豆腐搞市场经济，狗更乐。

狗喜欢人多，喜欢大人小孩、穿好看衣服的女人来串门（狗未见收钱过程，以为白吃白喝）。狗喜欢奥迪、三菱越野吉普车停在家门口，壮观，捎带嗅嗅汽油味儿。还喜欢汽车放的音乐——《美丽的草原我的家》《雕花的马鞍》，也喜欢内蒙古广播合唱团的混声合唱和呼格吉勒图的呼麦演唱。骨头有的是（游客为什么不吃骨头？这些好心人舍不得吃），吃的事儿根本不用考虑。

我在蒙古包前看到一对狗。大狗身上灰毛，脑袋是黑的，像戴面罩、端卡拉尼什科夫冲锋枪的阿拉伯武装分子。它瞅瞅这个人，瞅瞅那个人，跑几步，站住。小狗是它崽子，鹿色。小家伙儿从各种角度冲向大狗，足球术语叫“恶意撞人”。大狗踉跄，迟钝地看看它，目光温柔。两只狗有时一起追摩托车，车离它们好几百米远呢，它们的眼睛没有纵深焦距。

蒙古包响起歌声，主人手捧哈达和银杯劝酒，狗罩着耳朵听。

大家找一找金戒指，
不知金戒指在谁兜里。
大家请把手伸出来，
看金戒指在谁手里。
大家相互连起手臂，
跳舞吧，唱歌吧，
别把想说的话憋在心里。

这是一首布里亚特蒙古族的宴会歌。两个青年女子嗓音缭绕地演唱，狗谛听，想金戒指到底在谁手里。

我路过这里等车，见狗嬉游，心生羡慕。在这儿当一只狗算了，虽然沙尘大点儿，卫生差点儿。在牧区当一只狗，无论什么毛色，都是它的福气。

流浪狗

流浪狗无数次在人群中寻找自己主人的脸，它看到了一万张脸，也许更多，其中没有它的主人。人们管它叫流浪狗，它觉得它只是狗而已。流浪是什么？是找不到自己的家，还是找不到自己的主人？它不懂。狗坚信家就在它寻找的路途中，主人是它看到的第一万零一张脸。是的，狗从不怀疑能找到自己的主人和家。

狗和人一样，每天要做的第一件事是填饱肚子。食物在哪里？食物不在装狗粮的碟子里，食物在路上。流浪狗吃到的残羹冷炙，全要仰仗人。在人类扔掉的垃圾里有狗的食物吗？这件事不好说，也许有，也许没有。当你看见一只狗在路边的墙根儿晒太阳时，它可能吃饱了，至少不太饿。如果你看到的狗东奔西跑，连路边的石子也要嗅上一嗅时，多半快饿昏了。

我不知道流浪狗脑子里想得更多的是寻找主人，还是寻找食物，也许一起想。在它脑子里挂着一根晾衣绳，上面飘落着两件破衣衫，一件叫主人，一件叫食物。它找得到食物——虽然肮脏不堪，但可以果腹，而找主人却没这么幸运。它的主人在人的眼光看来也许尊贵，也许不尊贵，却都难找。主人不在垃圾箱里，不在路边装碎骨头的塑料袋里，他们在哪里呢？在流浪狗的记忆里，它的家——当然首先是它主人的家，是一间不大的屋子，厨房连着卧室，煤气灶和排油烟机放在朝北的阳台上。冬天，阳台的玻璃挂着厚厚的白霜。晚上,男主人坐在沙发上,边喝啤酒边看电视。狗趴在他脚下听他谩骂在电视里踢足球的人。这家的孩子一边假装写作业,一边玩儿手机游戏。隔一会儿,传来女主人的谩骂声。每到周末,这家人都会买来烤鸡架和朝鲜冷面,放在餐桌上,如同圣诞大餐。人嚼不碎的鸡骨头是上帝为狗准备的礼物。上帝没把人的牙齿设计得可以嚼碎一切东西。如果人连橡胶都能嚼得稀烂咽进肚子,老鼠吃什么呢?流浪狗觉得它的家正是被称为天堂的地方,而它的三个主人是三个天使,男主人是天使长。虽然,天使长因为工作辛苦、收入少而常常摔啤酒瓶子,但狗认为瓶子是应该碎的,因为它不结实。女主人头发30岁就白了,染成红色,她骂人可以连骂一小时,这是指她右手掐腰的时候。如果掐腰的手换一下,可以接着再骂一小时。狗听这些骂声骂语简直入了迷,多么流畅,伴以各种各样的表情手势。狗不明白,男主人和小孩儿听到她的骂为什么不翩翩起舞呢?难道这家人一言不发才好吗?狗觉得骂声、哭声、笑声和狗叫声一样,是活力的表现,是提前表达生活既将出现各种各样难以预料的事。最难预料的事竟然是狗丢了。是人丢了狗,还是狗丢了人。这事太复杂,狗已经想不起来了,好像这是它上辈子的事。

雪下了一天一夜,狗爪子完全陷进了雪里。被大雪伪装的街道好像很整洁,狗知道这是假的,用不了几天,街道就会变成脏泥汤子。但雪地里见不到什么垃圾。人,加了衣帽看不出谁是谁。人只露出他身体的二十分之一,一点点脸,狗越发分不清谁是主人。如果没有雪,狗记得在卖熟食的铁皮车下面,在卖回民熟食的露天柜台下面,有一些碎骨头,但雪覆盖了一切,雪真是一个伪君子。狗在雪里吃力地跑，它看到别的狗在雪里的溲迹，那是黄色的洞孔。无论黑狗黄狗，雪地上的狗尿都呈黄色，好像它们喝过啤酒，麻雀也没有食物了。原来，卖粮食的摊床边上的树顶落满了麻雀，人一走，麻雀就落地啄地上洒落的粮食。大雪盖住了这些粮食。狗已经几天没吃东西，除了雪，没有东西可吃。它越来越不抗冷，因为胃里没有食物。这只狗跑的时候三条腿落地，另一条腿被汽车轧瘸了。它跑起来不快。它觉得用不着快，可能就在下一刻，它的主人像上帝一样降临在它面前，蹲下，抱起它。狗用脸在主人衣服上蹭，泪水沾满了主人的脏衣服。

它不知道，它的主人因为它腿瘸，永远遗弃了它。

狗的时间观念

常听到狗的故事。如某人远走某地，把狗送人寄养。过了不久——《史记》将此写为“居无何”或“居无几何”——狗在某个早晨出现在前主人面前，像一个周游世界的乞丐一样眼泪汪汪，如谓：这就是你干的好事。主人原以为吾犬不可见兮，见此，唯有痛哭。居无何，狗死掉了，累的。长时间的奔跑，不舍昼夜。没有教练，没有科学的运动量，没有营养师配餐。狗跑死了。闻此，吾每每叹息：不能养狗。在品德上我们不及狗，养狗反生累。虽然里根尝言，若想在华盛顿找一个朋友，就只好养一只狗。华盛顿的政客、律师太多，何以解忧，狗。

狗的奇不只忠诚，还在听话。听话者，闻其言观其行，进入人类的话语系统。我对此理解尚浅，狗怎么会听懂人话呢？倘如此，说明它掌握相当大的词汇量,且粗通语法。歌星最爱说一句话:“观众朋友们,你们好吗?”这话牵涉指代,“观众朋友”与“你们”是一回事,“们”乃复数,“好”与“吗”指出状态和疑问。“狗众朋友们,你们懂吗?”我的无数养狗的朋友以不容置疑的事实举证——比这复杂的话狗也懂。

那么,这个事儿先放下,算懂。而在东村,吾堂兄朝克的狗懂的是蒙古族语,更显好笑。狗懂汉语已经很难,怎么会懂蒙古族语呢?对狗来说,蒙古族语与汉语孰为难懂由专家研究,我说的是,当格日勒远逸之后,狗也离开了东村。

我在朝克家见过格日勒那只狗,名巴达荣贵。当朝克痛斥格日勒的丈夫不治生产时,与淮阴的漂丝妇女骂韩信的口气差不多:“大丈夫不能自食(shí)。”狗在炕沿下面聆听摇尾,而后抬头看格日勒的丈夫宝莲。

格日勒家里最干净的东西是锅,不怎么做饭。我爸莅临格府,先掀锅盖,见而痛心:“看看!看看这锅!”格日勒、其夫、其狗都低下了头。我爸接着找粮食。如果有粮食而锅太干净,证明其侄女懒。然而没找到粮食,吾父叹气,背手离去。巴达荣贵欢快地追随我爸,围前围后,极尽跳跃。它发现,在那些日子里,我爸到了哪里,哪里的锅就开始忙,香味绵延飘散。

过了不久,即居无几何,吾妹格日勒被牵涉进一桩愚蠢的讼事之中。他们借了别人 2000 元的高利贷,房子、马、几只羊和锅,特别是地,转移到债权人手中,还欠人家 3000 元钱。他们到苏木(镇)上请干部主持公道。说:“我们借了这个人 2000 元钱,还不上,抵了财产,为什么还欠他 3000 元呢?”干部把大茶缸子往玻璃板盖着的桌子上一墩，说：“懂不懂法？”

格日勒一怔，其夫躲到她身后，巴达荣贵“嗖”地跑了出去。

我听我妈介绍到此，不禁赞叹。只一句“懂不懂法”就把什么房子地、谁欠谁钱都挡回去了，既不打，又不骂，还跟政策沾边儿，显示了语言的威力。愚夫愚妇怎么敢回复懂或不懂法？退一万步，姑且说“懂”，干部再问：“懂什么法？”还得败下阵来。谁能尽知世上都有什么法？在东村那个地方，司法助理、法庭庭长、派出所所长都由一人担任，即墩茶缸子的干部。身兼数职是为着节省开支、减轻牧民负担。他还兼有其他官员的妹夫、外甥和舅爷这些社会职务。

巴达荣贵被“懂不懂法”吓跑了，宝莲在哆嗦。格日勒由于脑瓜儿不开窍，还嘴：“反正我不欠他 3000 元钱。”她意思是房子地都没了，钱应该抹掉。

助理·庭长·所长.com 又问：“懂不懂利息？”

格日勒败下阵来，她真不懂什么叫“利息”。朝克解释，钱和别的东西不一样，它要下崽儿，崽儿就是利息。格日勒认为朝克的解释很下流，无端地把钱与生殖连在一起。

她反问：“你们家的钱在箱子里下崽儿吗？胞衣埋在了房后吗？”

朝克称：“钱在自己家里下不了崽儿，借给了别人，一定会下崽儿。银行就是钱下崽儿的好地方。”

“Bie Lie！”格日勒说。这句话不好翻译，约有“孽障”的意思，骂人话。

在法和利息的威慑下，格日勒一家决定逃走。他们走了，谁也不知道去了哪里。朝克知道格日勒要跑,但没问具体地点,当然也没有送行,免得自己喝醉之后说出去。

过了半年,有消息隐约传过来,说格日勒在锡盟。

下面说狗,即巴达荣贵所为。格日勒走后,巴达荣贵一度在村里游逛,也去朝克、阿拉它(格的二姐)和利宝(阿的长子)家里串门。居无何,这狗没了。不知什么时候,有人提起这个话题:“巴达荣贵呢?”

“吃肉了。”朝克认为这事太简单,有好事者将此丧家之犬宰了下酒,无它。一只无人庇佑之狗,又不治生产,问它做甚。

事实上,巴达荣贵奔赴锡林郭勒大草原,去找格日勒。但事情如此平凡,就不值得写下来。巴达荣贵到了锡盟之后,并没有去格日勒所在的东乌珠穆旗,而去了距东乌珠穆旗 300 里的西乌珠穆旗的某人家里。有狗自远方来,这家人收之,和羊群同出同入。

隔了两年,即 730 个日夜之后,格日勒和宝莲离婚。这消息是听我妈说的,我问:“后来呢?”

“后来,格日勒又找了一个人,建筑队的。”

“是蒙古族人吗?”我问。

“是。”我妈回答。过了一会儿,她突然说,“哎,可别说了。你猜猜,格日勒在新婆家见到谁了?”

“谁?”

“嗨嗨,可别说了。狗,东村的巴达荣贵,跑他们家去了。”

“格日勒的狗跑到后结婚那个男的家去了?”

“对!”我妈拍腿,“格日勒还没离婚呢,狗先上他们家了。”

“这么巧？”

“什么巧？”我妈说，“这个狗见过那个男的，格日勒早就跟他有来往。”

我不禁惘然：“狗早就知道格日勒会离婚？”

“谁知道。”我妈感叹，她对离婚的事历来感叹，“格日勒算乱套了。”

格日勒的生活早就“乱套了”。然而其狗巴达荣贵仿佛已经预知这一切，暗中等待甚至及早介入。如果狗真的这么聪明的话，人更不敢养它们了。譬如一个沈阳人想上广州读EMBA（高级工商管理硕士），而狗早在南国的校门口蹲着了，太那个了。

狗犹如此，人何以堪。

风的舞蹈

风里有什么

世上有好多事情弄不清，最弄不清者一为风，二为云。人遇到风。呼来了，呼走了。啥来了，啥走了？不知道。感受过，但一辈子没见过此物。“风”这个词也是听别人说的。对风，我们是盲人。就像我们在爱情里是盲人。男人只见过女人，谁见过爱情？

树林里，栎树的小圆叶子微微摇动，是风来了吗？人还没感受到风，树叶却已经招手了。走上山岗，传来巨大的风声，树叶像潮水一样喧哗。一棵树身上不知有多少叶子，而每一片叶子都在动并发出声音。风穿越绿叶的隧道。而人却没觉得有什么风。细听，听不出清林中的风声从何而来。树叶和树枝只是在抖晃俯仰，竟发出深沉的低音。在主旋律“呜——”结束之后，才是树叶子“唰啦啦”的后伴音。说！“呜——”是谁的声音？

盲人如果来到呼伦贝尔游历，他大脑收获的图景跟明眼人会完全不同，大不同。他看不到雨后的草原在深蓝城堡般的云层下透出的新绿；看不到像刷了石灰粉一样的白桦树互相斜倚，宛如等人来合影；看不到莫尔格勒河如盘肠一般，一里地弯十个弯。陡立的河床上长满了青草。

盲旅人看不到这些，他被呼伦贝尔的风抱在怀里，风拉住他的手旅行。风是另一位盲人，它用一种叫作“风”的手势识别盲旅人的脸，摸他的眼睛、鼻子、脖子和头发。草原的风打扫他浑身上下，衣裤簌簌作响。盲人听到，季风弹拨落叶松的松针，声音似蜂蜜拔出的丝。风捧不起河流的水，却把水的腥气塞进人的鼻子里。风里有什么？大兴安岭南麓和北麓的气味不一样，盲人的脑部地图定位着白桦林的清甜气味，奔跑结束的马群的骚汗味，被露水打倒的青草的气味，还有风。风并没有风味，风里只有远方的味。风里混合着高山岩石的苔藓味，低洼地带的泉水、动物粪便和草原上不同的野花的气味。风大度地、悠然地把各处的气味带到各处，又把各处的气味带到其他各处。对野生动物来说，这些气味是博物馆，气味里有所有动物的表情，花和河流的意思。风里的气味是野生动物的生存依据。

小鸟身上有什么味吗？不知道，它们笔直地飞进蒙古栎树林，不知道给树林带去了什么气味。去呼伦贝尔旅游的人可能忘记了，小鸟始终在他们头顶飞翔鸣唱。我提醒自己，每到一个新地方，先听听有没有鸟鸣。事实上，每一个地方都有小鸟的歌唱，除非下雨或刮大风。我听到这些歌唱，满自负，以为别人没听到。他们盯着草原上的野花，笨拙地迈进，忘了鸟鸣。我闭眼倾听鸟的歌唱，它们的歌声光溜溜的，音节或长或短，歌词各不相同。别人告诉我，大部分是云雀和百灵的歌声。然而看不到这些鸟儿，草原上没有树，它们在我头顶什么地方唱呢？只好说，呼伦贝尔有数不清的鸟，边唱边飞，我听到了它们路过时的那一段音频。

起风

在树林里走，忽而起风了。这风不算弱，却明净无尘。仰面看绿意连绵的树冠，听到咔嚓的折枝声。一会儿，地上落满了断枝。

被风摧折的悉是枯枝，黄褐色，像死蛇一样。但丫杈伸张，仿佛不甘心于坠弃。周围的大树那么茁壮，叶子在枝上一片片相互摩挲，在风里把低缓的呼吸声传得很远。

我感到一点悲凉，白杨树粗壮向上的躯干泛着生命的青色，枯枝卧在它的脚下，枯枝已经不能叫作树了。

风止息，在宁静中，我又想到枯枝，也许毋庸替它悲悼。它或许正在感谢于风，将其从弥留中解脱，送还地上，得到盼了许久的安然。它刚刚开始枯干那会儿，树干的汁液已经渐少，枯枝瞅着叶子片片发黄，不知何时飞旋而走。它也许就盼望回到俯瞰了许久的土地上。但枯枝必须经历萧索的整个过程，不能加快，亦不能减慢。那么，就在风不期然而来之际，这个时刻就叫作大限，也许还是一个庆典。枯枝在离开树的刹那，总要断然一响，清脆之声远远近近都听得见。这声音脆亮，是痛苦的最后一吼，还是欢愉的意外之音，我不清楚。或许这两种情态都包含其中了。

我不清楚的事情，就不再思索了。人的毛病之一，在于喜欢设出两种结论，然后选择其一。这就导致更深的迷惑。

就在我快要走出这片树林的时候，身后又传来四面八方的簌簌之音。我回头看起伏如浪的树冠，又起风了。

风

如果世上有一双抚爱的巨手，那必是草原上透明的风。

风是草原自由的子孙，它追随着马群、草场、炊烟和歌唱的女人。在塞上，风的强劲会让初来的人惊讶。倘若你坐在车里，透过玻璃窗，会看到低伏的绿草像千万条闪光的蛇在爬行，仿佛拥向一处渴饮的岸。这是风，然而蓝天明净无尘，阳光仍然直射下来，所有的云都在天边午睡。这是一场感受不到的哗变。在风中，草叶笔直地向前冲去，你感到它们会像暴躁的油画家的笔触，一笔一笔，毫不犹疑，绿的边缘带着刺眼的白光。

风就是这样抚爱着草叶。蒙古族人的一切都在这些柔软的草叶的推举下变成久远的生活。没有草，就没有蒙古包、勒勒车和木碗里面的粮食。因此《嘎达梅林》所回环祷唱的歌词，其实只有一句话：土地。每天，土地被风无数次地丈量过，然后传到牧马人的耳边。

到了夏季，在流水一般的风里，才会看到马的俊美。马群像飞矢一样从眼前穿过时，尾鬃飘散如帜，好像系在马身上的白绸黑绸。而这样的风中，竟看不到花朵摇摆，也许它们太矮了，只是微微颤着，使劲张开五片或六片的花瓣。在风里，姑娘的蒙古袍飘飘翻飞，仿佛有一只手拽她去山那边的草场。这时，会看出蒙古袍的美丽，由于风，它在苍茫的草地上抖擞亮丽。而姑娘的腰身也像在水里一般鲜明。

背手的老汉前倾着身子勉力行进，这是草原上最熟悉的身影。外人不明白：在清和天气，他走得何以如同风中跋涉？风，透明的风，吹在老汉脸上，似乎要把皱纹吹散开，把灰色的八字撇胡子吹成小鸟的翅膀。

在这样的风里，河流仍然徐徐而流，只是水面碎了，反映不出对岸的柳树。百灵鸟像子弹一样“嗖”地射向天空，然后直上直下与风嬉戏，接着落在草丛里歌唱。它们从来都是逆风而翔，歌声传得很远。

风吹草动

五月上旬的一个星期天，我骑车去辽宁大学操场跑步，没按惯常路线走，转道从礼堂那边绕行。接近篮球场时，看到方形草坪上，草叶闪闪发光，马兰在树墙外悄悄开放蓝花。老校工在剪树。

草坪的草是咱们说的进口品种，娇嫩翠绿如染织的地毯。而比地毯更高明处在于草们在风的驱赶下做出的精致舞蹈。洋草修长柔韧，色泽是画家笔下才有的晶莹的浅绿，而草叶背面在绿中衬一抹银灰。透明的风在这里和草开展欢愉的游戏。有时草叶急急如“之”字蛇行；有时像波纹一圈圈荡开，仿佛投入了石子，或者如体育场上的观众臂膀相牵此起而彼伏的场面。面对这些美丽不知疲倦的草叶，你尽可以想象它们在骑马、哗变、演习八卦掌（团体项目）与诺曼底登陆。谁知“风吹草动”四字在此竟有如此生动的演示。这与我在草原和乡村看到的草景都不同。后者是民众，这边是草舞蹈团。我甚至想冒着挨骂的危险说：“还是外国的草好啊！”或：“还是外国劳动人民的草好啊！”

此时是下午，天边摆满五月的白云。雨才歇，蝴蝶和蜜蜂都没有出来，楼角上的广播喇叭里传出学生播颂的知识稿件——海洋资源远远多于陆地资源。与“草舞蹈团”隔一道树墙的是一排马兰，开着淡蓝的花。它们像一群蹑足而走的乡村姑娘，十七八岁，想引人注意又怕异样的目光。我忽地想起萧娴笔下的兰花，也是这样轻盈淡雅。此画是一本杂志的封底，20年前糊在我家裂了缝的门板上挡风。我为想起这幅画以及萧娴的名字而惊讶。在都市里，一个人被裹胁于车流人流之间，偶尔脱身却见马兰花静姝一隅，你甚至不好意思于自己的东奔西走。我蹲下，专注于花草。老校工环臂持大铁剪“嗒嗒”开合，然后俯察，如理发师侧首找寻那人头上的杂毛。我恍然，马兰花、老校工弯腰的姿态和草的舞蹈，是一幅让人屏息而视的画面。在平静的生活中，天地间会突然出现美不可言的胜境。我庆幸看到了它。

这时，老校工回头看我，汗里的盐使他眼角眯着，表情似有不悦。一人站在另一劳动者身后无理由地观望，当然令人不悦。其实我想多看一会儿。老校工二度一瞥，我走了：美丽的草和马兰都是他的。日常景色在朴素的外表下会突然爆裂内里的美，明灿高扬。与之遭逢已经很难，而遭逢之后无法勾留是另一无奈。人们跋山涉水去拜谒天下名景，譬如泰山峨眉时，究竟有多少人看到了它们真正摄人魂魄的美？美像闪电一样，不可能总是出现。它的出现，必有晨夕、明暗乃至风与雨的交关组合，像盛装的大师出现在舞台上。而多数人在泰山峨眉所遇，仅是一处处没有演出的空寂剧场而已。

有人说，一个女人最美的时刻，只在某年某月的几天，至多一个星期便寂落了。人们娶来的妻子，多数已经不包含这几天了。如同花朵在空谷里绽放，它的美属于神，而非男人或女人。

这么小的小风

最小的小风俯在水面，柳树的倒影被蒙上了马赛克，像电视上的匿名人士。亭子、桑树和小叶柞的倒影都有横纹，不让你看清楚。而远看湖面如镜，移着白云。天下竟有这么小的风，脸上无风感(脸皮薄厚因人而异)，柳枝也不摆。看百年柳树的深沟粗砺，想不出还能发出柔嫩的新枝。人老了，身上哪样东西是新的？手足面庞、毛发爪牙，都旧了。

在湖面的马赛克边上，一团团鲜红深浅游动，红鲤鱼。一帮孩子把馒头搓成球儿，放鱼钩上钓鱼。一条鱼张嘴含馒头，吐出，再含，不肯咬钩。孩子们笑，跺脚，恨不能自己上去咬钩。

此地亭多，或许某位才俊读过《醉翁亭记》，染了亭子癖。这里的山、湖心岛、大门口，稍多的土积之成丘之地，必有一亭。木制的、水泥的、铁管焊的亭翘起四个角，像裙子被人同时撩起来。一个小亭子四角飞檐之上，又有三层四角，亭子尖儿是东正教式的洋葱头，设计人爱亭之深，不可自拔。最不凡的亭，是在炮楼顶上修的，飞檐招展，红绿相间，像老汉脖子上骑一个扭秧歌的村姑。

干枯的落叶被雨浇得卷曲了，如一层褐色的波浪。一种不知名的草，触须缠在树枝上。春天，这株草张开枣大的荚，草籽带着一个个降落伞被风吹走。伞的须发洁白晶莹，如蚕丝，比蒲公英更漂亮。植物们，各有各的巧劲儿。深沟的水假装冻着，实际已经酥了，看得清水底的草。我想找石头砸冰，听一下“噗”或“扑通”声，竟找不到。出林子见一红砖甬道，两米宽。道旁栽的雪松长得太快，把道封住了，过不去人。不知是松还是铺甬道的人，总之有一方幽默。打这儿往外走，有一条小柏油路，牌子上书：干道。更宽的大道没牌子。

看惯了亭子，恍然想起这里有十几座仿古建筑，青砖飞檐，使后来的修亭人不得不修亭，檐到处飞。

我想在树林里找到一棵对早春无动于衷的树，那是杨树。杨树没有春天的表情，白而青的外皮皴裂黑斑。它不飘舞枝条，也不准备开花。野花开了，蝴蝶慢吞吞地飞，才是春天，杨树觉得春天还没到。杨树腰杆儿太直，假如低头看一下，也能发现青草。青草于地，如我头上的白发，忽东忽西，还没连成片。杨树把枝杈举向天空，仿佛去年霜降的那天被冻住了，至今没缓过来。

鸟儿在英不落的上空飞，众多的树，俯瞰俱是它的领地。落在哪一棵上好呢？梨树疏朗透光，仪态也优雅，但隐蔽性差；柏树里面太挤了，虽然适合调情；小叶柞树的叶子还不叶，桑树也未桑。小鸟飞着，见西天金红，急忙找一棵树歇息。天暗了，没看清这是一棵什么树。

风到底要吹走什么

湖水的波纹一如湖的笑容，芭蕉叶子转身洒落了一夜的露水。晃动的野菊花仿佛想起难以置信的梦境；旗帜用最大的力气抱住旗杆，好像要把旗杆从土地里拔出——它们遇到了风。

风同时用最大和最小的力量吹拂万物。它吹花朵的气流与人吹笛子的气流相仿佛，风竟有如此温柔的心，这样的心让湖水笑出皱纹。水原本没有皮，风从湖的脸上揪出一层皮，让它笑。风到底想干什么呢？风让森林的树梢涌动波涛，让树枝和树叶彼此抚摸，树枝抽打树枝，树叶在风里不知身在何处。风在树梢听到自己的声音变为合唱，哗——哦——这声音如同发自脚下，又像来自远方，风想干什么？风不让旗帜休息。旗的耳边灌满扑啦啦的声响，以为自己早已飘向南极。

风从世界各地请来云彩，云把天空挤得满满当当。风是非物质文化遗产手艺人，为云彩正衣冠，塑身材，让云如旧日城堡、如羊圈、如棉花地、如床、如海上的浪花、如悬崖、如桑拿室、如白轮船。风让云的大戏次第上演，边演边混合新的场景。剧情基本莎士比亚化，复仇、背叛和走向悲剧的恋爱在云里实为风里爆发。而风，没忘记在地面铺一条光滑的气流层，让燕子滑翔。风喜欢看到燕子不扇翅膀照样飞翔与转弯，风更喜欢燕子一头冲进农舍房梁的泥巢里。秋毫无犯啊，秋毫无犯。这是风对燕子的赞词。

风吹麦地有另一副心肠。它摩挲麦子金黄的皮毛，像抚摸宠物。麦子是大地养育的奇迹之一，黄金不过之二。大地原本无好恶，无美丑，无奇迹。大地养育毒蛇猛兽，还会分别万物吗？可是麦子不同，麦穗藏的孩子太多，每条麦穗都是一大家子人。麦粒变成白面之后，世上就有了馒头面条。上天喜看饥饿人吞吃馒头面条比皇帝还满足。人虽穷，也得活，是五谷而非金融衍生品养育着他们。植物里，麦子举止端庄，麦穗的纹样被人类提炼到徽章上。风吹麦地，温柔浩荡。风来麦地，又来麦地，像把一盆盆水泼过去，风的水在麦芒上滚成波浪。风一盆一盆泼过去。麦浪开放、聚拢，一条起伏的道路铺向天边。麦穗以为自己坐在大船上，颠簸航行。

风从西伯利亚向南吹拂。春天，风自苔原的冻土带出发，吹绿青草，吹落桃花与杏花的花瓣，把淡红色的苹果花吹到雪白的梨花身上，边跑边测量泥土的温度。风过黄河不需桥梁，它把白墙黑瓦抚摸一遍，吹拂江南蛋黄般的油菜花，继续向南。风听过一百种叽里呱啦的方言，带走无数植物的气息，找到野兽和飞鸟的藏身地。风扑向中国南海，辨识白天的岛屿和黑夜的星星，最终到达澳大利亚的最南端。在阿德莱德的百瑟宁山，风在北方的春天见到这里的秋天。世上有两样存在之物无形，它们是时间和风。风说：世间只有速度，并无时间。风一直在对抗着时间。

风吹在富人和穷人的脸上，推着孩子和老人的后背往前走。风打散人的头发，数他们每一根发丝。风吹干人们的泪痕。风想把黑人吹成白人，把穷人吹成富人，把蚂蚁吹成骆驼，把流浪狗吹回它的家。风一定想吹走什么，白天吹不走，黑夜接着吹。风吹人一辈子和他们子孙一辈子仍不停歇。谁也不知风到底吹走了什么，记不起树木、泥土和花瓣原来的位置。风吹走云彩和大地上可以吹走的一切，风最后吹走了风。

我至今尚未见过风，却时时感到它的存在。沙尘不是风，水纹不是风，旗帜不是风。风长什么样呢？一把年纪竟没见过风。风与光一样透明、一样不停歇、一样抓不住。不知不觉，风吹薄了人，吹走了人的一生。

玉　米

悬崖的玉米

十月去新宾，毗邻行车道有一条正在修的高速路。

高速路真厉害，逢山开道、遇水架桥，难不住它。我的目光随它的建设步伐往前：一处山崖被劈开，陡面约十米高，上面站着大队的玉米。玉米站在悬崖的尽头，它前面连人的一只脚都站不下。秋天的玉米，叶子肥卷，深绿里的紫色如笔痕。成熟的玉米棒像它身上斜挎的匣子枪，每株斜插四五个，个个神气。这个土崖楔子形，一侧是深沟，另一侧是劈开的道。你看崖上这一群玉米，像听到召唤从四方汇集此地，也如玉米的江水流到这里停下了。它们的叶子带着晚秋的紫，穗流苏老而飘零，真是悲壮。我第一次看到玉米的悲壮，即走投无路绝不退却的决绝。像丘吉尔在英国最危难时刻对国民宣誓：Never,never,never,give up.（绝不，绝不，绝不放弃）日头偏西，余晖把劈开的崖壁刷上鲜艳的黄，玉米的叶子反光，如水碗。一群乌鸦呱呱叫着，从玉米头顶上飞过，它们黑色的翅膀分割橙色与水蓝的天幕，像斯密波尔的丙烯画。

风吹来，玉米甩开袍带，甩到彼此的身上。风吹得更大一些，玉米相互靠在一起。在如此明亮的黄昏，夜色正从脚底向上弥漫，玉米们在悬崖的风中拥抱。它们何止通人性，它们就是人们，成百上千，每株玉米都有心肠。

对自然真的不能仔细看，看进去觉得跟人间一模一样。我替玉米们怆楚，为它们被悬崖阻隔而无回头路的命运，并觉得崖下有一条江流过才好。江水不必清也不必静，混浊地流淌过去，跟玉米上下呼应。可惜美术家没看到这个场景。

转一圈儿再看崖上的玉米，感到它们勇敢。这是我所看到最勇敢的玉米，它们好像一群抗日战争时期的河北农民，顶着日本人的枪口。如果在每株玉米头上戴一顶草帽，就成了游击队的整编师，气势可吓跑任何正规军。

多高的山上有多高的水，这话没错。玉米长在高高的崖上，长势那么好，不缺水分。它们站在崖上看公路上人来车往，不知心情怎样。那时候，觉得做一株悬崖玉米也蛮好，站一个秋天。

玉米之名

袍带缱绻，是玉米中的情人。玉米绿袖长广，期待不识字的农夫俯身写下一些字和念想。隶书、草书、楷书，有关河流、晨昏、露水和山坡的日志。

到了七月，在北方看到了什么？遍地玉米。其实看不清哪一株玉米是什么样子，满目茎叶汪洋。玉米的海由它们的叶子或者说袖子纷拂而成，拥挤澎湃。有一点儿风，高粱叶子出语“沙沙”，月夜听似“杀杀”。而玉米在风里回身转袖，呼喊深远，像要从夏天传到秋天。风再大，玉米哗然似水泄，不知堤坝开了多大的洞穴。倘若塞尚来到塞上一观，北中国的阳光在玉米身上洒下的是葱绿、墨绿、灰绿和带那么一点儿紫痕的绿，飘摇不定，晃眼。

玉米海的单位是垄。深秋，站在垄背上的老玉米的根像鸡爪紧攥着土地。人光膀子穿越玉米地，叶子割破肌肤，是被汗水盐分涂抹过的锐痛。

“玉”和“米”，均属汉字里最好的字，合帝王之尊与社稷之本。何米为玉，何谷为金？何石为燧，何玉为璧？命名的时候，先民把手按在这件东西上，加入多少遐想。在粮食里，玉米的地位粗伧，和高粱相当。在老百姓嘴里，它叫棒子、苞米、苞谷，“玉”不知跑到哪里去了。它的化学属性是淀粉。一位药厂的朋友告诉我，在×吨玉米淀粉中加入×公斤×素，搅和匀了（不匀也无碍）就是人们吃的×片。人们拧开药瓶盖，取出×片丢入嘴里，含水仰脖咽下，我想，他吃了一粒玉米。

玉米一如男人风格的女人。东北女人中这种类型的不少。虽然姿色招摇，还是很土。玉米生育能力强，抗旱能力强，不曾梦想化为一朵茉莉花。玉米喜群居、喜议论、喜赶集、喜扎堆、喜龇牙、喜锋锐、喜在成熟的种子头顶挂两撇流苏。东北女人走路蹬蹬的，屁股拽拽的，骂人的时候表情入戏，妩媚倒让人有一点儿不安。玉米包含着东北女性特质：广阔、连绵、斗争、乐观以及易逝的姿容。

玉米叶子向阳的一面光滑，再宽一点儿就像烟叶了；背后有小绒毛，长在起伏不平的叶面上。无论夏秋，太阳未出之际，露水顺叶子滚入玉米的腋窝，东北话叫“嘎支窝”（满语）。而玉米在初夏长出半尺高时，看着也不幼稚，像小小子早晨出操。它们占的地太多了。东北如此之大,也被玉米占满。像农村丫蛋儿土生土长,都有一个好名。二丫叫李桂兰,三胖叫刘淑芝。桂、兰、芝,何其清芬。东北的苞谷也有一个好名:玉米,何其优雅!

玉米抽穗的时候,肋下掖着像竹笋又像包在被子里的婴儿一样的小玉米,头上吐一穗娇嫩的簪缨,顽童摘下夹在鼻唇间充胡子。玉米在跟旱象和雨水的吵闹中拔节,周身斜插着一个个做了流苏记号的玉米棒。棒上有牙齿一般晶莹的颗粒,等着灌浆,等着秋天,等着农民在场院用两根干透了的玉米棒双手搓绞,玉米粒哗哗流淌。

鱼

水是鱼的大地和天空

鱼并不知道这个世界上还有山峰和草地，它们更不知道什么叫楼房和道路。假如跟鱼说世上的情形，它会觉得那是远古的事情，不可信。

鱼不知道什么叫空气。如果它暴露在空气中，觉得到空气可怕，跟窒息是一回事。

鱼毕生所知只有水。较真说，鱼并不知道水的存在。对鱼来说水并不存在，就好像人类察觉不出空气的存在。

水是从鱼身边流过去的那些东西。到底是什么东西，鱼也说不清。水是鱼的山峰与草地。鱼卵孵化成小鱼就开始游动，没在大鱼身上吃过奶。水早把小鱼跟父母冲散，从此，它的父母是水。水是鱼的衣服，是鱼的树林、天空和大地。水吸收了天空的光线，变为翠绿。我小时候在红山水库游泳，在水下尽量睁大眼睛看周围，眼睛其实只睁开一道小缝——水体绿无边际，像无边的玻璃瓶子堆在一起，只见得到一米开外的东西，看不清远方。不知道早上的霞光照进水里，鱼看了什么感受？（我应该坐车再去一趟红山水库，在日出时潜水，看看水里是什么样子。）霞光照在水上，像千万条金蛇拍打尾巴，想钻进水里却钻不进去。并不是什么东西都能钻进水里。风吹不进水里，火不能在水里燃烧，人能进水是偏得了。霞光像红菜汤洒了，在水面扩展。霞光的金红被水浪一波一波推到岸上，水用不了这么多金红，送给土地。从水里仰望天空，红彤彤的太阳如烧红的铁球在岸边滚动，仿佛要滚进水里。水皮儿红得像钢水。鱼看到，太阳的红只在光芒里，它本身如一个蛋黄。看一会儿，蛋黄变为炽白。太阳表面没有山峦的阴影，更没有玉兔和吴刚。

鱼儿逆流而游。如果鱼讨巧，搭顺风车，顺流游动，那么，世界上早没有鱼这个物种了。水流是鱼的砧板，是铁锤，无情地锻造鱼的筋骨。鱼像顶风奔跑的马拉松运动员，到后来他只会顶风奔跑。那些顺流而游的鱼被冲到岸边，被摔在石头上，死掉了。

我喜欢小鱼甚于大鱼。我看路边有人卖罐头瓶里的小鱼。那些鱼从头到尾只有瓜子皮那么大，精巧活泼地游，仿佛小小的罐头瓶是一个偌大的池塘。它们昂首游到上面，再悠然潜下，自由，非常自由。小鱼半透明，虽然我还说不上它们的名字。它们的身躯里面显露一根脊椎，能看出医学所说第一胸椎、第二胸椎、第三胸椎，以及第一腰椎和最末腰椎。这多好，看它就像看到它的CT。它的肉——它好像没有肉——也半透明，略微有一点儿肠子。小鱼不多吃，太多肠子没用处。它们游着，比人游泳容易。八段锦有一式曰摇头摆尾，鱼摇摇头摆摆尾就往前走，简洁，没多余动作。卖鱼人看我入迷，拿出另一个瓶子，里边的小鱼更小，只有芝麻大，也看得清脊椎和更小的黑点——肠子。这些芝麻鱼的泳姿是蹦，一蹦一厘米高，这是很大的力量啊。水的阻力大，人在水里能凭空蹦自己身高三倍的高度吗？反正我不能。

二十世纪七十年代初，我家下放到红山水库边上的昭乌达盟“五七”干校，那段时光真是好啊！乡村大道上，常见人拎着鱼走路。有人一手拎一条鱼，老远就看得清两条鱼在人手下银光闪闪。有人背一条鱼，手扣鱼鳃，也是银光闪闪。有一天晚上，我和干校的大人们在一个地方堵鱼。夜黑，无月无风。一帮人在水深处往岸边拉挂网，把鱼撵到岸边。这地方是水库泄洪处，鱼多。他们在齐腰深的水里形成半圆。黑黝黝地看不清脸。我们在岸边拣鱼，把水里的鱼抱出来。笑话——这是我替鱼说的话——人在水里根本抓不住鱼，宋词词牌《摸鱼儿》简直是胡说。鱼鳞外边有一层黏液，比油还滑。鱼在水里有劲儿，扑棱一下跑了。七八斤的大鱼在水里能把人打倒。鱼像老虎一样用尾巴打人。结果，我们没抓到什么鱼，鱼不愿出水。岸上的老百姓乐坏了，“五七”战士办蠢事让他们很开心。在浅滩抓鱼要用抄网，“五七”战士没听说过世上还有抄网。

鱼一辈子都在游，回流溯流。水是鱼的天空，它们像鸟儿那样在水里飞，翅膀是短短的鳍。鱼像柳树的树叶，在河里海里簌簌漂飞。

鱼

人的身体有正面与背面，对鱼来说，是左面右面。鱼的侧面显示出它的工艺之美；鱼鳞一片覆盖另一片的美，只有鸟羽堪相比美。它的古典主义的手法让人感到上帝的审美意识始终留在古罗马时期，并没追随人类进步。鱼鳞之美跟数学相关，跟矩阵相关，当然跟功能更相关。上帝比任何人都讲实用主义。

鱼像雕刻工艺品。几百枚云母片对称黏在鱼身上，叫鱼鳞。每一片鱼鳞如一片贝壳，比人的指甲更圆，是鱼的铠甲。

鱼在水里漫步，却没有脚。它始终在沉思，水让鱼沉默并使之成为习惯。

鱼生而有水，比牛羊生而有土还要幸运。水没有天空大地之分，内外都是水。水不用深耕，水没有四季，鱼在水里不用做窝也做不成一个窝。透明的水让所有水生动物变成了一家。

鱼在汉字里跟“余”谐音，古代没出现过产能过剩，余裕就好，满仓满屯都好。鱼跟余沾了光，成为年画的题材。光屁股童子怀抱大红鲤鱼约等于江山永固，还显出美，比抱肥猪好看。鱼没有四肢，无论怎样肥都看不出累赘。鱼其实很肥嘛，没见过瘦骨嶙峋的鱼。天生肥的东西还有藕与白玉兰。江湖之大，怎么能瘦了一条鱼？水比土地更富有，对万物慷慨。

池塘的鱼群居，也起哄，为一片面包而撕抢。上帝没让鱼长出手和脚来，它们用嘴顶着这片面包走，而不能像足球流氓那样连打带踹。不知面包后来去了哪里，鱼群红的脊、黑的脊在石头上开花。

鱼有一个静默的世界，它不知道残花落地的微音，也不知道鸟用滑稽的声音预告黎明。鱼的力量拧在尾巴上面。没人见过鱼在河里辞世的情景。

姓于的人不承认“于”跟“鱼”有什么联系，但起名爱跟水发生联系。谁都知道鱼的氧气在水里，离开水鱼就憋死了。中国的于姓人氏，带着无数涉及江海的名字，他们心里还是挂念着鱼，尽管也吃鱼。

鱼和鸟一样，一生自由，空气和水赋予它们自由。海洋里的鱼多么自由啊，一生是游不完的旅途。从水里遥望天色，太阳仅仅是一片模糊的光团，下面渊深无际。鱼游海里，恰如鸟在天空飞翔。鱼之余不在别处，在自由。

群鱼尾巴如莲花

我赶到慈恩寺的时候，大殿的檐上有三只麻雀并排站立，站在灰色的小瓦边沿，瓦下面涂万字的椽头的粉彩已剥落。麻雀挺胸站立，像等待。

寺前有石砌的水池，池底撒一层白的黄的硬币，几条鲤鱼静置水中，不上不下，好像它们是水底放的鱼风筝。鱼像把水忘记了，飘在空气中。

现在是早晨五点多，两三个香客上完香走了。香的烟雾缭绕着，如草书，笔画升到两尺高就不见了。功德箱前摆着绣花的红垫子，等人来跪。

往前看，一排青山被大殿遮住，从两侧露出，好像大殿的肩膀，肩膀上浮着白雾。寺里静，风为什么不来吹檐下的铃铛呢？说着，铃铛响起来，两三声。我知道这不是我想的结果，属巧合。铃响后，麻雀先一后二飞起，转了一圈儿又落在殿瓦上。铃铛不报时不报警，只报告风来过，听着如法音。它在自言自语，说一件事，却没人听懂它说的是什么事，就像不知麻雀在等谁或等什么、不知鱼在等啥。什么是“事”?人做的一切都叫做事,而鸟飞虫爬、雨落云停都不是事,“事”的框架不包括自然的东西。一些人在做好事,一些人在做坏事,这是拦也拦不住的。一些人做有用的事儿,一些人在做无用的事儿;有用之事对另一些人无用,无用之事对其他人有用。人各自心头有一把尺,衡量较量各种“事”。因此,有人坐屋里,想起一件事,突然冲出去,去“办事”,这也是拦不住的。

殿里传出诵经声,和尚们做早课了。梵唱伴着木鱼敲击声,从镂莲花的门窗传出。红鱼、黑鱼掉头游到池边,头向大殿,像教徒们低头对着耶路撒冷的哭墙。群鱼尾巴散开,水底暗开一朵莲花。

鱼在听闻经文吗?这像是很奇怪的事了。可能在听,也可能没听,鱼知道但不告诉你。仔细看,鱼首上方的水面微微颤动,也可以说鱼在诵经。

从殿上往外看,一级级台阶下降着通向葱茏草木,殿顶有两朵白云驾到。白云不飘不散,体积渐大。它们可能在下降,降到一定高度不动了。

“嗖——”一个蚂蚱蹦到功德箱上,看里面装了多少钱。箱边的松树垂下一只蜘蛛,手忙脚乱地下落。它似无依傍,身上却有一根看不见的丝线。现在流行说“心为民所系”,蜘蛛“身为丝所系”。丝者私也。天下的藕都有丝,唯包公老家的藕无丝,藕断了丝也不连。松树翘起的鱼鳞皮里夹着一根羽毛,摘下来瞧,白羽梢上带绿色。就是说,一只小绿鸟冒失低飞,被树皮掠走一根羽毛。我把羽毛放了回去,小绿鸟没准儿会回来找这根羽毛,它没说不要。

从前我从宝云山顶瞭望过慈恩寺，一行白石路到寺院门口消失，寺院被大树包围，只露出大殿屋脊。远望见不到寺，更见不到水池、池鱼和檐上的麻雀。人们认为看得见的才真实存在。其实，看见的也许陌生着，看不见的却在心里熟悉过。

一个和尚出来撞钟，僧人开饭了。麻雀飞走了，池鱼也散了，蜘蛛不知跑到了哪里，白云也在不知不觉中飘走，羽毛还夹在松树的鱼鳞皮里簌簌微动。太阳从东山升起半轮，像被和尚撞钟撞出来的。太阳顶圆，仿佛应该戴一个帽子才好看些。金光在池水上断续连接，殿瓦一抹微红。一颗松塔从树上掉在石板上，轱辘几下站定，像一尊小佛像。和尚们穿青色僧衣持钵默默走过寺院。太阳出来之后，寺里像另外一个地方，刚才见到的景物好像都没存在过，如幻象。

小鱼

我被父母允许使用铅笔的时候，刚刚五岁。为此大为兴奋，这种半截木棍并露出黑尖的东西，是另一种语言。胡乱画出的一些线条，使自己佩服自己，而且挥之不去。开始不知画什么，就弄心电图似的乱线，享受到怀素那种乐趣。但很快觉得单调。这时看我姐写字，十分嫉妒。我想所有未及上学的孩子看哥哥姐姐写字，都有过这种嫉妒，集愤懑、无奈于一身。

她把字写进作业本的格子里，很有力。每个格子只一个字，而不是像我那种连绵如湍流的线条。我也曾宣称这些线条是字，让父母猜，但这种宣称除了被哄笑之外，不会有其他结局。我所奇怪的事情是姐姐写的“字”，是一些复杂的图案。笔触短且变化多端，兼有转折与交叉。而有些“字”，她只写几笔便弃之不顾，去写其他的“字”。有一次，我伏案观察她写字良久，指出有几个字她未写完，好像是“一”与“乙”，竟又遭到她的嘲笑。

我知道这些图案并不是她所创造的，但她居然能掌握，并在写完后用手指着，嘴里尖锐地发出音来，如“北——京——”就令人稀奇了。那时我也囫囵着写一些字，尽量写复杂一点儿，同样指着它们分别赋予一个音，如“赤——峰——”但我很快就忘记了它们的读音，记不住。这些一团乱麻似的字原本就是我生造的，念什么音都行。

后来我姐教我画小鱼，纾解了我的不安。

小鱼是一笔画成的。从尾巴开始，沿弧线向前，在鱼嘴的地方转折向后，然后一竖，就是尾巴。记住，鱼头一律是向左面，这就是向前，我姐就是这么教的。如果比较灵慧的话，可在鱼身画上瓦片似的鱼鳞，鱼尾由横线罗列而成。

我站在炕上，把小鱼一条接一条地从炕沿边的白墙上画到窗户边上，它们像箭头，一个跟着一个前进，永不掉头。接着画它们腹下的第二排，然后是第三排。鱼群在离我们家炕边三尺高的墙上庄严进军，比黄海或加勒比海汛期的鱼儿都要多。当你相信鱼的真实性之后，就无法怀疑墙乃是大海。多么宽广的大海啊！我常常坐在被垛上注视鱼群前进，为它们的气势所打动。然后，再使被垛这面墙也布满鱼群，当然它们是向另一个方向行进的。

描摹一种形象，对孩子来说，是第一次对客观世界进行表达，也是第一次抽象。在这之前，孩子脑中的外界映象太多，而他倾吐的太少。一进一出，心脑平衡，人与世界也得到平衡。不然我也不能画那么多的鱼，不比别人更能理解原始人为什么在艰苦的环境中，于跳跃的火光下在石壁上画岩画。一个不会写字又急于表达对世界看法的人，大约如此。而岩画留给我们的信息，并不是画上的鹿和狼，而是画画的人曾经在世上寂寞地活过。

我们家的鱼，在那个时期以惊人的速度繁殖，桌子上，杂志上，包括箱子盖内侧的木板上，都布满栩栩如生的小鱼，它们甚至钻进了我爸皮鞋的鞋垫上。我记得有一本好看的书，大开本彩印精装，叫《辉煌的十年》，记录内蒙古自治区成立十周年的盛绩。照片上钢花四溅，或女人穿彩裙结队而笑，羊群低头吃草。这本书所有的空白处，都被我画上了小鱼，极大弥补了内蒙古水产业的不足，正所谓年年有余。殊不知，此书是我爸借来写稿子用的，他一翻大吃一惊。他把书对着我妈一页一页翻开，绝望地说："看，这怎么退还？"又翻一页，"怎么还？"我妈眼里分明带着笑意，但装作沉重地摇头。我爸问："谁教他画鱼的？"不用说，我姐挨了一顿严厉的斥责。

几年前，我回家省亲，见父母半夜倒腾箱柜找什么东西。后来找到了，是一本奖状。我爸被评为"自治区五十年有突出贡献专家"，需复印上报这个四十年前得的奖。一翻开，嗯？在乌兰夫签名与奖金大字的左左右右，游弋着一条条小鱼。我看到它无比亲切，这样的笔触让人珍怜，童稚朴拙而真诚。

"这一定是阿斯汗干的！"我爸极为愤怒，把阿斯汗从被窝拎出来批斗。他是我外甥，所有恶作剧的制造者。

"没有！"阿斯汗揉着眼睛说。他干了坏事后都说"没有"。

“你呀你呀。”我爸痛彻心扉地坐在床上，指着阿斯汗，“你真完了！”

“没有！”阿斯汗强硬地梗着脖颈。

鱼与水及氧和呼吸系统之关系

“鱼儿离不开水呀，瓜儿离不开秧”，这个歌我小时候估计唱了一千多遍。当时科普不发达，并不明白鱼儿为什么离不开水。问过好多人，他们一律不耐烦，说“不知道”。这里边牵扯一个奥妙，即鱼、瓜之离不开什么与人离不开什么相关涉。说不好不仅不科普反成反动话。后来，我们全家挥师“五七”干校，离鱼更近了。红山水库有的是鱼。“五七”战士的工作是撒网打鱼。鳞光乱颤的鱼兜上来倾泻甲板，蹦不了几下就死了。我以为它们是被吓死或晒死的。一人说，憋死的。我以为是笑话，跟着笑了。到了空气特多的地方，反而憋死了，好像讽刺余裕的坏处。那人生气——他是民乐队指挥，说：“小兔崽子，这有什么可乐的？混账！”我不敢乐了。原来世上好多事都是真的，而非笑话。比如星星会死亡，死后变为白矮星——这是钱德拉塞卡所言。比如古希腊人在广场上裸体掷铁饼，为胜者雕像。多好，我真喜欢古希腊。

再说鱼的事儿。我从鱼身上学到一个道理，这个道理是什么呢？节俭。陆地上有那么多氧气，人家跑到水里去吸氧，用鳃。而咱们，显见偏得，氧气多得是，大口呼吸。我在水中练过吸氧，因为没有鳃，吸得全是水，而分解不出其中的氧。因此，我多次向家里养的红黑金鱼敬礼，当然是注目礼。我觉着它们是一些科学家，在水里用鳃的丝状物就把溶解在水中的氧给吸了，多神奇。但比较之下，还是人合算，直接吸氧，没那么多麻烦。过去有一个人老说不快乐，说不管怎么着，我就是不快乐。我听了挺气愤，你也不差氧气，有啥不快乐的。我告诫这个人，回家多呼吸。这人听了大为震惊，不敢提不快乐的事。我觉得自己说得很对，咱们有空气、有阳光（太阳作为自行燃烧的发光体被咱们摊上是挺值得庆幸的事），还有水，用领导的话说，叫“基础挺好”。我一想到这个就快乐。小时候，我和同学练过憋气，看谁憋得时间长。我最长达到一分钟，而尿盔（我同学之绰号）达到一分钟零几秒。后得知，人如果缺氧到三分钟，大脑组织将乱套，乱套即坏死。我又庆幸，幸亏那时候没达到三分钟。原来以为毅力不行，才知是上帝拯救咱们，才没给你毅力，看你年轻轻的憋死不好。我对氧气产生了兴趣之后，知道空气不算啥，不全是氧气，还有杂质。在新鲜空气中，氧含量约占百分之二十一，二氧化碳约占百分之零点零四。这说的是新鲜空气，周围有树林和草地。现在就一般城市而言，问题不在于空气含氧量是否减少，而在于有害气体增多。人之呼吸，即喘气，不是肺需要氧气，是氧对于血不可或缺。氧在血里溶解，运到身体各处。“凡有井水饮处，皆能歌柳词。”氧与柳词相当。人头一口气是把气呼入肺泡里，初级。肺泡与血液交换气体，是中级。血液与细胞进行气体交换，气才到达终点。呼吸当然不仅仅是吸（成气球了），还有吐。人吐出去的，实为血液与细胞所不需要的废气——百分之四二氧化碳，百分之十六氧气。人不可能吸入一定空气中的所有氧气，没那么大能耐，其余的还是空气。有人在呼吸空气之余，还吸纯氧，特别在下围棋的时候。我羡慕，但没吸过。一次上藏区，车上备有氧气袋，跟枕头似的。我想吸但没好意思，途中人人都吸过，管事的人动员：“吸，大家吸啊！不吸也浪费。”吸的时候把一个管塞进鼻孔里，我想可算吸一回氧了，不知啥滋味。吸，但跟没吸一样，觉不出来。我想跟管事那人说：“氧呢，这里面有氧吗？”没敢说，怕人家笑咱们无知，连氧都觉不出来，愚昧。虽愚昧，我也吸过一回氧了，挺好。用邹静之的话说，叫多好。

我最恨那些钓鱼的人，他们竟敢把这事叫娱乐。这事如果叫娱乐，把人掐死也是娱乐。杜甫诗“稚子敲针作钓钩”，是无知的表现；包拯诗“精钢不作钩”，是良知的表现。当初大家都唱“鱼儿离不开水呀”，尔后还是把鱼钓出水，咋这么没记性？上帝当初造鱼的时候，不知人竟有钓鱼恶习。知道这个，上帝肯定给鱼造两套呼吸系统，陆上水里各一套，而且把鱼唇造成甲壳质的，让人钓不上来。我纳闷，人是不是闲的，为什么钓鱼呢？在水边互相扇嘴巴子玩儿不是更有趣吗？

光的翅膀

多快的手也抓不到阳光

地上的阳光，一多半照耀着白金色的枯草，只有一小片洒在刚萌芽的青草上。潜意识里，我觉得阳光照耀枯草可惜了。转瞬，觉出这个念头的卑劣。这不是阳光的想法，而是我的私念。阳光照耀一切，照在它能照到的一切地方，为什么不给枯草阳光呢？阳光没办法只照青草而绕过枯草，只有人才这么功利。

枯草枯了，还保持草的修长。如果把枯叶衬在紫色或蓝色的背景下，它的色彩含着一些高贵，是亚麻色泽的白。它们在骤然而至的霜冻中失去了呼吸，脸变白了。阳光好好照耀它们吧，让它们身子暖和起来。青草刚冒出来都是小片的圆形，积雪融化之后，残雪也是圆形。这是大自然的意思，正如太阳、月亮和鸟蛋都是圆形。你没办法让残雪变成长方形或三角形，没这个道理。

青草好像不敢相信春天已经到来，它们探出半个浅绿的身子四处张望，田鼠刚刚跑出洞来也像青草这样张望。青草计算身边有多少青草，用同伴的数量来决定它快长还是慢长。我很想拿日历牌举到青草的鼻子前面："已经春分了，下一个节气就是清明。"今年我喜欢节气，不打算过月份而只过节气。一年二十四个节气正好比十二个月多一倍，一年顶两年。

阳光洒在嫩绿的小草上，像把它们抱起来，放到高的地方——先绿的青草真都长在凸出的地方。阳光仔细研究这些青草，看它们是草孩子还是老草的新芽。我替阳光研究这件事，发现既有稚嫩的新草，也有枯草冒出的新叶。你看，这就是阳光照耀枯草以及照耀一切的原因——貌似死去的枯草照样生新芽。阳光照在牛粪上、碎玻璃上，房顶废弃的破筐上都有阳光的恩典，破筐里正有一小堆虫卵等待阳光把它们变成虫子。

我在荒野停下来，让阳光在脸上静静照一会儿。走路时，脸上甩跑了许多阳光。中医说，脸对阳光，合目运睛有养肝之效。余试之，感到我的眼皮比樱桃还红。体察阳光落在脸上的感受，只觉敷一层暖。阳光的手是何等轻柔，它摸你的脸，你却觉不出它手指的触感。阳光不分先后照在我的前额、鼻子、嘴唇和下巴上，如果光膀子就照到了胸膛上，这是多么大的优惠。以后不会进入花钱买阳光的时代吧？一平方寸皮肤每小时收十元钱，照完一张脸需要一上午，比心理咨询还贵。阳光在我脸上看到了什么？这是一张蒙古人的脸，鼻子这样，嘴那样，阳光照在每一个汗毛孔里。我转过身，让阳光照照脖子，否则脖子不乐意，来个落枕什么的不好办。

走在荒野里，看大地出发到远方。在大地上，我看不见大地，只有铺到天边的阳光。四外无人，我趴在地上看阳光在地表的活动情况。

我想知道阳光摊多厚，或者说它有多薄。一层阳光比煎饼薄比纸薄比笛膜还薄吗？

阳光没有皱褶，它们覆盖在坑坑洼洼的泥土上，熨帖合适，没露出多余的边角。

我像虫子一样趴在地上看阳光，看不见它的衣裳，它那么紧致地贴在土地上，照在衰老的柳树和没腐烂的落叶上。进一步说，我只看到阳光所照的东西却没看到阳光。起身往远处瞧，地表氤氲一层金雾，那是阳光的光芒。

阳光照在解冻的河水上，水色透青。水抖动波纹，似要甩掉这些阳光。阳光比蛇还灵活，随弯儿就弯贴在水皮上，散一层粼光。阳光趴在水上却不影响水的透明。水动光也动，动得好像比水还快。

傍晚，弄不清阳光是怎样一点点撤退的。脱离光的大地并非如褪色的衣衫。相反，大地之衣一点点加深，比夜更黑。

闭上眼，让皮肤和阳光说会儿话，假设我的脸膛是土地，能听到阳光在说什么呢？我只感到微温，或许有微微的电流传过皮肤。伸手抓脸上的阳光，它马上跑到我手上。多快的手也抓不住阳光。

光

才知道，这一生见的最多的是光。光伴随人的一生，而不是其他。一个人离开这个世界时，他离开了这一世的光，他变成光的另一种形式——碳化。

光在子夜生长。夜的黑金丝绒上钻出人眼分辨不清的光的细芽。细芽千百成束，变成一根根针芒。千百银针织出一片亮锦，光的水银洒在其中。还是夜，周遭却有依稀亮色，那是光的光驱。光在光里衍生，在白里生出白，在红里生出红。它为万物敷色，让万物恢复刚出生的样子。光的手在黎明里摸到世上每一件物品。万物在光里重新诞生，被赋予线条、色彩与质地。光在每一天当一次万物的母亲。

露水在草叶上隆起巨大的水珠，不涣散，不滴落，如同凸透镜。露珠收纳整个世界，包括房子和云彩。人说露珠是透明的，可是你在露珠里看不到草的纹理，它只是晶莹，却不透明，人们所说的透明是露水的水里有光，光明一体。

光告诉人们何为细微。蜜蜂背颈上的毫毛金黄如绒，似乎还有看不清的更小的露珠，也许是花粉，只如一层绒。光述说着世界的细微无尽。唯细微，故无尽，一如宽广无尽。光的脚步走到铁上，为铁披一身坚硬的外衣，在生锈的部分盖上红绒布。光钻进翡翠又钻出来，质地迷离。翡翠似绿不绿，似明非明，这里是光的道场。人看到的不是翠，是光。翡翠不过是光所喜欢的一块石头，正如黄金是光喜欢的另一块金属。黄金的光芒当然是光的芒，它是金属里的君王，金属里的老虎。此光警告人等勿近勿取勿藏黄金。人被它的光照晕了，靠近攫取珍藏。天之道，传到人间往往变成它的反面。黄金的稳定性被人制定为所有人都愿意接受的尺度。光在黄金上反射的警告从未发生效力，人断定比生命更宝贵的唯有黄金。黄金不灭，黄金的首饰上留下无数人的指纹，尔后易主，再后回炉。黄金炯炯有神，身上站立百分之九十九点九九的光。

光在水里画出微纹，回环蜿曲，比任何工匠画的都工细。水的浪花在举起的一瞬，光勾勒出水滴的球体。浪摔倒，再举起，光每每画出浪花的形态，每每耐心不减。光在田野飞奔，无论多么快，它的脚跟都没离开过大地。光的衣衫盖着土块乃至草的根须。大地辽阔，麦芒蘸着光在空气中编织金箔画。光让麦粒和麦芒看上去像黄金一样，不吝消耗掉无数光。麦浪一排排倒下，让光像刷涂料一样刷遍麦的一切部位。种麦子的地方，花不鲜艳，金子不再闪光，麦子耗尽了光的光芒。如此才有白面诞生，面包把麦子里贮存的光搭成松软的天堂。

光的脚步停留在黑色的地带，让煤继续黑。煤里也有光——当它遇到火。光仔细区别每朵花的颜色，让花与叶的色泽不同，让花蕊和花瓣的颜色不同。光最喜爱的东西是花，花的美丽即光的美丽。但人们把这笔美账算在花的头上，就像把美人的账算在人的头上，忘记了光。

光来到之后，世界的丰富和罪恶接踵而至。光为一切事物制造一切幻象，人借此区分美人丑人、宝马香车。人对食物发明过一句无耻的评语：色香味。色即光，即食物入腹之前的色泽。香只是人的鼻子和味蕾的偏见。母羊在煮熟的羊羔肉里闻不到香味。味是人类舌头和大脑共同制造的幻觉。它们约定俗成，认定其味优劣。小鸟在林中死去，尸体始终无味，而人死后迅速发出恶臭，为什么这样？臭味早就藏在人的身上，被人挡着散发不尽，死了之后才无遮拦。人对环境、对动物，一定是负罪的。耶稣当年对举着石块试图砸死抹大拉的玛丽亚的人们说："你们中间哪一个人是无罪的，那个人就打她吧。"这个被解救的妓女用忏悔的眼泪为耶稣洗脚，拿浓密的头发把耶稣的脚擦干。她有过罪，但谁没罪？到哪里去找无罪的人？

光在墙壁上飞爬，爬上衣橱的正面和侧面。光在饭碗的釉面反光，反光是光遇到了进不去的地方，比如镜子。光在书柜底下的灰尘里慢慢爬行，光照亮了书上的每一个字。光在字里最显安静，正如它在黄金上最显急躁。光阅读书上的字，被弯弯曲曲的笔画迷住了，随后晕倒。光和人一起读书里的故事。黄昏降临，书上的字在读书人揉一揉眼睛的瞬间解散了队伍，这时候的光累了。它拿不定主意是否与大批量的光从西天撤退。光和读书人一道想再读一会儿，直至这些字带着意味深长的笑容退到黑夜里。

早晨，光饱满地驻扎在世上的每一处。夜晚，光在不知不觉中逃逸，人根本察觉不出它的离开，人只能愚蠢地说“天黑了”，就算天黑了吧，虽然这只是光的撤离。光在年轻人脸上留下光洁，在老年人脸上留下沟壑。人在光的恩赐下见到自己的美丑肥瘦，以此跟世界跟自己讨价还价。光每天都离开，此曰无常。人不理会这些，在光再次来到人间时开始新的欢乐与悲伤，藉着光。

光的笑容

光从长裙似的厚窗帘的脚下射进来时，只有三寸长，它落在提花地毯上，好像捕捉羊毛里的尘埃。如果你“哗”地拉开窗帘，光像洪水一般扑进来，占领屋里的每一个角落。还是节省点儿光吧，我一点点拉开窗帘，光像客人从一条窄道走下来。它们只走直线，前方不管是床还是椅子，光都要走过去，把自己的衣服摊在上面。

每天从窗外进入我家里的光是原来的光吗——昨天、前天、许多天以来的光？

这些光线——虽然被称为线，我实在不知道它们是多少根线——真像是我家里的熟人，从玻璃窗上的每一部分穿越而来，从它们和煦的温度上可以感到这些光线带着笑意。如此说，光带着笑容来到我家。是的，否则它来此做什么呢？

光坐在地板上笑，它们坐在橱柜、枕头、书本、床头的眼药水瓶上笑，它们坐在垂直的镜子上笑，它们在镜子里看到了墙壁和吊灯上的光的兄弟。

这些光线只是光的先头部队，是天色微曦之后进入屋子里面的亮，我称之为泛光，而整齐的光的队伍在后面。当阳光越过前楼的屋檐进入房间时，它们全穿着金色的制服。这些光不乱走，这些光永远保持队形，排成一字的方阵向前面推进。无论遇到什么东西，早晨的光都刻板地为这些东西涂上一层金色。如果你在地板上放一个金黄色的小南瓜，阳光也照样为它涂上金色，虽然南瓜身上一点儿也不缺这种颜色。

如果我家的黑猫飞龙少校端坐在光里，光比平时劳累。它把金色洒在飞龙的每一根毛上，而猫的毛又如此之多。飞龙如刺猬一样沐浴在晨光里，不时看一看自己爪子上的光，但没等它把光舔进肚子，光已经跑了。爱因斯坦早就说过，光的速度是人可以理解的速度里面最快的，但飞龙少校从未听说过爱因斯坦，连塔吉克斯坦也闻所未闻，它认为斯坦并不比一只麻雀更重要。

光行进的时候，边走边衍生新的光，即反光，否则光不够用了。反光也是光，你看到光在地板上缓缓推进时，它的反光已经把天花板照亮了，这又省了许多光。没错，墙壁也被照亮了。我家卧房的墙壁露出布达拉宫式的红色，客厅露出小葱的绿色，它们上面进驻了光。

然而我们并没有见到光本身，这样说好像不讲理。怎样说才讲理呢？在光照中，我看到了栗子色的地板、彩色墙壁和其他东西的轮廓与色彩，但它们是地板、墙壁与其他东西，并不是光。光是透明的？当然透明，光从来不是一堵墙。然而透明的水、玻璃与水晶都有实体（佛家称之为色），而光的实体在哪里？

你伸出手，当你看到你的手时，光就在你的手里，你却握不住它，更不能把光藏起来。以人的贪婪的本性而言，如果可以把光藏起来，不知有多少人藏起多少光，大街上到处是卖光的人，行贿也会贿之以光，但太阳没让人这样做。造物主所造的核心物质都具有不可复制性与不可储存性，比如空气，比如光。电来自能源转换而非制造，同时不可储存。

在我们见到光照射万物时，仍然可以说我们不知什么是光，没见过光本身。你说光原本不存在也未尝不可，说它存在，你怎么指给人看呢？爱在哪里？智慧和仁慈在哪里？人没办法指出它们，尽管它们就在那里。

我趴在地板上摆火柴棍测量阳光行进的速度，后因接电话把这项重要试验耽误了。当你趴着看地板上阳光的脚步时，光似乎不动了。从理论上说，光每秒每刹那都在行走。从实践——以人的视网膜、人的无法安住的心念——说，它不曾移动，而人一转身，它又迈了一大截。光均匀地走过房间和整个大地，走过上午和下午。光时时在生长，人从来抓不住它们不断生长的尾巴。

从古至今，只有光从容不迫。

光与棋

天黑透，桑园有两人下象棋，在一个废弃的办公桌上。街上的路灯比 100 年以前还暗，从马路那边照不到这边，当然也照不到棋上。

他俩弯腰观棋，像默哀。他是他的遗体，他是他的遗体。

一会儿，马路车来——绿灯后，汽车汹涌雪亮，一拨儿约 20 辆，下拨儿则要 10 分钟后——车灯的光在棋盘上爬。他们飞手摔棋，手眼精快，不像下棋，反如抢对方的棋子。

车净，棋静，两人头对头俯瞰，我觉得他们头上缺犄角。双方均不言声，难道没下错的、悔棋的？看来没有。他们也不抬头等车。此街单行道，车自西而来。

盯着吧，我要回去，已练完 96 式太极拳（24 式练 4 遍）。回家躺在床上想：应该发明一种夜光棋。

关于光

那年，我因眼部手术，双目遮蔽 7 日，尽领黑暗滋味，有想法如下。

黑暗不同于夜。夜没有纯粹的黑暗，在最黑的夜里，物体还能显示向背。最主要的是，睁眼看到的黑暗让自己有一些安心，眼睛仍然能搜索出一点点光。在闭眼的黑暗当中，比黑暗更难忍的是被隔绝。明明有光，但与你无关。双眼如一对困兽，不断挣扎。

在黑暗中，触觉最敏锐。突然感到手指那么聪明，一碰便知物体的性质。药瓶、桌子、床单、铁，它们的手在那里非常清晰。在黑暗里行走，手总要先行伸出去。

即使眼睛已经失去功能，仍然怕外物碰到自己的眼睛。

关于空间的思绪在缺少视力的情况下变得发达。一起身，首先是这一处空间的立体图画。鞋在哪里，门在哪里，从床到门有哪些障碍。长宽高的概念在脑子里十分坚硬。

在黑暗中，人的语言很少。你自己所说的话，声音变得很大。第一次这么认真地听自己说话，听到了这么多废话和不必要的零碎。于是我想到盲人大多不是倾诉者。华丽的、滔滔不绝的、评判他人的话不适合在黑暗中吐露，仿佛这与自己的处境不合。世上所有的不幸都不会比没有视力更糟糕的，因此盲人不愿意评论他人。

还有，浮华冗长的话语如果呈现在周遭的色彩、形状之中，尚不刺耳。而黑暗中的话语，像用蘸满墨汁的笔在白纸上写字，非常醒目。

黑暗中的眼睛恐惧光亮，当然这只就接受外科手术的人而言。如果双目被遮蔽超过72小时，仍然具有视觉的眼睛对光线极为敏感与不适。眼睛蒙上纱布、戴上墨镜，以及窗帘被拉上之后，仍然不敢面对光的一面。人们不知道，光是多么有力量的东西，些微的光都刺得眼球酸痛。那些眼部手术已经痊愈的患者，常低头走路，用手蒙着眼睛露出一条缝看地面。光像水一样，从针眼儿大的地方挤进来并扩张。影视作品里复明的患者摘掉纱布后载歌载舞的场面，实在是太荒诞了。

视觉细胞乃至视觉蛋白对光的反应，实在太脆弱了。

我想起某人趴在复印机上，睁眼，复印之后双目失明这件事。事实上，阳光的亮（照）度、大气层对长波紫外线的阻拦，人类眼睛的结构与其有着精美的契合关系。其奇妙不可说。

黑暗中的人不喜欢夜晚的到来。白天已经是一个夜了，又进入一个夜，仿佛委屈。

黑暗中的人爱躺在床上揣摩外面的人在做什么。想来想去，感到他们实在太能耐了，尤其佩服那些奔跑、骑车和穿越十字路口的人。

躺在床上想：假如人类视力低下，这世界该是什么样子呢？房子的门很宽，马路也很宽，没有汽车，只剩一个孩子或不生孩子，全世界都很温和，一般由歌唱家来当总统。

生物钟存在的前提是，人体必有除眼睛之外的某个部位能够感受到光。但已知的事实为，除眼睛外，人体其他部位不存在视觉蛋白，因此不可能“看”到光。从理论上说，人体不存在生物钟。

不久前，科学家发现人体皮肤上存在另一类型的视觉蛋白，是它们把光的出现通知了大脑。在黑暗中，我常常举起胳膊，说：“看吧，你们。”

视觉蛋白，从感受微量的光发育为眼睛，可以欣赏色彩，从鲜花到女人的嘴唇。这是一条多么漫长神奇的道路。

黄昏的金箔

9月8日下午5点

凝望每一个地方，金色都在增加，房檐的旧木熠熠生辉——秋天。

秋天，只有在黄昏才出现在西边的天际，这是9月。放学的孩子鼻梁和手拎的小壶都被勾上金色。戴墨镜的女人、士兵、卖背心和卖葡萄的人顶着金色走路，眼窝很深。一个孩子蹲着撒尿，耐心地看着这股液体匆匆流向行人脚下。

宿雨使桑园的土地黟黑，夕阳又把它们变为金色。仰面看，万支金箭从桃树的枝叶间冲过来，好像一个人在画好了的苍翠花园的油画上拿笔甩了许多晃眼的黄颜料。

秋天这么明亮，使人忧伤。谷神戴着手编的草冠，拎一束庄稼站在天边。本来可以闻到秋天的气味，从池塘、草垛、鹅的食盆、玉米胡子和子夜的大地上汇集的气味，这里却没有。

我突然感到，巴赫当年曾目睹过秋天突如其来的金黄，长久沉思。我觉得这么一种景色和其中包含的上帝的语言，已显露在巴赫的作品里面。我刚刚听过他的勃兰登堡协奏曲之二：F大调第二协奏曲。亮晶晶的小号、优美的小提琴与雅致的长笛，它们交织缠绕——从水面浮起然后下潜。巴赫十七世纪的传记作者施皮塔说这首协奏曲的首乐章令人想起骑士挥旗奔走，盔甲闪亮。我感到其中“闪亮”的是秋天。

羽管键琴和大提琴如无边的土地与森林，淳厚、缄默；双簧管和长笛细致地说出秋天的气味、光线与温度，仿佛说，在人的境遇之外存在着的永恒，静美而让人敬畏——巴赫的音乐常常浮现这一主题。尽管巴赫潦倒、暴躁，但他的音乐最为静美。

为了倾听管风琴家布克斯胡德的演奏，巴赫向所在的阿恩施塔特教堂请假四周，前往吕贝克——这是在1706年的10月。路上，巴赫从北德意志的日出和日落之间获得了与上帝交谈的机会，天空、河流和树木向巴赫显示世界的和谐与静穆。这机会如此之多，巴赫过了十六周才返回阿恩施塔特，并受到斥责。

从阿恩施塔特到吕贝克，距离是四百二十公里。巴赫步行往返。

德国作曲家策尔特在1827年6月向歌德谈起巴赫时说：“无论你怎么把他往坏里想，巴赫仍然是上帝创造的奇迹，一个既清晰又难以解释的奇迹！”

仅仅如此善走就是一个奇迹。善走的原因是穷，巴赫雇不起马。而巴赫的音乐又是如此之好。他在魏玛的艾内斯特公爵的宫廷内担任风琴师时，写下了大量赋格、康塔塔和古钢琴作品，件件足称不朽，以致当巴赫1717年要离开时，公爵竟把他投入监狱。

听巴赫的六首勃兰登堡协奏曲，听不到他对糟糕生活的抱怨，也听不到明晰的赞美。只有人会对生活发出赞美，如同他们对生活的抱怨。在神那里，只有和谐或由不和谐构成的和谐，巴赫即如此。

世上有一些可以跟时间抗衡的东西，如古罗马竞技场、长城、万有引力定律以及巴赫的音乐。巴赫的音乐几乎不能用“风格”来限定，它永远不会过时。

我有时想，如果跻身人类能够占什么便宜的话，便宜之一就是与巴赫等等同类，可以分享他们的创造。因为无论怎么想，牛顿与巴赫等人似乎都不应该属于这一种群。而由于什么秦始皇之流的存在，人类还是不占便宜的地方多。动物、天空、海洋和植物由于人类的存在，更是一点儿便宜也没占到。

时间像水银一样，向四方流走。而巴赫哪儿也不去，成为音乐的钟乳石。夕阳的披风从桃树间一点点上提，树干的金色攒于树梢，最后暗了下来。在桑园里下棋的人，越发俯首，手下“啪、啪”地摔响。

伸手可得的苍茫

我有一个或许怪诞的观念，认为霞光只出现在傍晚的西山，而且是我老家的西山。我没见过朝霞，而在沈阳的十几年，亦未见过晚霞，或许这里没有西山、污染重以及我住的楼层过矮。

晚霞是我童年的一部分。傍晚，我和伙伴们在炊烟以及母亲们此起彼伏的唤儿声中不挪屁股，坐在水文站颓圮的办公室的屋顶上观看西天。彩霞如山峦，如兵马之阵，如花地，如万匹绸缎晾晒处，如熔金之炉，气象千变万化，瑰丽澄明。我们默然无语，把晚霞看至灰蓝湮灭。

观霞最好是在山顶，像我当年在乌兰托克大队拉羊粪时那样。登上众山之巅，左右金黄，落日如禅让的老人，罩着满身的辉煌慢慢隐退。我抱膝面对西天而观。太阳的每一次落山，云霞都以无比繁复的礼节挽送，场面铺排，如在沧海之上。在山顶观霞，胸次渐开，在伸手可得的苍茫中，一切都是你的，乃至点滴。

此时才知，最妙的景色在天上，天下并无可看之物。山川草木终因静默而无法企及光与云的变幻。此境又有禅意，佛法说“空”并不是“无”，恰似天庭图画。天上原本一无所有，但我们却见气象万千。因此，空中之有乃妙有，非无。然而这话扯远了。

昨天我见到了晚霞，在市府广场的草地上方，那里的楼群退让躲闪，露出一块旷远的天空，让行人看到了霞舞。当时我陪女儿从二经街补课回来，我对孩子说：“你看！”她眺望一眼，复埋头骑车，大概还想着课程。

黄昏无下落

是谁在人脸上镀上一层黄金？

人在慷慨的金色里变为红铜的勇士，破旧的衣裳连皱褶都像雕塑的手笔；人的脸棱角分明，不求肃穆，肃穆自来，这是在黄昏。

小时候，我第一次感受悲伤是在无意中目睹到黄昏。西方的天际在柳树之上烂成一锅粥，云彩被夕阳绞碎，在无边的火池里挣扎奔走，暮霭在滚金里面诞生俗艳的红，更离奇的是从红里变出诡异的蓝。红里怎么会生出蓝呢？它们是两个色系。玫瑰红诞生其间，橘红诞生其间，旋生旋灭。夕阳把所有的碎云熬成了汤，天际只横着一把笔直的金剑。

这是怎么啦？西方的天空发生了什么？我结结巴巴地问大人，那里发生了什么？大人瞟一眼，只说两个字：黄昏。

自斯时起，我得知世上还有这两个字——黄昏，并知道这两个字里有忧伤。我盼着观黄昏，黄昏却不常有，至少天际不老黄。多云天气或阴天，黄昏就没了下落。我站在我家屋顶看黄昏，大地罩上一层蓝色，晴天的黄昏把昭乌达盟公署家属院的红瓦刷上金色，瓦的下檐有凸凹的黑斑。柳枝笔直垂下，如菩萨垂下眼帘。而红云有如在烈火中奔走的野兽，却逃不出西天的大火。太阳以如此大的排场谢幕，它用炽热的姿态告诉人它要落山了，人习以为常，不过瞟一眼，名之“黄昏”。而我心里隐隐有戚焉。假如太阳不再升起，全世界的人会在痛哭流涕中凝视黄昏，每日变成每夜，电不够用，煤更不够用，满街小偷。

黄昏里，屋顶一株青草在夕照里妖娆，想不到生于屋顶的草会这么漂亮，红瓦衬出草的青翠，晚霞又给高挑落下的叶子抹上一层柔情的红。草摇曳，像在瓦上跳舞。原来当一株草也挺好，如果能生在屋顶的话，是一位在夕阳里跳舞的新娘。地上的草叶金红，鹅卵石金红，土里土气的酸菜缸金红，黄昏了。

我在牧区看到的黄昏惊心动魄。广大的地平线仿佛泼油烧起了火，烈火战车在天际穿行。在落日的光芒里，山峰变秃变矮。天空盛不下的金光全都倾泻在草地上，一直流淌到脚下，黄牛红了，黑白花牛也红了，它们扭颈观看夕阳。天和地如此辽阔，我久久说不出话来，坐在草地上看黄昏，直到星星像纽扣一样别在白茫茫泛蓝的天际。

那时，我很想跟别人吹嘘我是一个看过牧区黄昏的人，但这事好像不值得吹嘘。什么事值得吹嘘？我觉得看过牧区的黄昏比有钱更值得吹嘘。那么大的场景，那么丰富的色彩，最后竟什么都没了，卸车都卸不了这么快。黄昏终于在夜晚来临之前昏了过去。

“我曾经见过最美丽的黄昏”，这么说话太像傻子了。但真正的傻子是见不到黄昏的人。在这个大城市，我已经26年没见过黄昏，西边永远是居然之家的楼房和广告牌，它代替了黄昏。城市的夜没经过黄昏的过渡直接来到街道，像一个虚假的夜，路灯先于星星亮起来，电视机代替了天上的月亮。我一直觉得自己身上缺了一些东西，原以为是缺钱、缺车，后来知道我心里缺了天空对人的抚爱，因为许许多多年没见到黄昏了。

蜜色黄昏

从东村回来的路上，我突然看到夕阳中的胡四台村像油画一般典雅。

那些破烂的房屋全都穿上了镀金的衣服，静悄悄地站在白杨树边，温柔，或许还可以说成羞怯。村边的湖泊热烈地盛满西天的堂皇，连鸭子也不敢下去嬉戏了。这条在绿草中露出难看的白色的公路，也变成暖色，像爬满橙色的小甲虫。色·拉西平时遭人讥笑的土屋也显出了艺术情调，屋檐探出的椽木如镀上一层铜色;屋顶的青草左右摇晃,像为羊圈里仅有的两只羊表演土风舞。此时正宜有一支四重奏乐队,比如“塔卡斯”,坐在村口演奏一支雅致深婉的曲子,鲍罗丁或斯美塔娜。

在余晖下面,白杨树不再是那个朴素的、穿着补丁衣服的牧羊人,而变成含情脉脉的少妇,丰盛的枝叶如眼波烁烁,树身如滚烫的面庞。在黄昏中,村里的屋舍草木都成了准备外出约会的盛装的情人。湖泊要和蓝紫色的晚霞约会,杨树和被鬃发遮住眼睛的白马约会,色·拉西家里那头白肚皮的小毛驴要和谁约会呢?它总站在栅栏里向公路那边遥望,每当开过一台拖拉机,它的耳朵就像劈叉一样变成平的。

岗根·哈日阿像雕像一样站在门口,这是我堂兄为了比赛而买的一匹洋马。它的高脚丰臀和微翘的尾巴,使它的动作像舞蹈一样轻佻。岗根·哈日阿从不套车干活儿,尽最大的力量高昂着头,削尖的血管密布的耳朵精巧警觉。它的眼睛如纯黑的水晶,雅净而无尘。我觉得,马比其他动物都更像雕塑,好像保持着从汉朝时就有的姿势,身上的每一块肌肉都凸显分明,使人忍不住想摸一摸它宽厚的脖颈。在晚风里,马转过头来的姿态,最让人心动,未剪的鬃发在风中披纷,它的聪慧的眼里似有无限心事。

如果马会开口说话,吐露的必是诗一般的柔情,关于河流、草地和郭日郭山那面的马们的爱情。我曾经看过两匹马在夕阳的草场上漫游、吃草,然后交颈伫立,蜜汁一样的暮色流淌在它们饱满的肢体上。

更多的光线来自黄昏

黄昏在不知不觉中降落,像有人为你披上一件衣服。光线柔和地罩在人脸上,他们在散步中举止肃穆。人们的眼窝和鼻梁抹上了金色,目光显得有思想,虽然散步不需要思想。我想起两句诗:“万物在黄昏的毯子里窜动,大地发出鼾声。”这是谁的诗?博尔赫斯?茨维塔耶娃?这不算回忆,我没那么好的记性,只是乱猜。谁在窜动?谁出鼾声?这是谁写的诗呢?黄昏继续往广场上的人的脸上涂金,鼻愈直而眼愈深。乌鸦在澄明的天空上回旋。对!我想起来,这是乌鸦的诗!去年冬季在阿德莱德,我们在百瑟宁山上走。桉树如同裸身的流浪汉,树皮自动脱落,褴褛地堆在地上。袋鼠在远处半蹲着看我们。一块褐色的石头上用白漆写着英文:“The World Wanders around in the blanket of dusk,the earth is snoring.”鲍尔金娜把它翻译成两句中文:“万物在黄昏的毯子里窜动,大地发出鼾声。”我问这是谁的诗?白帝江说这是乌鸦写的诗。我说乌鸦至少不会使用白油漆。他说:“啊,乌鸦用折好的树棍把诗摆在一块平坦的石头上。”我问:“是用英文?”白帝江说:“对,它们摆不了汉字,汉字太复杂。有人用油漆把诗抄在了这里。”

我想说我不信,但我已放弃了信与不信的判断。越不信的可能越真实。深信的事情也许正在诳你。乌鸦们在天空排队,它们落地依次放下一段树棍。我对白帝江说,摆诗的应该只有一只乌鸦,它才是诗人。白帝江笑了,说有可能。这只神奇的大脚乌鸦把树棍摆成“The World Wanders……”,乌鸦摆的 S 像反写的 Z。为什么要这样呢？是因为黄昏吗？

我在广场上按顺时针方向疾走。太阳落山了，天色反而亮了，与破晓的亮度相仿佛。天空变薄，好像天空中的许多层被子褥子被抽走去铺盖另一个天空。天空薄了之后，空气透明。乌鸦以剪影的姿态飘飞，它们没想也从来不想排成人字向南方飞去。乌鸦在操场那么大一块天空中横竖飞行，似乎想扯一块单子把大地盖住。我这才知道，天黑需要乌鸦帮忙。它们用嘴叼起的这块单子叫夜色，也可以叫夜幕，它把它拽平。我头顶有七八只乌鸦，其他的天空另有七八只乌鸦做同样的事儿。乌鸦叫着，模仿单田芳的嗓音，呱——呱，反复折腾夜色的单子。如果单子不结实，早被乌鸦折腾碎了，夜因此黑不了，如阿拉斯加的白夜一样痴呆地发亮，人体的生物钟全体停摆。

人说乌鸦聪明，比海豚还聪明。可是海豚是怎样聪明的，我们并不知道。就像说两个不认识的人——张三比李四还聪明。我们便对这两人一并敬佩。乌鸦确实不同于寻常鸟类，黄昏里，夜盲的鸟儿归巢了，乌鸦还在抖夜色的单子，像黄昏里飘浮的树叶。路灯晶莹。微风里，旗在旗杆上甩水袖。

在黄昏暗下来的光线里，楼房高大，黑黝黝的树木顶端尖耸。这时候每棵树都露出尖顶，如合拢的伞，白天却看不分明。尖和伞这两个汉字造得意味充足，比大部分汉字都象形。树如一把一把的伞插在地里，雨夜也不打开。树伞的尖顶包拢天空的深蓝。天空比宋瓷更像天青色，那么亮而清明，上面闪耀更亮的星星。星星白天已站在那里，等待乌鸦把夜色铺好。夜色进入深蓝之前是瓷器的淡青，渐次蓝。夜把淡青一遍一遍涂抹过去，涂到第十遍，天已深蓝。涂到第二十遍及至第一百遍，天变黑。然而天之穹顶依然亮着，只是我们头顶被涂黑，这是乌鸦干的，所以叫乌鸦，而不叫蓝鸦。我觉得乌鸦的每一遍呱呱都让天黑了几分、路灯亮了一些。更多的乌鸦彼此呼应，天黑的速度加快。乌鸦跟夜有什么关系？乌鸦一定有夜的后台。

看天空，浓重的蓝色让人感到自己沉落海底。海里仰面，正是此景。所谓山，不过是小小的岛屿，飞鸟如同天空中的游鱼。我想我正生活在海底，感到十分宁静。虽然马路上仍有汽车亮灯乱跑，但可不去看它。小时候读完《海底两万里》后，我把人生理想定位到去海底生活，后来疲于各种奔命把这事忘了。今夜到海底了，好好观赏吧——乌鸦是飞鱼，礁石上点亮了航标灯，远方的山峦被墨色的海水一点点吞没。数不清的黑羊往山上爬，直至山头消失。头顶的深蓝证明海水深达万尺。我一时觉得树木是海底漂动的水草，它们蓬勃，在水里屈下身段，如游往另外的地方，比如加勒比海。我想着，不禁挥臂划动，没水，才想到这是地球之红山区政府小广场，身旁有老太太随着《呼伦贝尔大草原》的音乐跳舞。

其实红山区政府的地界，远古也是海底。鱼儿曾在这里张望上空，后来海水退了，发生了许多事，唐宋元明清各朝都有事，再后来变成办公和跳舞的地方。黄昏的暮色列于天际，迟迟不退，迟迟不黑，像有话要说。子曰："天何言哉！天何言哉！"谓天没说过话，天若有话其实要在黄昏时分说出。

黄昏的光线多么温柔。天把夜的盖子盖上之前，留下一隙西天的风景。金与红堆积成的帷幕上，青蓝凝注其间。橙与蓝之间虽无过渡却十分和谐。镶上金边的云彩从远处飞过来，跳进夕阳的熔炉，朵朵涅槃。黄昏时，天的心情十分好，把它收藏的坛坛罐罐摆在西山，透明的坛罐里装满颜料。黄昏的天边有过绿色，似乌龙茶那种金绿。也有桃花的粉色。然而这都是一瞬！看不清这些色彩如何登场又如何隐退，未留痕迹。金红退去，淡青退去，深蓝退去，之后，黄昏让位于夜，风于暗处吹来，人这时才觉出自己多么孤单。黑塞说：“没有永恒这个词，一切都是风景。”

月亮颂

月光手帕

很多年以前，我在医院为父亲陪床。病人睡熟之后，陪床的人并没有床可睡。时间已在后半夜，我散步在一楼和三楼的楼梯间。这时的医院没什么人走动了，几个乡下人披着棉袄蹲在楼梯口吸烟。偶尔，有系着口罩的护士手执葡萄糖瓶轻盈往来。

我下到一楼，又拾级上楼。走在我前面的一个小姑娘，约莫是个中学生，行走间蹲下，拣一样东西，旋又走开了，回头瞅我一眼。她走开后，地上一个薄白之物仍放着，像一个手帕。

我走近看，这不是手帕，而是一小片月光摊在楼梯上。为什么是一小片呢？原来是从被钉死的落地长窗斜照进来的，只有一方手帕大的小窗未钉死。子夜之时，下弦月已踱到西天。这一片月光射入，在昏黄的楼道灯光下，弥足珍贵。

小姑娘误以为这是奶白色的手帕，她弯腰时，手指触到冰凉的水泥地上便缩回了。她瞅了我一眼，也许是怕笑话。

我不会笑她，这一举动里充满生机。小姑娘也是一个病人的家属，我不知她的病人在床上忍受着怎样的煎熬。但她是这么敏感，心里盛着美，不然不会把月光误当作手帕。

在她发现这块“月光手帕”前，我已将楼梯走了几遍，对周遭懵然，无动于衷。正是因为她弯腰，才诱使我把这一片月色看成手帕，或者像手帕。但我感伤于自己没有她那样的空灵，走过来也不会弯下腰去。因为一双磨炼得很俗的眼睛极易发现月光的破绽，也就失去了一次美的愉悦。

许多年过去了，我对此事有了新的想法。多么喜欢她把这块“手帕”捡起来，抖一下。这是不可能的事情，但我替月光遗憾，它辜负了小姑娘轻巧的半蹲着捡手帕的样子。

车站的月亮

常识说月亮只有一个，我宁愿相信月亮有备份有值班，因而有许多个。李白和苏轼的月亮已被他们带走了，他们离不开月亮，走到哪里都要跟月亮一起玩儿，带着酒。草原、戈壁和西拉木伦河都有各自的月亮，为什么说月亮只有一个呢？月亮们形状如一、胖瘦如一，但性格和气味不同。我感到戈壁的月亮太高，而呼伦贝尔秋天的月亮看上去挺有钱。火车站的月亮只照各地的车站。

车站的月光被两道闪光的铁轨支出去太远，好像铁轨是月亮走到人间的梯子。月亮在汽笛和人流黑潮中显出工业化的特征。在站台等车，常听到喇叭里传出不需要旅客听懂的话，譬如——洞幺拐贰进五道。我在心里给这种话续下一句——天地悲凉草木秋。喇叭里说：“接车拐六幺幺拐。”对曰：“碧海青天夜夜心。”这一些奇怪的话，列车来到脚下微微地震动，唯一戴红色大檐帽的铁路员工对着铁轨立正，都在月亮的注视下显得苍白，让人觉得车站的月亮很操心，缺少休息日，熟悉工作流程。

一次，我坐的火车在俄国布里亚特北面的阿巴干车站停了五个小时。问停车的原因，说这列始发于乌兰乌德的火车比规定的时间早到了五个小时。阿巴干车站虽然没有往来车辆占道，也要按自己的时刻表运营。我们等待，但俄国的旅客并不觉得等待，认为这是生活的一部分，仿佛上帝来到阿巴干也要停留五个小时。俄国人在车站喝酒、接吻，有人把毯子铺在站台上睡觉。我在月台上光着膀子慢跑。那时候，我抬头看到阿巴干车站的月亮微红，像从桑拿房里出来的女人。天没黑的时候，麻雀从我肩头、耳朵边上笔直飞过又飞回，我从来没见过如此不怕人的麻雀。天色转为蓝灰色的暮霭，这里的天桥如同巨大的车站。我不明白俄国人为什么把天桥修得那么高，楼梯如同中山陵的台阶。在天桥上瞭望，可见方圆几十里景物。它也许担负着军事上的职责，是一个要塞的制高点。在天桥上，我看到阿巴干车站的月亮从布满密林的山峦往上升，山峦之间有白的夜雾包裹，符合黄宾虹所画山水的皴法。月亮微红只是它的特色之一，这里的月亮的第二个特色是横着走，仿佛是一艘轮船。在中国，月亮——不管是不是车站的——照例向上升，如气球那样。我想起了一首乌克兰民歌《德聂伯尔》的歌词——你看那月亮暗淡无光，在黑云后面徜徉。是的，这个月亮可能从乌克兰飘过来，没拦住，飘到了南西伯利亚。

斯图加特火车站的月亮仿佛被奔驰公司收买了。这个火车站由奔驰公司修建，楼顶有一个莹白发亮且旋转的奔驰车标。从我站的地铁站的角度看，月亮跟车标并肩而立，一黄一白，都在转。斯图加特火车站没人售票，车头有一个孤独的司机。这里的车站听不到奇怪的广播。

车站的月亮属于离家的旅人，属于身上背行李的人、口音不同的人、着急的人。月亮用清光在地上写字：别离——回家。车站的月亮有清脆的回声。每夜，火车把月亮拉到远方，交给下一站。

月亮从来就没穿过衣裳

月亮白天不出来，是因为它没有衣裳。它听说夜里人全都睡觉了，鸟也入睡。月亮方敢夜游，因为它没有衣裳。

喜欢望月的人不讲廉耻，如我，看月亮如何白白胖胖。我夜里不睡觉，只为看一看月亮。从窗棂看到的月、从回廊和柳梢头看到的月都差不多，都是月亮的这一面，或胖或瘦。它半个月减一次肥，再胖再瘦。水里的月亮比天上的月亮更真切，因为洗过。但钻进水里的月亮胆子小，即使微风，也要哆嗦。它怕有人不睡觉、偷窥。我懂月亮的担忧。为了夜跑，我买了一件反光背心。车灯照过来，背心的条纹射出强烈的反光。我在这条宽阔的蒲河大道上奔跑，虽有车辆驰过，看一眼反光背心心则安。一次，我奔跑中涌现尿感，挑选一个茂密的树丛背后解决。钻出来，我才想起不必去树后解手，反光背心告诉所有开夜车的司机我正在树丛后撒尿。月亮你太亮了，比我穿反光背心还亮，你怎能避免别人仰望呢？为护卫你的冰清玉洁，要么穿衣，要么调低亮度。你别相信人夜里睡觉这个传说，我在网上见到无数月亮一丝不挂的照片，替它捏一把汗。别人说月亮上没 Wi-Fi，它不知道。

如果我是月亮，就不介意这件事。小孩子从出生就看到光溜溜的月亮，不奇怪的。到他垂垂老矣，月亮依然如此，这不就是天体吗？不必躲躲闪闪、不必减肥，也不必天亮前就逃走。据我所知，所有的人都知道月亮没穿衣裳，只有月亮觉得自己在漆黑的花园里夜游。衣裳嘛，不是多么重要的事情，月亮不怕冷又不怕热，穿衣不穿衣都无所谓。人穿衣是怕热怕冷，主要怕自己的身体不好看。真正好看的东西都无衣，如鸡蛋、如钻石，对不对？地球上没人像月亮这么白净这么圆润，月亮不年轻也不算老，裸就裸着吧。按说呢，月亮有自己的衣服，即云彩。但它的云衫不尽职守。为什么？它们不想当别人的衣裳，它们自己想再穿一件衣裳。李白诗云"云想衣裳花想容"，道破了天机。云彩在天上到处跑，正是想找衣裳披在身上，你怎么能拿云当衣裳呢？况且，月亮无论穿上多么雍容的云衣，风一来，衣裳全被吹跑了，白穿了，找都找不回来。京剧界有一句行话，曰"云遮月"。吾问何意？人答此谓老生的嗓子。这番问答外人听不懂，这里解释一下，唱老生的好嗓子不必太亮（没穿衣），略带一点儿沙哑叫云遮月，好听，如月亮半穿半露的样子。而我形容略哑的嗓子所用的词是"包浆"，也说的是这层意思。

月亮光着吧，洒给地球的光多，有用。走夜路的人用月亮裸体的光寻找田埂，躲避地面的坑。青蛙借月光爬上莲叶，这是它歌唱的舞台。月光下的汉江分开秦岭和巴山，好多人分不清哪儿是哪儿。人看不清树林里的蛛网，但蜘蛛看得清。结网不算什么大事，月亮这一点儿光足够了，蜘蛛借着光把网结得如老木的年轮，它在网上倒退进步，似凌空无凭的飞檐走壁。石臼里的水在夜里积满，白天有小鸟松鼠饮用。水从石缝里滴出来，第一滴水准确地砸中了月亮，第二滴水等待月亮复原，然后再砸下。水滴认为它锻造了月亮，如锻造金箔一样，使它又薄又圆，可以卷起来包一枚纽扣。月亮月亮。在夜海游泳，岸边堆满了它脱下的白云的衣裳，它以为天下没人见过月亮。

望月要到海边。这一面十里沙滩，那一面万顷海水，四外无遮无挡。月亮升起来，海水忙不迭把它的金光往岸上推送，企图埋在沙子里。这样的夜，海与夜空已浑然一体，只不过海在颠簸金光。无风无云的月亮在海面上航行，掉到海里也没关系。它不怕湿了衣裳，没衣裳。此夜月是君王，地上无山无林，没有河流与庄稼，只剩下反光的海水。白帆与海鸥全已停歇，让出天空和海面，由月亮独步。大海用动荡来迎接月亮，并没让月亮感动。海无须集体摇摆，划出区域掀动波浪，鼓过掌的就不用再鼓了。月在海上穿行得很快，它听说海风里的化学物质具有腐蚀性，对月亮也不例外。海边房子的门窗和墙都裂开缝了，海风撕裂了它们。在海边待时间太长，会沾染方言。月亮提醒自己，全世界海边的居民都不说官话，无论里昂、悉尼、纽约还是上海、青岛都是如此。这些地方的人又侉又洋。

每天夜里，月亮在全世界裸行一周，用光填平地面的坑坑洼洼，给海浪贴金。害羞的星星躲了起来，只有大胆的星星出来观望。

后退的月亮

在乌兰扎德噶,我中止了早上跑步的习惯。所谓草原并不平坦,草下面的地势深浅摸不准,容易崴脚。跑步招狗叫。狗只见过牧区的马跑,没见过人跑,它急躁地告诫你停下来。我回答不出牧民兄弟的提问:“你跑什么?什么东西丢了?”我不好意思说这是锻炼身体。他会问:“身体还用锻炼吗?干活儿就行了嘛。”我告诉他们,我跑步是跟美国总统布什学的,他六十多岁还在跑步,很坚强。厨师回答我:“你说的这个总统我听说过,他吃饼干噎昏过去了,霍日嗨(可怜哪),他的精神不正常。”

为了保持精神正常,我改为晚上走步。沿西拉沐沦河岸往东边走,月亮刚好从宝格达山顶上升起来,把路照得清清白白。

山上的月亮,称之白嫩也是可以的。它别无所依地停在海底一般深蓝的夜空,好像拿不准要不要继续向上升。不升是对的,月亮现时的角度恰好俯瞰西拉沐沦河在夜色里的清明。河如静止,与月对望。河上漂过一片叶子,把水中的月亮从中间划开。月亮摇荡几下复原,比刚才更白。

河水在远处分为两岔,铺开犄角似的银白光带。河水浅处,微凸搓衣板似的网,拦截水里的碎银子。鱼从河面跳出来,“扑哧”一声,传得很远。同伴吉雅泰告诉我,鱼打架。我听了疑惑:鱼还打架?黑天还在打?同伴说,鱼最不是东西,特别是草鱼,爱捣乱。我说,那就把草鱼全都抓起来吧。吉雅泰笑了,他是分管政法的副苏木达(副乡长),说派出所里没有网。

夜鸟从灌木丛中惊醒。它们有夜盲症,没飞多远又落下,嘎嘎叫，明显在抱怨。月光照亮了沙地上的蜥蜴，它出溜出溜爬，扭着尾巴。我特想踩住它的尾巴。小时候，我跟父母住“五七”干校，祸害过它的尾巴。这种不文明行为源于一个传说：蜥蜴掉了尾巴自己能再安上。传说造孽，蜥蜴哪儿有这个能耐，它又不是张悟本。

好看的是草叶上的露水。草在后半夜才结露水，透明的露珠在月光下变得莹白。远看，草周身披挂的珠宝摇摇欲坠。这哪儿是草？每一株都是君王，琳琅锦绣。

我跟吉雅泰走了很远的路，却见月亮一步步向后退。人往前走，月亮向后撤。你停下，它也站脚。我们绕过宝格达山，月亮退到了沙金山顶上。月亮怕人啊，吉雅泰说。

走牧区的夜路，没有什么可怕的事情发生。坏人都在城里面，这里只有纯朴的、已经睡觉的牧民。大自然也睡了，留下月亮看守天庭。沼泽里传出鸟叫，如青蛙的叫声。吉雅泰说这不是鸟，是虫子，在树上像蝉一样刮翅膀。

月色越发白净，牧民的房子看上去比白天矮了，毛茸茸的。如此明澈的夜空，看得见细长条的云彩。云彩想把星星藏起来，但星星在云后偷偷露出了眼睛。

“我的精神还正常吧？”我问吉雅泰。他说：“正常，但你不应该穿皮鞋出来，露水把皮子都溻软了。”还是不正常，我心里说。

黑夜如果延长，月亮会不会熄灭？

如果黑夜延长，月亮怎么办呢？会不会黯淡无光？夜只在夜里出现，就像葵花子在葵花的大脸盘子里出现，这个道理不言自明。夜如能延长，不上学只是一个轻微的小好处，睡懒觉是另一个轻微的好处。我想到的大好事是抢小卖店。这个想法既诱人，又感到快被枪毙了。那时候，任何一处商店都归国家所有，任何“卖”的行为都由国家之手实施，个人卖东西即是违法。可是小卖店里的好东西太多了，它就在我家的后面，与我家隔一个大坑。人说这个坑是杀人的法场，而我们这个家属院有一个清朝武备系统的名字，叫箭亭子。小卖店有十间平房，夜晚关门，闭合蓝漆的护板，好东西都被关在了里面，那里有——从进门右手算起——大木柜里的青盐粒，玻璃柜上放五个卧倒、口朝里的装糖块的玻璃罐。罐内的糖从右到左，越来越贵。第一罐是无糖纸的黑糖；第二罐是包蜡纸的黑糖，糖纸双色印刷；第三罐是包四色印刷蜡纸的黄糖；第四罐是包玻璃纸的水果糖。这后三罐的糖纸两端拧成耳朵形。只有第五罐不一样，它达到糖块的巅峰，是糖纸叠成尖形的牛轧糖。我们都不认识这个“轧”字，但知道它就是牛奶糖。这里面，我吃过第一、第二和第三罐的糖，憧憬于第四、第五罐。家属院那些最幸运的兔崽子们也只吃过第一罐的黑糖，可能在过年时吃过一块，嘎巴一嚼，没了，根本记不住什么味道。他们其余时光都在偷大木柜里的青盐粒舔食。如果夜晚延长，我们可以从后院潜入小卖店，把打更的王撅腚绑上。我先抢第四罐和第五罐的糖，如果还有时间，再抢糕点——大片酥和四片酥，各一片。家属院的小孩儿有人说抢白糖，冲白糖水喝。有人说抢红糖，冲红糖水。烂眼的于四说他要抢一瓶西凤酒。因为他姥爷临终时喊了一声“西凤酒啊”命结。有人说抢铁盒的沙丁鱼罐头，我们没吃过，不抢。至于小卖店里的枕巾、被面、马蹄表、松紧带、脸盆、铁锹之类，我们根本没放在眼里，让抢也不抢。然而在我的童年，夜晚从来没有延长过。它总是在清晨草草收兵，小卖店一直平安在兹，我们每天都去巡礼，看糖。

月亮每夜带着固定的燃料，满月带的最多，渐次递减，残月最少，之后夜夜增多。如果夜延长了，月亮虽然不会掉下来，但会变灰，甚至变黑。黑月亮挂在空中，有很多危险，会被流星击中，也会被人类认为是月全食。它燃尽了燃料之后，像一个纸壳子在夜空里飘荡，等待天明，是不是有些不妥当呢？如果月亮不亮了，传说中的海洋也停止了潮汐这种早就该停止的活动，女人也有可能停止月经，使卖卫生巾的厂家全部倒闭。而海，不再动荡，不再像动物那样往岸上冲几步缩回，海会像湖一样平静。这也很好，虽然对卫生巾厂家不算好。

人们在无限延长的夜里溜达，免费的路灯照在他们头顶。道路在路灯里延长，行人从一处路灯转向另一处路灯下。菜地里的白菜像一片土块，哗哗的渠水不知从何处流来又流到了何处。被墙扛在肩膀上的杏花只见隐约的白花却见不到花枝，如日本江户时代的浮士绘。路灯统治着这个城市，它把大量的黑暗留给恋爱的人。夜如果无限期延长，每个路灯下面都有学校的一个班级上课。下课后，赌博的人在这里赌博。多数商店倒闭了，路灯下是各式各样的摊床。人们在家里的灯光下玩儿，然后上路灯下玩儿。不玩儿干啥，谁都不知道夜到底什么时候变为白天。在夜里待久了，人便不适应白天，眼睛已经进化出猫头鹰的视力。他们可以在没路灯的地方奔跑，开运动会。他们开始亲近老鼠，蚊子成为人类最大的公敌。

如果亲爱的黑夜真的延长了，河流流动的速度会慢下来。河水莽撞地奔流，容易冲破河堤。侧卧的山峰在夜里吉祥睡，在松树的枝叶里呼吸。星辰在此夜越聚越多，暴露了一个真相——每一夜的星辰与前一夜的星辰要换班，它们不是同样的星星。在星辰的边上，站着另一位星辰。猎户座、天狼星在天上都成双成对。连牛郎织女星也双双而立。夜空的大锅里挤满了炒白的豆子般的星星，银河延长了一倍。动物们大胆地从林中来到城市，它们去所有的地方看一看，比如超市和专卖店。它们坐在电影院的座椅上睡觉，猫在学校的走廊里飞跑，猴子爬上旗杆……

他乡月色

我越来越想念图瓦，三年前在图瓦我就想到会想它。

国宾馆是一座安静的三层小楼，靠近大街。大街上白天只有树——叶子背面灰色的白杨树，晚上才有人走动。人们到宾馆东边的地下室酒吧喝酒。我坐在宾馆的阳台上，看夕阳谢幕。澄澈的天幕下，杨树被余晖染成了红色。你想想，那么多的叶子在风中翻卷手掌，像玩儿一个游戏，这些手掌竟是红的，我有些震撼。大自然不知会在什么时候显露一些秘密。记得我在阳台上放了一杯刚沏好的龙井茶，玻璃杯里的叶子碧绿，升降无由，和翻卷的红树叶对映，万红丛中一点绿，神秘极了。塞尚可能受过这样红与绿的刺激，他的画离不开红绿，连他老婆的画像也是，脸上有红有绿。

图瓦的绿色不多，树少。红色来自太阳，广阔无边的是黄色，土的颜色。有人把它译为“土瓦”。我年轻时听过一首曲子，叫《土库曼的月亮》，越听越想听。后来看地图，这个地方写为“图库曼”，就不怎么想听了。土库曼的月亮和图库曼的月亮怎么会一样？前者更有生活。象形字有一种气味，如苍山、碧海，味道不一样。徐志摩一辈所译的外国地名——翡冷翠、枫丹白露，都以字胜。

图瓦而不是土瓦的月亮半夜升了上来，我在阳台上看到它的时候，酒吧里的年轻人从酒吧钻出来散落到大街上，在每一棵杨树下面唱歌。小伙子唱，姑娘倚着树身听，音量很小。真正的情歌可以在枕边唱，而不是像帕瓦罗蒂那般鼓腹而鸣，拎一角白帕。我数唱歌的人，一对、两对……十五对，每一棵树边上都有一个小伙子对姑娘唱歌。小伙子手里拿着750毫升的铝制啤酒罐。俄联邦法律规定，餐馆酒吧在晚上十点半之后禁止出售酒类。而这儿，还有乌兰乌德、阿巴干，年轻人拿一瓶啤酒于大街上站而不饮乃为时尚，像中国款爷颈箍金链一样。

图瓦之月——我称为瓦月——像八成熟的鸡蛋黄那样发红，不孤僻不忧郁，像干卿底事，关照这些人。它在总统府上方不高的地方。我的意思是说，总统府三层楼，瓦月正当六层的位置。所以见出总统府不往高里盖的道理。

书上说，人在异乡见月，最易起思乡之心。刚到沈阳的时候，我想我妈。见月之高、之远不可及，更加催生归心。而月亮之黄，让人生颓废情绪，越发想家。我从沈阳出发到外地，想老婆孩子。而到了图瓦，一个俄联邦的自治共和国，我觉得我之思念不在我妈和老婆孩子身上，她们显得太小。所想者是全体中国人民。我知道这样说有人笑话，我也有些难为情，但心里真是这样子。虽说中国人民中，我所相识者区区不过几百人，其绝大多数我永世认识不到，怎么能说“想念广大中国人民”呢？而我想的确实就这么多。比如说，在北京站出口看到的黑压压的那些人（不知他们现在去了哪里），还比如，小学开运动会见到的人、看露天电影看到的人、操场上的士兵、超市推金属购物车的人。我想他们，是因为离开了他们。在图瓦见不到那么多的人，也显出人的珍贵。早上，大街尽头走来一个人，你盼望着，等待着这个人走近，看他是什么人。但他并不因此快走，仍然很慢。到跟前，他一脸纯朴的微笑。

大街上，迎面遇到随便什么人，你得到的都是真诚质朴的笑容，似曾相识，像早就认识你、熟悉你，你不就是那谁嘛！图瓦人迎面走来，全睛看你，突厥式的大脸盘子盛满笑意，每一条皱纹里都不藏奸诈。

我没想明白图瓦人为什么对人真诚微笑。而他们的生活当中，没有不诚实以及各种各样迷惑人的花招。这里人的话语简单，什么事就是什么事，这样子就是这样子。图瓦人的笑容，展露的实为他们的心地。

总统府上空的月亮像带着笑意，俯视列宁广场。广场上一定有一些有意思的事情发生。我下楼去广场，看月亮笑什么。

列宁广场在克孜勒市中心。塑像立北面，身后山麓有白石砌就的六字真言，字大，从城市哪个角度都看得清。

广场西面歌剧院，东面总统府。总统府连卫士都没有，农牧民和猎人随便出入。总统常常背着手在百货公司溜达。广场中立有中国庙宇风格的彩亭，描金画红。里面是一座巨大的转经筒，从印度运来，里面装五种粮食，一千多斤重。

这些景色到了夜里跟白天不一样，所有的东西披上一层白纱，边角变得柔和，夜空越显其深邃，而瓦月距总统府上空其实很远，在山的后方。

广场上有两三个人转经筒，还有人坐在长椅上，亦有人缓缓地散步。他们在和我相遇的时候虽露笑容，但更庄重。他们的人民到夜里变得庄重了。

我们的人民晚上似更活泼。我想到，图瓦人虽把纯朴的笑容送给你，像满抱的鲜花，他们其实是庄重的。面对天空、大地、河流、粮食和宗教，他们生活得小心翼翼，似乎什么都不去碰。农民除了种地时碰土地，剩下的什么都不碰，包括地上的落叶也不去扫。人在这里安分守己并十分满足。看图瓦人的表情，他们像想着遥远的事情，譬如来生；又像什么都没想，脸上因此而宁静。这种表情仿佛从孩童时代起就没变化过（他们的小孩儿就这表情），更未因为衣服、地位、年龄而变化，只是成年人成年了，老人老了，表情都像孩子。再看月亮，我刚才在国宾馆看到的月亮像它的侧面，在广场看到的还是它的侧面，这是下弦月。看它正面除非上火星看去。

脚踩广场上的月色，没发出特殊的声音，月色也没因此减少（沾鞋底上）。月色更浓，广场像一个奶油色的盒子。人都回家了，只有一人从东到西、从南到北慢慢走，这是我和我的影子。

荞麦花与月光花

前年上秋，我在刀把子地机井房住了一个月，就一个人。看机井，因为“水利是农业的命脉”，防止地主富农破坏。“文革”中的地富分子，当年也许是最驯良和健壮的人了，他们见人则把路让开，低着头。由于劳动强度远超贫下中农，因而更健壮。譬如我们队里老刘家的坏分子、老武家的地主和老胡家的富农。

我早知道，他们再健壮，也万万不敢破坏机井，甚至连一棵庄稼也不敢碰。

一天的后半夜，我急起撒尿，跌跌撞撞冲到屋外。人醒了，但除了腿脚和撒尿的机关外都睡着，即古人所谓“寤”之状态，摇摇晃晃地缓释负担。尿时，睁开眼，一惊；闭上再大睁，竟害怕了。我发现机井房周围落满大雪，白茫茫无限制。我遂收尿奔回屋，躺在炕上想：下雪了，啊？这时候全身都醒了。先想现在是几月，这不才九月吗？中秋节还没过呢！再说也不冷啊！窗户开着，屋里也没有火盆。不行，我蹑足下地，趴窗户一看……

大雪，毛茸茸的，约莫一尺厚吧，随着地势起伏。渐渐地，我明白了，披衣出屋，来到当院的土坪上。

荞麦呀，这是荞麦地。它们迸放繁密的白花，花瓣密得把地皮都遮住了，在白花花的大月亮地里，就是一场大雪，吓退夜半撒尿者一名。我在机井房住了一个月，当然知道屋前和左右都是荞麦，开花了。但想不到在月夜，竟白茫茫如此。我站着，然后又蹲下了。我相信有“月魄”一说，即月亮的灵魂常在静谧之夜出窍。这时候，月色细腻柔美，地上的坑坑洼洼无不承受这种白面似的抚摩。当然月亮不会无故出窍，倘它在地上有情人（比如在刀把子地附近），必是荞麦花无疑。

荞麦花在倾泻的月光下，微仰着脸，翕张口唇，感泣而无力言说。无风，蓝琉璃的夜空，小星星三五在东。白花花的荞麦花地如此专注于一件事，这太感人了，想不到世上有如此美景，可以由于内急而得以窥之。我知道老天爷会下雪，但不知道它还会造设烘托一种非雪之雪，酷肖。文人所称“梨花似雪”，颇觉勉强。梨花在疏枝上攀举，地上黝黑，即使在月夜，也觉得这么高的雪不易。荞麦花却雪白无疑，那种朴实的村妇气在月下净去，宛如城里美人。

我感到，月光和荞麦的神秘交往还没有结束，他们跟人不一样，在静美中传递更广泛有力的信息。我以肉眼当然看不出来，但也不碍什么事。突然，我后悔了：当一个人厌倦白天的种种单调景物时，谁知道造化在夜里制造出许多奇境呢？我不知错过了多少机会。

节气近于秋分了，脚下一蓬绿草的修长叶子上，果然沾满雾水。秋虫的鸣唱此起彼伏，正如唐人（如白居易）所说的“霜草苍苍虫切切”，或“早蛩啼复歇”。我不知道唐朝时“切切”之音怎样读，白居易又是陕西渭南人。我听此虫叫声乃是“滋儿滋儿”。

看了一会儿，觉得有件事未做完。想一想，认为应使另一半尿复出，然此物已不知去向。又待了一会儿，心里难受：想家了。也许是眼睛被雪白簇密的荞麦花逼出了酸楚。

我今日想家，只是惦念父母，可用一个“忧”字结。二十年前想家，是想念包藏着童年与少年的远方的城市，实际是“怜”己。

冷不丁想起，我怎么跑到这远离人群的刀把子地机井房前的土坪上蹲着呢？况且是半夜。

现在,我的愿望仍是看一眼月光下的荞麦地。天地间,月在上,荞麦地在下,我披衣蹲着。

火

火柴

火柴多好啊，像一排戴红帽子的孩子躺着睡觉。火柴燃烧之前，要“刺啦”一声，昭示开始。火，这么神奇的东西，怎么能像手电筒那么平庸地白亮呢？火在火柴棍儿上笑，晃着圆圆带光的脑袋，做出红焰和白焰两种表情。如果我们到了一个没去过的地方，比如说穆日根家里的地下室，四周黑暗，那么掏出火柴来，刺啦！周围一切深深浅浅暴露出来。黄漆的木箱。书，定睛一看是《青年近卫军》。筛子、箩、镐头和养蜂的箱子（他家怎么会有养蜂的箱子呢？），我们总能找到喜欢的东西。这时，火苗摇曳，这些东西的影子也跟着摇曳，像有腰。火柴熄灭了，骸体如一根迅速退却的红丝，烫得指尖疼。再点一根，这些东西又出现了，摇晃。这时，如果有电灯，亮得一览无余，多么煞风景。电灯，就像糖精水、方便面与卡拉 OK 一样，抹杀了许多事情的快乐。

我们不明白火柴头和磷片一擦，为什么火苗腾起，也不想听这里面的道理，于是一根又一根地擦亮，扔掉，又擦亮。在物质匮乏的年代，这是我们玩儿得起的一种玩具。我们感到火苗是活的，就像电灯是死的。划火柴时，伴随着手势和动感。而今，打火机和电子打火灶把火柴挤出了生活，孩子遇到这个词还要查字典。那边,父母说:“那是古人用的一种东西。”

火柴的隐秘、炽亮,映红我们脸膛的一瞬,像对许多原初和富于创造的事物一样,我始终对它抱有悠长的怀想。

火的伙伴

在大雪飞落的冬季,烤火成为一个甜美的词。

人们出去、进来,仿佛是为了接近烤火而做一些准备。

烤火的姿势最美。伸出手,把手心与动荡的红焰相对。你发现手像一个孩子,静静倾听火所讲述的故事。

我爱看烤火的手,朴实而温厚,所有在劳动中积攒的歌声,慢慢融化在火里。抓不住的岁月的鸟翼,在掌心留下几条纹,被火照亮,像羽毛一样清晰。

烤火的男人,彼此之间像兄弟。肩膀靠着肩膀,脸膛红彤彤的,皱纹远远躲在笑容的阴影后面。用这样的姿势所怀抱的,是火:像他们抱庄稼迈过田埂,像女人抱孩子走到马车边上。

烤——火,这声音说出来像歌声结尾的两个音节,柔和而亲切。说着,火的伙伴手拉着手从指尖跑向心窝。

你在什么时候看过许多人齐齐伸手,在能摸未摸之际,获取满足？这是在烤火时,火让人满足。

在北方，田野只留下光洁的杨树，用树杈支撑着瓦蓝的晴空。雪后,秋天收回土地上的黄色,屋舍变矮,花狗睡在炕梢,玻璃窗后睁着猫的灵目,乌鸦飞过山岗。

雪花收走了所有的声音，河封冻了。这时，倘若接到一个邀请，倘若走进一个陌生的人家，听到的会是：

来，烤火，烤烤火。

火花

夜里在涪江岸上跑步。没有月色，江水在江心岛灯光的照耀下看出来一点儿流淌。跑步的江岸是大坝修成的花园，有树、畦花和拿鼻子问路的狗。

在坝上跑了四公里往返，看江水却看不清。尽管看不出江流，它也不像一块地，淡淡集合着天光，却比天窄。即使江面漆黑，人也能感觉江水在默默地流。跟白天的奔涌相比，江水在夜里好像白流了，它不知自己身在何处。比如江岸用彩灯连缀的几个字——桃花岛。我想起东坡夜游赤壁，倘若没有星月，小舟载人在江上漂荡，也不知人在何处。

在坝上跑步放不开腿脚，不光天黑，是没理由在坝上狂奔，会让树下接吻的情人恼怒。人静你动就是一种冒犯。有一只狗跟着我，我怕狗，四下找它的主人。但它无主人，从它轻佻的举止就看得出来。过去，我跑步因为遇见狗追把脚崴了，这回恐怕会被它追进江里。我站下，它假装嗅护栏下面的草；我快跑正中它意，撒开四爪飞奔；我慢跑，它用小碎步迎合。我想：我怎么会遇见这样一位跑友呢？我怕狗是因为我觉得一定会被狗咬到，被咬部位必定是腿肚子而非别的地方。我仿佛体验到腿肚子的肌腱被狗牙咬的痛楚，两排牙印清晰可见。这时候最想学狗语，警告它不要再追我。然而，现学狗语来不及，只好用汉语斥它："去，别追了，停下。"这只白毛、肩膀带黄斑、腰身细长的狗站下，用不解的眼神儿看我，仿佛受了冤屈。我说："这不算冤屈，你干点儿别的吧！"狗听了这话大吃一惊，掉头跑去，消失在夜色里。看来，"你干点儿别的吧"在狗的语言系统里是一句可怕的话，相当于人类说的"我要拆你房子"。

我向北跑到桥下，再折返往有彩灯的"桃花岛"方向跑，跑了大约两公里，见路边有烛光。

跑近了看，烛光在白色花岗岩的护栏下放射红晕。路到头了，烛光下面是野草的陡坡，有好心人（民间人士）点燃蜡烛警示。蜡是庙里用的大红烛，上粗下细，有插入泥土的铁钎子。它的火苗远看红色，近看橘黄，再近看是两束白色的火苗。

我蹲下端详烛火，看着稀罕。很久没看到火了，家里做饭的天然气火苗被锅盖着，看不到。而且，天然气像木梳一般嗞嗞响的蓝火是工业的火，没烛火那么生动舒展。

涪江坝上的两团烛火一高一矮，像比赛跳高，有表情、有笑容。我想了半天想出一句话：这是活的火。离开它们回头看，两朵微焰合成了一团红晕。那么好看，却说不出恰当的词来形容它。它的温红在夜的风里摇摆，我想起了一个词：火花。一瞬间，我为创造这个词而生出"天降大任于斯人"的惊喜：火花，了不起！过了一会儿，想到这是早有过的词，也许用了一千年了。转而敬佩创造"火花"这个词的人，他不跑步，没被狗追，也能造出如此妙词，了不起！

火琉璃

最华丽的东西是火。它烧起来，身子左右扭摆，雍容如绸缎。绸缎是对火外形最贴近的描述，尽管人不敢用手去摸它。火碰人，但不让人碰。火苗软，四肢如婴儿身体一般卷曲自如。冰冷的铁遇到火，说火比水还要柔软。火的手像在水上吹过波纹的微风。许多东西害怕火。但火不清楚这件事，它想摸一切东西，从山峰到花朵。火把双手放在冰上，想把冰抱起来，但冰开始流泪。冰的全部身体只是一滴泪。对人来说，泪是心里的水。悲酸的人用眼睛在心的井里汲水。心脏和眼睛中间没铺设管子，水从心爬上眼睛很困难。泪水爬上眼睛是想看一看那些不幸的人。牧民的草场被开矿的人占了，补偿费寥寥无几。他们给有草场的人当牧工，冬天买不起取暖的煤。被圈进城镇的农民在街上卖菜，卖一天菜赚的钱折叠起来没有火柴盒大。泪跑出来看他们，引出来更多的泪水围观。失去草场和土地的人，四十岁苍老得已如一段炭，生命一点点变短，灰烬被风吹走。冰从火的怀抱跑脱，化为水，土地留下黑黑的背影。冰想看看火的模样，但睁不开眼睛。大体说，火焰高鼻梁，像观世音菩萨一样微合眼帘，身形似坠露。

火的衣衫比绸缎更明亮，如琉璃般的罩光，又如向上飞的鱼。金红的鱼从火里蹦蹦跳跳，钻入虚空。它们红脊红鳍，像筷子一样细，没有网能收拢这些鱼。有人说火家族的相貌全一样，说得不确切。非洲人长相各式各样，但在外人看来全一样。有个中国人在赞比亚被偷了钱包，警察抓到三个嫌疑人让他辨认。丢钱包的人沮丧地说："这三个黑人长得全一样，让我怎么认？"火有红脸金脸蓝脸白脸，相貌不一样，它们的身段瞬息万变，跳着各自的舞。

人类的视网膜比较简单，看东西只看个大概。人看不清飞鸟扇动翅膀，而鸟儿会看得清。鹰的眼睛在一万米高空能看清兔子在草丛里拉屎。人差远了，别总吹嘘自己伟大，连伟哥都够不上。幸亏动物们听不懂人类的广播，听懂得羞死。动物们看清了火的舞蹈。火烧起来不仅往四外飘，还在跳重重叠叠的群舞。每一束火实为云母片般重叠的薄翼。火分成一层又一层。如果你眼睛够尖，会看到它穿着一件又一件火纱衣，又一件件脱掉。人永远看不到火的胴体，除非你进入火而又不燃烧。

火的热烈让它交不到朋友。它拥抱松树就毁了松树，它抱住庙宇就毁了庙宇，火永远孤独。火捧起矿石，眼看着液体的金子从石头里流出来。石头流出黄铜黑铁的汁液。火不知这是为什么，是什么让金子汁液从石头里渗出来，像水一样？而火跑进森林里，见到更多的火，火从树上跑出来迎接火。这些火以前住在树里吗？火不知道这是为什么，正如它不知道美丽的树何以化为焦炭。

富兰克林发现了电，又发现电不可贮存。粮食、煤炭和金币都可以放进一个地方，电却不能。铁箱子尤其不能装电。富兰克林试过把电装进什么东西里，但上帝没创造这种东西。爱迪生听说这件事后让电在电灯里消耗掉，为了卖钱。世上可存的东西是人的东西，比如衣衫和存款；不可贮存的东西是神的，比如火和电。不可存的东西都不让人摸，火以及电。火似乎藏在任何地方——木头里、煤里、纸里。小时候玩儿火，看到火吞吃一张白纸只剩乌黑的小角最终消失，火和它同一秒钟消失。这时心里怅然，想知道火去了哪里，但不知道它去了哪里。它从其他的地方出现，如炉膛。火出来了，披着明晃晃的琉璃绸缎，一步三摇，把煤和木头烧尽之后又跑掉。火，它到底是什么东西呢？

火苗去了哪里？

佛说："请拿一根蜡烛来。"

弟子们拿过一根蜡烛。

佛说："请点上。"

弟子点上，光明在前。

佛说："请把蜡烛靠我近一些。"

蜡烛靠近佛。佛吹一口气，烛熄。佛问："火苗到哪里去了？"

弟子们面面相觑，答不上来。

火苗去了哪里？并不是问它是不是熄灭了，也不是需要回答浸油的棉纱在有氧条件下燃烧，是问刚才那一朵火苗到哪里去了。

并不是眼见的东西才存在。流星从天空划过时，它在当下的时间已不存在。传到人的视网膜上的星光，只是多少光年之前的光。那么，人们不得不接受一个乖谬的事实——见到了一样早已不存在的东西：流星。

眼睛（光的感受器）和时间，遮蔽了真相。

即使如真相，也只存在于一定条件中。

火苗作为一种现象，它存在的依据不是油脂和棉纱，是火苗闪亮之前的广大的黑暗。火苗和黑暗并存，火苗如果“去”了什么地方，也是回到了黑暗中。

人所看到、所感知的事物，多是个体，人们习惯并依赖这一点。比如见到孤立的人、房子、声音和色彩。但事实上，世上什么事物都没有孤立存在过，那只是人的假定。

譬如，量子力学发现，一个原子可以在两个地方同时存在，这几乎是人的惯有思维所不能理解的。

譬如，天空无所谓蓝，这是光谱顺序，是地球相对于太阳的角度对人而言所形成的颜色。说蓝是有条件的颜色亦可，说蓝是一种假象亦无不可。

那些自称坚持真理的人，不知道有多少在坚持谬误。他们坚持的大多是已知和旧知。

说火苗并没有存在过，亦无从消失，也算一说。分从哪一种角度和向度观察，这不是诡辩，也不是虚无主义，只是告诉人们别太固执己见。

弟子问佛陀：“如果一尊神死了，它去了哪里？”佛说：“请拿一根蜡烛来。点亮、吹灭。问：‘火苗去了哪里？’……”

走到哪里都认得出火的模样

我记不起小时候第一次见到火是什么感受，小孩子见到什么都抓一下，如我爸所说“蒙古人的手里长着眼睛”。但火不可抓，人一生也抓不到火，最后却被火抓走了。

火是一朵花。这朵花颤抖、试探，包裹一圈儿火芒。西班牙诗人阿莱克桑德雷说:“所有的火都带有激情,唯有光芒孤独。”夜里,光芒为火镶了一层边,像雾,像麦芒。光芒和火中间有一层空隙,仿佛把火苗安排到一个玻璃罩里。这是说火苗,油灯和火柴上的火苗。火苗是火的孩子吗?它弱小,但与大火同样明亮,穿着同样的衣衫。

火穿着一模一样的衣衫,由红黄蓝白四块布幔缝制。在阳光下,火的衣衫被剥走,它成了透明人。火除了衣衫,没有其他家产,它的身体长在衣衫里。在斯图加特的索里图山边上的熊湖岸上,在南西伯利亚的安吉拉河边,我见到与故乡一模一样的火。

火在夜里笑,微笑或大笑取决于风势。人盯着火看一会儿,感到其实它想跑,被什么东西拽住了脚。火的脚跟绑在木柴上,绑在煤和油里,不然早跑了。火盼望像鸟一样高飞,在松针上跳跃,听松树暴跳如雷。火倾出身子,缩回来,柔软至极,它比花草和水更像舞蹈演员。火像一朵莲花,这用斧子劈不开的花,如同斧子劈不开一滴水。火和水包住斧子又放开斧子。它是色,又是空。火是实体,却没有重量。用秤估算不出火的重量。火像荆棘,满身有刺。火像锦缎一样光滑细腻。我摸不到火,却感到了它的光滑,火的皮毛比狐狸更光滑。皮毛从火的颈子流泻,由红色变为金红,转为空心的蓝。火的蓝比天的蔚蓝更浅一些,屁股坐在一个白盅里。自然这是火的白盅。在光里面,红与蓝常常相邻,由金黄联结,黄昏的天空也是如此。

火苗的形状如一滴水,这滴水从地面向天空生长。火苗的苗跟植物的苗一样往上方延伸。但火苗更像一滴水。这滴水遇到外物散开包抄,像莲花打开叶片。火的顶如莲花的顶,点染一点红。

火睡觉的时候并没有熄灭，炭才是它的梦乡，多少火苗在炭里相拥而眠。在薄薄的灰烬里，火已睡熟。“剥”的一声，是火的梦话。火在炭里多么安静，像婴儿那样恬然。它拱起圆圆的脊背如熟睡的猫。风走过，炭火的火星惊起，跳进夜色里再也回不来了。

在黄泥铁桶的小炉子里，火倾听小米粥的歌声。粥的歌声跟打呼噜差不多，咕嘟咕嘟，吹起一些泡儿又吹破一些泡儿。火沉湎于这些歌声，它闻到粮食的香气塞满四外每一个缝隙。火奇怪，它在铁锅下面奔跑，为什么传来粥的歌声？铁锅是世上神物，遇火每每发出不同的奇香，黍米之香，菜蔬之香。起初，火以为铁是香的，后来得知锅里有米，米香即是大地之香。

火是蒙着眼睛奔跑的精灵。火看不到任何东西。它见到木柴时，烟挡住了它的视线。它见了黑夜，夜退到远方。火焰的光芒隔离了火的视线。火在阳光下睁不开眼睛，火在枯枝上爬行，火在草绳上模仿一条蛇。

不烧的时候，火待在哪里？这个疑问与火苗去了哪里一样令人困惑。不能说火藏在木头和煤里，它同样藏在布、干草甚至塑料里。铁和石头撞击迸出火星，火什么时候钻进铁和石头里了？在凸透镜的照射下，火从纸里跑了出来。是的，火藏在一切地方，是火柴、打火机、铁和阳光让它跑出来。它在那个地方沉睡久了，被火唤醒，急急忙忙跑出来。火在煤的身体里睡了多久？至少睡了几亿年。火从阳光的梯子爬进树里，树在地里化成煤，最后变回来，又成了火。

可是，火熄灭之后又去了哪里？

黑夜里，火张望、扭捏、奔跑。火哪儿也没去，最后却失去了踪影。夜和枯枝上找不到火的身影,连枯枝也被火拐走了。火所去的地方,人看不到。世界或许分成许多层,人的眼睛只看到其中一层,如同音波的一段频率。在人的眼皮底下,人看不到的东西太多了。人看不到身边的鬼神,看不到自然的征象,看不到光之外的其他颜色。人眼是如此简单,结膜、角膜、虹膜,加上视网膜,怎能看清周围的一切?

火只有一个模样,火不分外国火与中国火。火有金红的面容,有白与蓝的脸谱。火把自己的脚拴在风上。风到达的地方,火也到达。火把干树枝烧得像铁丝一样红,它的躯体或者叫能量凌空而去,化为碳的另一种形式。

如果用火讨论万物,万物的本质都是碳。而且万物都不会消失,不生不灭,只在火里变换形式。它们在人眼中消失了,在大自然的循环中却没消失,也消失不了,永久循环。

火让白雪变成冰凌的酥片,化为水。火让水在壶里跳跃,无数小气泡化为大气泡,变成旋涡。火藏在酒里,穿着蓝色的衣服。火穿红衣从炭里走出来。如果想到人的周围藏着火,有一点儿吓人。但火是如此沉静,它只待在它待的地方,打骂都不出来,只有火才能把火引出来。火毁灭过万顷森林,竟安静地藏在一张纸里沉睡。火……

村庄里

白银的水罐

井是村庄的珠宝罐。井里不光藏着水，还藏一片锅盖大的星空和动荡的月亮。

井的石壁认识村庄的每一只水桶。桶撞在石头的帮上，像用肩膀撞一个童年的伙伴，叮——当，洋铁皮水桶上的坑凹是它们的年轮。

那些远方的人，见到炊烟像见到村庄的胡子，而叫作村庄的地方必定有一口井，更富庶的地方还有一条河，井的周围是人住的房子。在黑夜，房子像一群熊在看守井。没人偷井，假如井被偷走了，房子就会塌。

井为村庄积攒一汪水，在十尺之下，不算多，也不少。十尺之下的井里总有这么多水，灌溉了爷爷和孙子。人饮水，水进入人的血管，在身体上下流淌，血少了再从井里挑回水来。村里的人有一种类似的相貌，这实为井的表情。

井用环形石头围拢水。水不多也不少，在清朝就这么多，现在还这么多。村里人喝走了成千上万吨的水，水不增不减，不垢不净。多少人喝够了井水翘胡子走了，降生面貌陌生的孩子来喝井里的水。井安然,不喜不忧,在日光下只露出半个脸——井只露半个脸,另半个被井帮挡着——轻摇缓动。井里没有船,井水怎么会不断摇动?这说明井水是活的,在井里辗转。在月光下睡不着觉,井水有空就动一动。

村民每家都有财宝罐,都不大,放在隐秘的地方——箱子、墙夹层,甚至猪圈里。而全村的财宝罐只有这口井,它是白银的水罐,是传说中越吃越有的神话。水井安了全村的心。

水井看不到朝暾浮于东山梁,早霞烧烂了山顶的灌木却烧不进井里。太阳和井水相遇是在正午时光,它和水相视,互道珍重。入夜,井用水筛子把星斗筛一遍,每天都筛一遍,前半夜筛大星,后半夜筛小星,天亮前筛那些模模糊糊的碎星。井水在锅盖大的地方看全了星座,人马座、白羊座,都没超过一口井的尺寸。

井暗喜,月亮每月之圆,是为井口而圆。最圆的月亮只是想盖在井上,金黄的圆饼刚好当井盖,但月亮一直盖不准,天太高了。倘若盖不准,白瞎了这么白嫩的一个月亮。太阳圆、月亮圆、谷粒圆、高粱米圆,但凡自然之物都圆。河床的曲线、鸟飞的弧线,自然的轨迹都圆。人做事不圆,世道用困顿迫使他圆。圆的神秘还在井口,人从这一个圆里汲水,水桶也圆。人做事倾向于方,喜欢转折顿挫,以方为正。大自然无所谓正与不正,只有迂回流畅,自然没有对错、是非、好坏。道法自然如法一口井,大也不大,小也不小,不盈不竭,甘于卑下。

大姑娘、小媳妇是井台的风景。大姑娘挑水走,人看不见水桶,只见她腰肢。女人的细腰随小白手摆动,扁担颤颤悠悠。井边是信息集散地,冒人间烟火,有巧笑倩与美目盼,孩子们围着井奔跑。村里人没有宗教信仰，井几乎成了他们的教堂。但没人在井边忏悔，井也代表不了上帝宽恕人的罪孽。但井里有水，水洁尘去污，与小米相逢化作米汤，井水可煎药除病。井一无所有，只有水。一方水土养一方人，水说的是井与河流，土是耕地。对树和庄稼来说，井是镶在大地的钻石。鸟不知井里有什么，但见人一桶一桶舀出水来，以为奇迹。春天，井水漂浮桃花瓣。入井私奔的桃花，让幽深的水遭遇了爱情。花瓣经受了井水的凉，冰肌玉骨啊。从井里看天，天圆而蓝，云彩只有一朵。天阴也只阴一小块，下雨只下一小片。井里好，石头层层叠叠护卫着口井，井是一个城。

井是白银的水罐，井水变成人的血水。井无水，村庄就无炊烟、无喧哗、无小孩与鸡犬乱窜。庄稼也要仰仗井，井水让庄稼变成粮食。人不离乡，是舍不得这口井。家能搬，井搬不了。井太沉，十挂马车拉不走一口井，井是乡土沉静的风景。

扁担

扁担站在门后。

我小时候的门还分两扇，像中式的衣襟一样，双手分开才进屋。难怪如今偏瘫的人多了，门都成了单扇。推开双扇门，一扇挡着锅台(有人在挨锅台的地方搭鸡窝，门挡了鸡窝)，另一扇门挡的是扁担和水桶。扁担藏在门后，不是扁担做了见不得人的事，扁担除了挑水没别的任务。它不能放炕上，不能放桌上，放别的地方碍事，就放门后合适。再讲，扁担不仅是一段扁木，两端还挂着铁环铁钩,很啰唆。

扁担的好处可以分两方面说,它的木头坚而韧,负重又有弹性。大水桶单只可盛三四十斤水,一副七八十斤,扁担挑起来上下颤但不断。没听说谁家挑水把扁担挑断的,那比走道挨一个晴天霹雳还丢人。颤,说的是扁担的弹性,没弹性它就不叫扁担。为什么没人扛一根铁棍挑水?没弹性又添了分量。好扁担的弹性让挑水人借到力,一步一颤,两只水桶像乌纱帽帽翅一样上下颤动。挑水人在每一步的行进中享受三分之一秒的小轻快。我小时候,挑水的都是小孩儿。挑起扁担来,水桶刚刚离地。大桶沉啊,疼得肩膀受不了。那个时代鲜有高个,都被水桶压矬了,姚明、巴特尔肯定不是挑水出身。好扁担挑这么重的水桶还能上下颤动,木头不是一般的好。有人骨折后在腿里镶了三块钢板,弹性赶不上扁担好。好扁担还有一点儿文艺性,即花纹好。把一段方木头削成扁圆,两头尖,中间厚,这就是扁担——看过扁担的人可以不读上边这段话——花纹像鹅卵石的图案一样,环环相扣的扁圆,年轮在木质里显出横竖茬,也是阴阳茬,深浅相隔。扁担也分长幼,新扁担如新兵一样光鲜,白而直,老扁担颜色像水桶一般黑。再老的扁担就弯了,弹性都没了,相当于老得不像话,不仅要退休,还会被当成劈柴烧火。身为扁担,一定要直,就像钢针、筷子都要直一样,弯了等于下岗。弯扁担的弯头朝上不行,水桶往中间溜。弯头朝下,水桶就触地了。但没见过谁家烧老扁担:连扁担都烧,太没有人情味了。扁担是硬木,榆木、柳木、柞木,一般劈不开。

扁担创造别样的美,可惜今天见不到了。这说的是大姑娘用扁担挑水，一手搭在扁担上，屁股在后面扭，腰肢最惹火，比芭蕾舞美多了。人们并不知，少女肩上担起三四十斤分量，才显出腰臀的美妙。另一只手在身边儿甩，增加美妙。女人，从前面看不公平，有丑有俊。从后面看全公平了，腰跟屁股都差不多。她们用苗条挺翘而不是五官创造美，其美不比五官差。这么说，女人八成不爱听，但男人都爱听。大姑娘在街上走，人所看到的腰臀之美只是冰山浮出海面八分之一，身无重物，腰扭不起来。细腰是静态美和局部美，扭腰是动态美和全局美。腰若一扭，风情四射，一般人都受不了。但人家大姑娘凭什么为你扭腰？你是秦始皇呀？这时候，扁担下凡，助成其美在人间。沉重的水桶压在肩上，女人力量不足，由髋关节的大幅摆动借力，腰如摆柳，屁股似两个葫芦左右转。这时候，姑娘甩起的手指尖、挺直的脖颈，都有不一样的美。而梳大辫子的姑娘，两个红头绳随辫子在屁股上晃，像蝴蝶飞。此美胜过时装表演，现在没了，因为扁担没了，水井没了，自来水消灭了这些美。为了看到美，男人让自己老婆在家里挑水，也不像话。

然而这一类的好看是别人眼里看到的，担扁担的人肩上只有痛苦。我当知识青年的时候，挑八十斤的水桶浇树，走一公里。我十七岁，挑不动。重担集中在扁担那么宽的肉上，痛得难忍。起初走几步一歇，再十几步歇、几十步歇、走百步歇一歇。头一天挑水下来，右肩肿起拳头大一个包，晚上睡觉，轻轻一摸都火烧火燎。第二天，这水还要挑，慢慢地，肩膀生出茧子。再后来，肩膀那块肉没感觉了，摸一下像摸别人，手感类似槐树皮。此际，挑水肩不疼了，步子也迈大了，以在肩膀上创造一块死肉为代价。那时想，若于上古，我被其他部落掠去吃肉，生番吃到我肩膀这块肉时，可能会硌掉一颗牙。他们百般研究争论却不知此为何肉。我当然知道谜底——死肉，扁担制造，但不会告诉这帮愚昧的土人。想到这里，我每每咧开嘴乐一下。死肉也有死肉的用处，天下没一样东西无用。

过去我见到扁担就害怕，现在见不到此物了，女人也显得不那么美了。减肥比不上扁担压出的美。以不担水这件事而论，我觉得生活很幸福。到风景区，还能见到挑砖瓦水泥的人，扁担是他们的谋生工具。人靠肩膀能挣多少钱？况且要上山下山，跟受刑没啥区别。他们肩上的死肉不知死多少年了。不光肩膀，他们身上、甚至脸上的肉都像死肉，只有眼睛凸出来，盼你让他挑点儿东西。他们的肉不叫软组织，不叫肌肉筋腱，叫藤、树、根，他们从人类进化为物类或另一种人类。

马灯

那年我到坝后，干什么去已经忘了，但脑子里挂记着那盏马灯。我们住在大车店的一铺大炕上，睡二十多人，都是马车夫。白天，我和主车夫老杜套上我们的马车拉东西，把东西从这个地方拉到那个地方，好像拉过羊圈里的粪。那羊圈真是世上最好的羊圈，起出二十多厘米厚的羊粪，下面还有粪，黑羊粪蛋子一层一层地偷偷发酵，甚至发烫，像一片一片的毡子，我简直爱不释手，并沉醉于羊粪发酵发出的奇特气味中。晚上，我们住大车店。

大车店没拉电，客房挂一盏马灯，马厩挂一盏马灯。晚上，车夫们掰脚丫子，亮肚子，讲猥亵笑话。马灯的光芒没等照到车夫脸上就缩在半空中，他们的脸埋在黑暗中，但露着白牙。不刷牙的车夫，这时也被马灯照出洁白的牙齿。苇子编的炕席已经黄了，炕席的窟窿里露出炕的黑土。肮脏得看不出颜色的被褥全在马灯的光晕之外。房梁上，悬挂着一尺左右像暖瓶一样的马灯。灯的玻璃罩里面的灯芯燃烧煤油。花生米大小的火苗发出刺目的白光，马灯周围融洽一团橘黄色的光芒，仿佛它是个放射黄光的灯。马灯的玻璃罩像电吹风的风筒，罩子四周是交叉的铁丝护具。装煤油的铁盒是灯的底座，可装二两油。

蛾子在屋顶缭绕，它们靠近灯，但灯罩喷出的热气流把它们拒之灯外。不久，车夫们响起鼾声，这声音好像是故意发出的极为奇怪的声音。你让一位清醒的人打鼾，他发不出梦境里的声音，他忘记了梦中的发声方法。有人像唱呼麦一样同时发出两三个声音，有低音、泛音和琶音，有许多休止符使之断断续续。有人在豪放地打呼噜之后，吸气却有纤细的弱音，好像他嗓子里勒着一根欲断的琴弦，而且是琵琶的弦，仿佛弹出最后一响就断了，但始终没断。打呼噜的人大都张着嘴，但闭着眼。他们张嘴的样子如同渴望被解救出来。我半夜解手回屋，背手踱步，在马灯的光亮下视察过这些打鼾的车夫，洞开的嘴还可以寓意失望、吃惊和无知。他们是够无知的，把这个村的羊粪拉到另一个村的地里。其实，我看到那个村也有羊圈。那时候，农村里的一切都归公社所有，拉哪个羊圈的粪都一样，就像一家人，把这个碗里的饭拨到那个碗里一样。车夫们睡姿奇特，如果在他们脸上和身上喷上一些道具血，这就是个大屠杀现场或廿先烈就义图。有人仰卧，此乃胸口中弹；有人趴着，背后中弹；有人侧卧并保留攀登的姿势，证明他气绝最晚，想从死人堆爬出去报信但没成功。

即使不解手，我也希望半夜醒来到外面看看夜景。夏夜的风带着故乡性，它从虫鸣、树林、河面吹来，昆虫在夜里大摇大摆地爬，爬一会儿，抬头看看天上的星星。月亮瘫痪在一堆云的烂棉花套子里。我看到夜越深，天色越清亮。接壤黑黪黪的土地的天际发白。可见“天黑”一词不准确，天在夜里不算黑，有星星互相照亮，是地黑了。被树林和草叶遮盖的地更黑，这正是昆虫和动物盼望的情景。在黑黑的土地上，它们瞪着亮晶晶的眼睛彼此大笑。夜风裹着庄稼、青草和树林里腐殖质散发的气味，既潮湿、又丰富。我回屋，见马厩里的马灯照着马。木马槽好像成了黑石槽，离马灯最近的那匹马大睁着眼睛往夜色里看。灯光照亮它狭长的半边脸颊，光晕在它鼻梁上铺了一条平直的路。马在夜色里看到了什么？风吹了一夜却没有吹淡夜色。那些踉跄着连接村庄的星星就像马灯。喝醉了的大车店老板手拎马灯，如同拎一瓶酒。他走两步路，站下想一想，打一个嗝。青蛙拼命喊叫，告诉他回家的路，但他听不懂。夏夜，马灯是村庄开放的花，彻夜不熄。马灯的提梁使它像一个壶，但没有茶水，只有光明。马灯聚合了半工业化社会的制作工艺，在电到来之前，它是有性格、有故事的照明体，它是移来移去的火，是用玻璃罩子防风的火苗之灯。它比蜡烛更接近工业化，但很快又变成了文物。马灯照过的模糊的房间，现在被电灯照得一览无余，上厕所也不必出门了。

针

像母亲牵着孩子的手,穿过厚厚的云层。对往昔的追念,让人凝视那些斑驳的岁月,让往事像花朵一样开放,使我们看到静置在老日子最下面的那些东西,包括母亲手里的针。

针拿在母亲的手里，当母亲把目光转过来的时候，是关于“家”的最贴切的油画构图。妈妈目光柔和,拿针的时候,她的面庞和姿态告诉人,什么是宁静安详。当母亲专注于膝上一件衣衫的连缀时，把这个画面和其他专注的事情相比：医生专注于伤口,账房先生专注于算盘,士兵专注于瞄准……让人觉得天下最为柔顺善良的人,莫过于母亲。

针在家里是最小的什物,因此母亲藏针的时候最为认真,不是因为它珍贵，而在于它太容易丢失了。这一枚光滑尖锐的利器,却丝毫没有兵刃的悍意。它在刀剪的家族里,也是一个女人,身后总带着索拉。那些绵绵的白线,被它缝在被子、补丁上,像一串洁白的、小小的足印。在家的王国里,针线与棉花布匹生活在一起,一起述说关于夜、体温和火炕的话语。这些话被水洗过,被阳光晒过。阳光和水的语言被远行的孩子带到了异乡。

我回想下乡和结婚的前一夜，母亲都在灯下缝被子。我想起,那些棉被是早已缝好的,她又拿出来,加密针脚。加密针脚并没有特殊的用途,谁都不会盖坏一床被。但母亲所能做的只是这些了。在命运面前,她并不能做什么。儿子虽然是自己的,但仍要被命运之手领走,领到远方。母亲的语言与针线的语言一样,绵绵密密但朴素无声。当孩子远行,当柔软的棉被和线一起到达终点的时候，母亲的手里只剩下一根孤零零的针。

妈妈把它小心收起来，放在炕席下面，或别在布包上，针尖向里。其实儿子大了，已不在身边，已经不用担心他淘气玩耍，刺破手尖。

现在年轻的家庭，恐怕已经找不到针了。城里没有针，没人缝补旧衣。年轻的母亲为孩子准备的是成摞的买来的衣服。在城里，和针一起失去的，还有朴素的诗意和许多难忘的场景。

门

如果说，摇篮是童年的象征，一杯热茶是温暖的象征，火车启动时车窗上握紧的手是友情的象征，家的象征，是——

门。

门的朴素的脸上，写着我们的寄托、欢喜和庇护。在心底抹不去的记忆里面，清晰地记得门的表情。

当受了委屈的孩子，从外边跑回家，双手刚刚拍到门上时，便开始大哭。在这里，门划分了“他们”和“我们”。从门开始，生活呈现的是另外的世界。

儿童初窥世事的时候，用肩膀倚在自家的门上往外张望。仿佛那边是海，这边是岸。

在暗夜里回家，推开门，先看到母亲在油灯下抬起的脸，她咬断缝衣的线，从锅里端出温热的饭菜。后来，我想到母亲时，白发、端碗的浮筋的手，和门上木纹的肌理叠印在一起，在乡愁的心海上幻化。

靠在家的门上，可以痛哭；可以蹲在它的脚下，以指尖蘸唾沫翻小人儿书；可以用粉笔在上面画线，看自己长了多高。推开门之后，传来“吱呀”的回应，这是家的歌声。站在门边上，如同站在父兄的脚下。

在特殊岁月里，父亲被拘押。母亲“办班”，每天深夜返回。那时，我和姐姐常常夜深了还不敢睡觉，在被窝里等待敲门声。轻轻地拍门的声音，使我们在无数夜晚一跃而起，抢着给妈妈开门。那时候，开门就有妈妈。

有一年，我们全家从“五七”干校返回，使我眼湿的是看到了我家的门。它淳厚，蓝漆里面隐约透出地图似的木纹，像老友一般蔼然。我感到，对家的渴念，包括秘密与惊喜，都包含在见到门的最初一眼里面。

离家远行时，回首，目光流连的地方包括家里那扇门。我们从外面所能看到的家，只有门。

如果回家，阔别之后的柔情会在抚到门的那一刻被激发。拍一拍它，心里蓄足期待。门的后面，包括门，是我们的家。

墙

命运选择那些土垒在一起，堆为泥墙。它们的躯体就是它们的肩膀，它们没有四肢，只有肩膀。

泥土肩扛自己的兄弟，对垒雨、对垒北风、对垒最强大的敌人——时间。风拿这些土已经没什么办法，它们是墙。

北方有望不尽的墙，它们是院子的边界，是房的框架。灰白色的墙被风刮走了皱纹，墙是村庄最老的老人，是家的外壳。

我去过的一些遗址，如辽上京、准格尔汗国故城，那里一无所有，却留存着当年的墙。所谓断壁残垣说的也是墙。人早没了，繁花胜景没了、屋顶没了，却有墙。它们是一些低矮、毫不起眼、凸起于地面的泥土屏障，但非土丘，而是墙。在好多遗址，砖垒和石垒的城垣瓦解了，砖石没了踪影。土墙依旧在，长在大地里，土与地的联系比砖石更紧密。

我觉得墙上长着眼睛，没有一堵墙不在向外看、向里看。荒野上的人远远看见一处院落时，院墙和屋子的墙早就看到了你。就像藏在草丛里的动物早就看见在道路上行走的人。墙的眼睛细长，它在风里眯惯了眼睛。它打量过往的羊群、骆驼队、独狼和流浪的人。墙认识自己的家人，它虽然不能动，却想像狗一样扑过去，围着家人转上几个圈儿。

房子上有墙的眼睛，看人度过几辈子。墙看到孩子在炕上翻滚成大人，看他们在炕上拉屎撒尿，吃饭喝粥，娶妻生子，数钱吃肉，然后卧病蹬腿。墙看到的人是炕上的动物，像人看羊圈里的羊。墙看人在土屋里高兴、流泪、讲理和不讲理，看见人在欲望里轮回，既相信真理又依赖愚昧。房子不过是四堵墙，用木头和泥巴做屋顶挡住夜空和雨水。开窗射进光线，开门出入家人。人垒起这四堵墙就不愿意拆掉，墙窒碍了人的脑子。他们把好东西搬进来，把钱放在炕席底下。垒墙的人不如住帐篷的人自由。帐篷的墙是毯子和布的帐幔，在风中鼓动。墙僵硬，墙与时光死磕到底，墙被人扒了屋顶和窗户还是墙。墙的土一旦当上墙，就再也长不出庄稼，开不出花朵，吸收不了水分，不再与季候一道度过立春、雨水、惊蛰与清明。墙年纪轻轻就成了老人,墙只会站立,墙做的事情是阻挡。

墙是一堵干燥的泥巴所宣示的领地，墙里墙外裁定财产与情感的归属。墙怎么能建立一个家?人的心念从这堵干燥的泥中穿来穿去,干燥的泥没办法让人心安稳。墙让流动变成静止,让目光停留在土上。人年轻时都有过拆墙的念头,年老了都想把墙加高。墙是人所需要的泥土的皮肤,人待在自己家里,穿着墙的皮肤入眠。人一方面盼望自己的思想如水一般自由流动,另一方面筑立更多的墙把自己与他人分开。仰视一座摩天高楼,想不出楼里有多少堵墙。人们在一堵堵墙里悲欢离合。人的终身伴侣是什么?不是人,而是墙。人类最早广泛应用的发明是墙而非其他。

乡村的墙头是鸟儿和小猫的乐园。小猫在墙头袅袅行走,俯瞰下界,不让君王。鸟儿成排站立墙头创造风景。我尤怜惜那些墙头的青草,命运让它们在这里生存,得到最少的雨水,迎接更多的风。墙头草觉得自己是勇敢的卫士,为主人看家护院。青草从来匍匐于地,而墙头草高出地面五尺。人把墙头草当作贬义词使用完全是强词夺理,草随风势伏堰乃自然之道,怎么是机会主义？用自然现象比附人是语言的通病。

信息时代在拆除什么?它在拆一切墙。有人看到了他平时看不到的东西，有人暴露了他不想暴露的东西。墙不仅是疆域领地，墙还是等级和智愚的分野。人弄不清自己脑子里有多少堵墙,人一边拆脑子里的旧墙一边建新墙。在许多情形下,墙就是强,强权、强大与强势。东欧旧政权解体后,人们推倒柏林墙绝不仅仅是一个象征。互联网是人类历史上最大的拆墙手,它把墙的强大化为粉末。失去墙即失去阻隔，也失去庇护。墙是立于眼前的四壁，墙将永久存在，它是伟大的分类法，是秩序与安全岛。墙是囚禁，墙是红杏的梯子。

碗

碗的事也不是小事。以前上别人家吃饭——吃馆子是这几年的事，二十世纪八十年代末期，人们才普遍下馆子，然而这是说我老家——吃饭的人来到别人家，居于席前，先看碟子碗。看啥？家境荣枯，盘盏系于一半。细瓷为好，细瓷而又成套的碗，表明日子过得已经发达。

飨饭多在正月。互相请，真个是人人为我、我为人人，互济会。在风和日丽的正月，谁家大白天不晃晃悠悠踱入一大帮食客，用上海话讲是“没面子”。这帮人穿着呢子大衣，穿风衣，戴礼帽，戴人造毛的水獭皮帽，过本命年的人从裤脚和皮鞋间露出鲜红的袜子。他们高声问候，四邻俱知。主人惊喜地出来迎接，其实相互见过八百遍了。但这是过年，是请客。“客”字在吾乡读“且”，上声。“且”们带着一肚子关于这顿酒菜的美好构思，晃晃悠悠进院。入门，夸赞主人家里干净，对过年新添的摆设表示惊讶，说着说着入了席。

一入席，筷子碗都摆上来，叮当清脆之声入耳。一盘子鸡，一盘子鱼，一盘子扣肉。上述为“硬”菜。其余的，为表丰盛，其格式如“×炒×”，即肉炒芹菜炒白菜炒角瓜炒黄瓜炒白果炒柿子炒菠菜炒咸菜炒辣椒炒豆角炒韭菜炒疙瘩白，前边的肉炒后面各类蔬菜。满满一桌子，丰盛，毕竟过年了。这景象让“且”高兴。菜在过年时的主要功能是观瞻，谁没吃过菜？这些日子吃都吃不动了。但，菜少了不行，不热情，甚至不吉利。不富裕就是不吉利，炒这儿炒那儿证明富裕着呢。

“整两拳？”

“整两拳吧。”“且”们问答。

拳不是泰拳与太极拳，更不是猴拳，乃酒戏。把食指、中指、无名指在“×炒×”的上方伸缩弯曲，口爆数码，输者笑嘻嘻地喝酒，再划。碗们，在桌上仪表堂堂。即便不是新碗，也被女主人用碱水洗得干干净净。碗沿儿有两道蓝杠的粗碗、描画富贵花卉的细瓷碗，更富的人家里，碗绘金边儿，即如今微波炉禁止使用的那种。在席上，你看吧，盘拱鸡鸭，碗中清虚。一看，盘子是为碗服务的。碗上担一双筷子，尊贵。这家人无论怎么忙乎，切菜、剖鱼、下饺子，都是为了进入这个碗。再往大了说，人辛苦一年，为的是碗里要啥有啥。

碗舀日子。端起了碗，就得让日子过下去。多难也得过，啥空也不能让碗空了。你看这小碗，一下一下，盛走了多少光阴岁月，掏尽了多少座尖尖的粮仓。人回家，端起碗说的是家常话、老实话，向家人吐露。碗在装了那么多粮食之后，也装了不少的话。有碗，就有绵绵不断的生活。对我来说，用不惯自助餐的金属托盘，也不爱用方便饭盒。我就爱端碗，左手端起碗，右手攥一双筷子，心里踏踏实实。这情景是人一天中最好看的姿态之一。

擀面杖

用擀面杖擀牙膏皮的时代过去了。

擀牙膏皮是为了节俭，用手捏挤不净的残余牙膏，用擀面杖在案上一滚之后，牙膏皮挤板整了，余膏全聚集于前。这时，把牙膏皮折成三叠，继续使用。

擀面杖是北方人擀面条和包饺子用的，多用枣木制成，有长短两种。贩子们将其他杂木制成的擀面杖漆红油，也谎称“是枣木的”。有人还用擀面杖打孩子，但擀面杖只是他们追赶时握在手里的一种威权，并不能下手。在乡下，打孩子较好的工具是鞋底子，既痛又不致残，往屁股上拍。当坐在炕头上的父亲怒上心来，咬紧牙根啐骂“我×——你个……”的时候，已经动手脱下一只鞋；当他最后骂出“妈”字时，那鞋已“啪”地落在孩子腚蛋子上，孩子身体向前一弓，仰面“哇”地号起来。

寡闻。哪儿有那么细的擀面杖，说高粱秸还差不多。

在那个年代，用擀面杖擀牙膏的仍是少数人，因为在那个地方多数人都不刷牙。想刷牙而企图更节省的，就用牙粉。没有钱但真正懂得卫生常识的人，用盐水刷牙。

我小时候刷牙，以为这只是为了牙齿洁白好看，所以只扫前面的大板牙。把后槽牙刷了，人家也看不到，岂不可惜。乡人说：“你看人家猫狗从不刷牙，牙照样白。”猫狗的牙的确雪白无比，且无龋齿，狼也是这样。它们是肉食性动物，无牙垢。咱们杂食，尤其常喝玉米面粥，不刷牙哪儿能行！

鞋

很久没见一边走路一边磕鞋的人。

除非在乡村大路。高高的杨树如用鸭蛋青绸子裹住躯干，在薄薄的蓝天下，点染静谧的繁华。

道是走不完的。乡间的行者不像城里人双手插在兜里，他们手里要拿一样东西：锄头、锹、一篮子鸡蛋。这些东西无论在肩上、肘弯还是手里，总催人快行。

说不准哪时，有人站下，扶树，脱下一只鞋磕土，甩出土来；勾着脚，手掌托鞋，平端眼前，看里面还有没有土。

钻进鞋里的，是新鲜湿润的活土。这人贪图近道从麦地里走过，从蝴蝶翻飞的菜地走过。暄软、被太阳晒得扬扬得意的土，钻进鞋子，给他洗脚，跟脚趾玩捉迷藏。这土香，有肌有肉，不像死土——城里随风旋走的浮尘。乡村的土在鞋里被踩成泥箔，这是磕鞋的人眼里看到的，裂成片儿，磕出鞋外，撒在砂石的乡村大道上。鸟儿在树上盯着这些土片惊讶：土怎么上这儿来啦？而行路人的身影远了，和庄稼融混一遭。

磕土的鞋不会是皮鞋，也没有阿迪达斯。家做的，由母亲或嫂子一锥子一线纳出来的鞋，才会钻入黄土。她们用锥子在鞋底钻眼儿，是一个女人所用的最大力气。在乡村，你看哪家针线笸箩里的锥子把不像白金一样闪闪发光。麻绳穿过鞋底的时候，以手拽，用牙咬。就此，鞋底子写满了密密麻麻的字。这些密密麻麻的字，闪着棕白色的光，最终伏在庄稼人的脚底板下。你说庄稼人怎能不风雨如仪？这是亲人给你挂的一副掌。

旧时的游子远行，行囊只有斜系在背的一双新鞋。脚下一双，背上一双，天涯就这么走了过来。睡觉前，珍惜地脱鞋，对合枕在头下进梦。梦里有蝈蝈声、蛐蛐声、公鸡打鸣与柴火毕剥声以及老母亲没有拢住的那绺白发。

养蜂人

当城里人为夏夜的溽热辗转反侧时，养蜂人早在星月之下的窝棚里盖着被子入睡了。风把露水的凉气收入山谷，三伏之夜，凉可砭骨。在城里所谓桑拿天的早晨，养蜂人于黎明仍然披一件薄棉袄。人多的地方发热的是人，人少的地方清凉来自草木。

早晨的白雾退去，茂密的苜蓿草里露出蜂箱的队列，褐色的木头被露水打湿。蜜蜂等待阳光照亮山野之后才飞出箱子，露水打湿了花蕊，蜜蜂下不了脚。露水干了，太阳把花晒出了蜜香。

养蜂人戴着网眼护帘的斗笠，开始放蜂、取蜜、换蜂蜡，蜜蜂成团飞在空中。齐白石画蜂以清水晕染蜂翅，每每说“纸上有声”。对蜜蜂小小的体积而言，它发出的噪声相当大，跟小电风扇差不多。那嗡嗡之声和里姆斯基-柯萨科夫的《野蜂飞舞》并无二致，野蜂的翅鸣声更大。

养蜂人穿的衣服并不比麦田稻草人身上的衣服更讲究，比草木的颜色都暗淡。在山野里，劳动者比草木谦逊。山野是草木的家，人只是路过者。没人比养蜂人更沉默，语言所包含的精致、激昂、伪诈、幽默、恶毒和优美在养蜂人这儿都没有了，语言仅仅是他思考的工具，话都让蜜蜂的翅膀给说完了。

养蜂人从河里汲水，在煤油炉上煮挂面，没电视。我一直想知道十年不看电视的人是什么样子，他们的心智澄明。电视里面即使是最庄重、最刻意典雅的节目，也是造作的产物。电视对一切都在模拟，不仅新闻在模拟，连真诚也是模拟和练习的产物。而养蜂人一生都围着蜜蜂转，心中只想着一个字：蜜。

天天想蜜的人生活很苦。他们被露水打湿裤脚，在山野度过幽居的一生。他们知道月上东山的模样，见过狼和狐狸的脚印，扎破了手指用土止血，脚丫缝里全是泥土。他们熟悉荞麦地的白花，熟悉枣树的花，熟悉青草和玉米高粱的味道。他们身旁都有一只忠诚的老狗；他们把一本字小页厚的武侠书连看好几年；他们赚的钱从邮局飞回老家；他们不懂流行中的一切时尚；他们用清风洗面，用阳光和月色交替护理皮肤；他们一辈子心里都安静；他们所做的一切是换来蜜蜂酿的、对人类健康有益的蜂蜜。

媒体说，几乎所有的蜂蜜都是假的，用白糖和陈大米加化学添加剂熬制而成。

可是蜜呢？蜜去了哪里？没人回答这个问题。

乡村

乡村里仓房的大门打开了，准备好一切
收获时候的干草载上了缓缓拖拽着的大车
明澈的阳光，照耀在交相映衬的银灰色和绿色上
满抱满抱的干草被堆在下陷的草堆上。

这是瓦尔特·惠特曼的诗(楚图南译)。每次读到这里,我都急于披衣穿鞋,到门口去迎这样一辆大车。

乡村的丰饶与芳草，被这样一辆大车满载着，摇摇晃晃而来。所有的譬喻,在这儿都可以成为现实,节日、早晨、露水、星星、父兄、故乡,它们都是可以“满抱满抱”的,不会使喜欢这些词语的人失望。

我是一个在城里长大的人,但无比喜欢乡村。我常常为别人指我为“一个在乡下长大的人”而感到宽慰,仿佛又呼吸到了干草甜蜜的香气,头上曾经顶过无数的星星。

我认识一些人,在乡村长大却急于批评乡村。他们以贫穷为可耻,为自己童年没有上过幼儿园而羞愧。贫穷固然可耻,但光着脚在田野里奔跑,不比在幼儿园更益智更快乐吗?在乡下的河边,双脚踩在像镜子一样平滑的泥上,十趾用力,河泥像牙膏一样从趾缝清凉细腻地涌出,岂不比在幼儿园背着手念“b、p、m、f”更高级吗?

乡村可以改变人生。我惊异于两年的知青生活对我的颠覆性改变。这样的改变在开始并没有显示出来,随着年龄的增长,“乡村”像一个次第发布指令的基因程序一样,越来越使我成为一个标准的文本。从照片上看,我的身态骨架,包括表情,都像一个北方的农民,好像手里已经习惯拿着镰刀或赶车的鞭子。而坚忍、吃苦、好胃口以及顽固的幽默,也由乡村深深地浸入我的骨子里,这使我在今天无论遭遇怎样的蹇促,还都能够忍下去,并保持明净的心境。我感谢乡村接纳了我这个孩子。

有人认为知青怀想乡村是一种矫情，是贵族式的浅薄地歌颂田园风光以装点无聊的生活。对我来说并非如此。我不知道是否每一个知青都在内心默想过乡村的土地。对知青来说，苦役无异于噩梦。我在乡村经历过的生理上的苦楚，到今天仍然是唯一的。在夏日正午近四十摄氏度的高温下耪地，人变成了一个刚刚能呼吸、能机械移动的动物，脑子里一片空白。而冬季的寒风可以把人脸冻得用手一碰就是一道血口子。然而我还是怀念乡村。当我在电视里看到农人到粮站排队卖粮的表情，我同时忆起了粮站周围庄稼发出的气息，那是叶子宽大的玉米的气息，比草多一些甜味，比河流又多出一些土气。在夜里，在蛙鸣和蛐蛐的歌唱中，这些气味会和落日、马粪与炊烟融合在一起，变成令人难忘的甜蜜而忧伤的印象，久存心底。

农人言语简净，一语多头，透着十足的幽默和狡黠，使人感到开朗中的曲迂，如飨享村民的宴筵一样。你感到他们的语言中具有永远学习不尽的丰富隽永，意味深长。听他们说话，像走在乡村大道上，一路览阅草尖上的露珠、高粱穗玛瑙般的密集、白杨树的朴素和渠水的清凉一样。

乡村无尽，只有上帝能够创造乡村，而人类创造了城市。虽然蛰居城市多年，我始终没有闻到乡村早晨、中午、晚上和夜里的气味，闻不到乌米、烤马铃薯、井水的味道。而我下乡那个大队米面加工厂那头小毛驴发出的亲切的喷嚏声，也是近二十年来我在人群当中从来没有听到过的。

石屋是山峰的羊群

山巅的夜色比平地薄，也许离星星近，夜色被银河的光稀释了。脚下的石板仍清晰，缝隙像墨勾的线。树上的柿子深灰色，灌木如国画堆起来的焦墨，石板路留白，斜着通往上面的屋舍。太行山白天黑夜都像水墨。阳光下，危崖千丈是皴法，大笔皴出石壁和悬松。入夜，山村如晕染，纸上留了更多的水分。石屋石墙的棱角显出柔和的轮廓，这是淡墨一遍一遍染的，树用焦墨拉一下就可以了。我在下石壕村转悠时脑子想这些话，好像我是个画家。然而我不懂绘画，借国画技法状眼前所见，说个意思。

夜空上，星星大又亮，一部分星星被山峰挡住。走几步路，星星从山后冒出来，它们好像在旋转。这么大的星星如白锡做的铃铛，本该挂在天马脖子上，如今藏在了太行山的身后。我暗想，即使最小的一个星星掉下来，落在山上，也会叮叮当当响一晚上。

坐在木墩上远望，天黑什么都看不清了。山峦刚才在红和蓝的天幕下凸现轮廓，眼下色彩尽了，山退隐。仅存一点光线时，雾（实为云海）从山谷汹涌地挤过来，挤进村子后显得薄了，赶不上蒸馒头大锅的白气密集。雾待一会儿跑了，可能嫌村里太静。村里的石屋构造朴拙，一排房子在山的衬托下显得很小，只是人手堆起的一处居所，山是老人。石屋如同山峰放牧的一群白羊。

村民从我身边走过去，去村口的大石亭。石亭能装十桌人吃饭，四面见山，亮着红灯笼。山村静久了，多亮一盏灯、多一个人大声说话，就添了热闹，何况石亭亮起十几盏灯笼，红纱官灯。从身边走过的是妇女和老人，这个村和中国所有村庄一样失去了年轻人，他们离开土地去了水泥地，遭长途颠簸和出租房的罪，赚现金。中国没那么多耕地让他们耕种。灯光下，妇女和老人站在家门口向外张望，越显出房屋院落的寥落。村里大部分儿童去山下学校读书。东奔西跑的精灵不在家，村里更静了。石亭的红灯笼一亮，村民的心活了，来看热闹。

夜色浓重，看山不是山，是深浅不同的墨色。头上一条小路是石片垒起的，七八米高，石片中间钻出树，直径超过五十厘米，拐弯向上长。有的人家窗下横挂着木梯，这里家家离不开梯子，不是上山是上房，晒柿子、花椒和玉米。木梯子被风吹雨打变成白色。墙上标语隐约可辨，有一条是“生女也是接班人”，另外一条是“女儿也传种”。这两条标语说的都对，尤其后一条。人种都从女人那里传过来的，没别的途径。

“呜哇哇——”音乐响起来，自石亭那边。这个音乐是录音机放的，类似大型文艺晚会的开始曲。我想下面该出主持人了。果然，一个女声用央视春晚的声调说：“各位领导、各位来宾，女士们、先生们，大家晚上好！”

我一边往那边赶，一边在心里给她续下边的词：“中央电视台平顺分台下石壕支台春节晚会现在开始！首先宣读海外华人和驻外使领馆的贺电……”但大喇叭里的女孩子说的是另一番话：“九月太行，是丰收的季节，苍山披翠，大地金黄……”很有文采嘛。我趋近石亭，见亭里坐几桌游客，服务员化舞台妆，穿性感纱裙往上端煮鸡蛋、烤马铃薯、炖鸡和柚子大的白面馒头。端烤马铃薯还用化戏妆吗？服务员眼角画进两鬓里，如花旦一般。后来知道，她们是演员，兼服务员。

主持晚会的姑娘个子不高，没化妆，像城里人。她流畅地把太行山的人文地理介绍了一遍，宣布演出开始。服务员如仙女般手转扇子跳起舞来，伴奏带是央视经常放的大歌。仙女跳完，主持人又把吃的东西介绍一遍，是一些在其他地方吃不到的山货，诸如鹅卵石炒鸡蛋、清蒸南瓜苗、酱伴花椒嫩芽。仙女们换了另一身衣服，再跳舞。刚才是水红色短衣短褂跳扇子舞；现在是白裙搭青罗条，跳贵妃舞。主持人再上来，说："哪位嘉宾唱歌？"一位游客大大咧咧上来，用闽南话唱"敢拼才会赢"和普通话的"天路"。仙女们换短打扮，唱上党梆子。

这家伙，小山村热闹啦，音响师用最大音量放音，唯恐群山听不到。村民们都来了，安静地站在石亭下面观看。他们全神贯注，表情十分满意。这时候你就知道文艺的重要，它是心灵上的银铃铛，有人摇一摇，心里才满意。演出很快结束了（节目少），音箱发出深情的"难忘今宵"。主持人用央视的腔调说："难忘今宵，难忘太行，星光为我们指路，友谊是最美的琼浆。"音箱转放苏格兰民歌——"友谊地久天长"。

村民对主持人的文雅词语很满意，有人说话他们就满意，都是吉利话。苏格兰乐曲在太行山巅回荡，我问主持人是哪里人、演员来自何方。主持人告诉我，她是大学生村官，担任村主任，服务员和演员都是这里的大学生村官。这些女孩子来自长治、潞城、太原，她们在这里服务几年，可以留下，也可以考公务员，给加分。她们中有警校生、矿院生和师范生。问年龄都是十九、二十岁，刚刚来这里。我才来，已觉得雄浑的大山需要她们的漂亮衣服和容貌，这些活泼的小村干部让太行山感受到了青春的活力。

雾散了，树叶滴水

凌晨醒来，是因为屋里进了雾。昨晚睡觉我敞着门，听雨声，让雨制造的“负氧离子”进屋来，这东西的催眠作用比酒精厉害。

我住的这个石屋位于太行山百丈悬崖上面的下石壕村，坐车穿行凿崖公路几十里后到达，辖属山西省平顺县。

山村奇静，我不知这里为什么没公鸡。村里的劳动力都下山打工去了，公鸡也下山了吗？日月升降无声，白雾来去也无声，这里只有雨声。昨夜有雨，敞门入睡如同听到一场雨在太行山顶的音乐会。其实雨也无声，人听不到雨丝划过空气的声音。耳边是雨敲击柿子树叶与核桃树叶的唰唰声，前一拨雨才落脚，后一拨雨又来了，雨水从屋檐滴在青石板上响声清脆。我仔细听其他“乐器”的奏鸣——雨打在倒扣的木盆上，滴在窗户的塑料布上，洒在菠菜叶上混成交响，落在门口的沙子里无声。

一觉醒来，窗棂微微泛白，我先回忆这是哪儿。每次出门睡醒时先回忆自己到了哪儿，也有回忆不起来的，起身到窗边向外看看才知道身在何处，在德国就是这样。看外边，雨停了，屋里进了雾，怪不得被子泛潮。床边的雾约有半尺，遮住了鞋，但床头柜的衣服还叠在那里。我大喜：吾榻拥云，有成仙迹象了。欲拍照——我躺床上，床下雾气缭绕，证明成仙并非自吹，照片在这儿——但我独宿，没人给我拍，可见成仙真不是容易事。洗完冷水浴，穿衣出屋，步入雾的世界。雾横着飘，一块块有锅盖或棉被大，相互牵扯，悬地二尺半，照顾你看清脚下的石板路。

在村里走，迎面来人从雾里现身。如有扛刀的坏人来到，近前三五米从雾里出现，想跑也来不及。这里没坏人，都是好人，他们朴讷敦厚。早上吃饭，四五个老乡拿着客人丢失的手机钱包送过来，客人瞪大眼睛感谢，说："你们拾金不昧啊！"老乡不以为然，他们在心里说：谁的就是谁的。

从雾中淡入的不光有人，还有树，树的叶子被雨水洗得发亮。雨早停了，但树叶还滴水。雾的分子在溜光的树叶上待不住，索性化为水打滑梯落到树下。苹果和枣在雾里现身，它们红得不一样。苹果紫绿相间，枣鲜艳。拇指盖大的枣在白雾里鲜艳，像树上挂的红宝石。

村里的建筑全系石材，石板路和碾子在雨后黝黑反光，三个石碾子并列。到秋天，村妇在碾子旁碾谷说笑，是热闹的地方。屋顶的石片白光错落，野草在石缝中摇曳。人走在窄窄的石巷中，身旁被雨浇黑的石墙垂下桃形的牵牛花叶子，绿得鲜嫩。带绒毛的花蔓依在石头上，如婴儿偎在祖父身边。可惜牵牛花还没开花，喇叭花如开放在水淋淋的黑石旁会有多抢眼。人说心想事成，有时会灵验。再走几步，在墙头上见到一只大南瓜，它的橙红，比喇叭花和红灯笼还明亮。南瓜像一百个橘子堆成的果篮，只是外皮有几道绿痕。南瓜摆在这里，仿佛是为了美术的需要，扫去石屋的沧桑气，让雾不显得闷。

往前走，雾散了，或者说雾退到对面的山峰。山峰开始一点点清晰，笔陡的石壁白垩色，峰上存土的地方长出苍松。苍松沉黑，成了悬崖的冠冕。雾越消退越露出壁立千仞，脚下云海仍是见不到底的深谷，太行山更显雄峻超拔。有人说一座山是一处关，太行是万壑千关，只有云海相伴。云海上面藏着一个小山村，牵牛花在石墙上悄悄伸出蔓丝，枣在雾里微红，雨水洗干净石碾沟槽中的米糠，树叶缓缓往下滴水……

在水上写字

傍晚，群山在白雾的包拢下退到了远方。刚才下雨，雨不知停还是没停。我的意思是说雨丝和雾汇合了，见不到成串的雨点，但树叶在滴水，雾气越发浓。

这里是山西省平顺县境内的太行山，我在下石壕村。村庄建在峰峦之上，我们坐车经过九曲二十八弯的凿岩山路才来到这座三十八户人家的村子。村名下石壕，像唐代的名字。几年前，有急于上位的领导把下石壕改为岳家寨。领导怕听到“下”这个词，越（岳）胜于下，更胜过下石和下壕。这是官员的迷信，虚妄之心没有不依赖迷信的。山村不大，往四面看都是比肩的山峰，才知自己立于山巅，此处乃太行之巅。

雾气徐徐侵来，缓缓消散，好像被吸进了地里。梨树、枣树从迷茫中渐渐清晰，露出肥硕的绿梨和青枣，好像是雾让树孕育了梨和枣。有只梨从枝头落在石板上，“啪叽”一声。我第一次听到熟梨落地竟然会“啪叽”，它躺在地上，绽开白果肉。让梨开绽的不是牛顿的万有引力定律，是它自己熟透了，像女儿大了要出嫁，果肉要坐在石板上看四外风景。枣倔，藏在高枝等着竹竿敲打。村里没人打枣，青壮年劳力都下山打工去了。

雾散了，我像迷路的毛驴一样在山村里转。村里没有一瓦一砖，房子和道路全用石条石板造就。看不出房子盖了多少年，斑驳的石头搬来垒屋，依旧斑驳，说房子是明代建的也有人信。青石瓦片在雨后如砚台般细腻，含蕴花纹。一棵椰树直立云霄，树龄越千载，大人无法合抱。树身红铜色，遍布铜钱大的凹痕。村人视此树为守护神，他们的祖先已于唐宋元明清逝去，留下这棵树。此树曾和先人相伴，村人对树露出虔诚的笑容。这个村的街道有如迷宫，在巷子里穿来走去，不知谁家挨着谁家。刚看到一个穿红衣的妇女在东边晾花椒，转一下又见她在西侧晾花椒，浑似双胞胎一齐晾花椒。

说话间，雾又来了，房子被童话一般的雾收走，只露出脚下的石板路。不出五分钟，雾又赶路了。一位老汉双手插兜站在一人高的石街上看我，没表情。他身后的房子用红油漆写着"八路军藏金银处"。八路军不光有作战处、政治处，原来还有藏金银处，在山巅。雾又来，再散，我已经走到一个大石亭边上。亭长方形，立八根石柱，似会议室，四壁皆空，可观八面山色。亭子下面有厨房，这里是村里的人民大会堂和国宾馆，开会开招待会用。在这上面吃饭，比菜肴更合口味的是环绕的山色。谁想吃太行山、吃云海、吃星辰月亮就上这儿来吧——平顺县下石壕村。还有什么吃的我不清楚，还没开饭呢。

再走，过小石桥，见七八岁儿童趴桥上，用树枝点水。我问："干啥呢？孩子。"他不抬头回答："练字呢。"啊？这排场太大了，在一条河上练字。我蹲下，看他用树枝在水面画横、画竖、画撇捺。人说画沙无痕，水痕比沙消失得更快。我说："你写个太行。"小孩儿站起来，伸臂写"太行"。我只能说他写了好几层涟漪，看不到字。这时水面金红，这肯定不是小孩儿写的。抬头看，雾里涌出夕照，红光从黑黝黝的山峰肩膀迸射，洒在河上的只有一小部分。小孩儿的树枝一笔笔划破了金痕，我抢过小孩儿手里的树枝，在水上写个“人”，又写个“大”。字没留下，树枝挑出一根水草，小孩儿哈哈大笑。

夕照里，村里的屋顶鲜艳夺目，白石房变成玫瑰红，黑石房有乌龙茶的金绿。一恍惚，觉得这里是仙境吧，我还没修炼已经成仙了？“开戏了！”孩子说。石台上那座方亭子亮起了灯笼，长而圆的宫灯，有演出了。

黄姆村

村子在深山脚下，公路修到这里为止，尽头是一个水库。水库呈元宝形，有一道一百米长的坝。我每天早上到坝上跑步，然后观望。那时是六月，每天早上下细雨，雨丝比蜂蜜拉的丝还细，用黑色的衣服遮挡才看到亮晶晶的雨线。水库似深潭，翡翠一样深绿，环绕对面的山峰。白色的水鸟张开比身子宽几倍的翅膀飞行，像为水库遮雨。

站在坝上看村里，有十多幢小楼。这里并没因为山清水秀而贫困，村民家家有楼。我问过，小楼连盖带装修都是五十万元以上的标准。这些楼房只在绿树里冒一个尖，村庄藏在树丛里，空气里含着翠绿。村里西面水库，其他三面皆青山，长满翠竹。竹子和松与梅不一样，它长得密密麻麻，山被它们长得连一点儿站脚之地也没有，远看，篁竹的梢头一团团摇动，似金凤点头。此地形如碧绿的龙首,水面是伸出的龙舌,村庄蹲在舌根。不通风水之人,也看出这是一块吉祥地。

村庄真是小,十分钟可以转一遍,初转时,家犬在各户门口朝我叫喊,转第二遍就有几只犬追随我巡视,我成了队长。说到工业,这个村只有一处碾米厂、一处桶装水厂,不妨碍环境。这里的清幽洁净,不是什么妙手偶得,而是有意为之。因为水库是水源地,村里刻意封山育林,不对外招商,这里是维护得来的世外桃源。

从大坝下来,见一人在菜地里拾掇。也许村里人太少,这人见我主动招呼,第一句竟是"我是杭州人"。他身穿晒白的红球衣,手脚粗大。怕我不信,他又加了一句"我是城里人,在这开了个水厂"。他指指身后。

我说:"你家保安对人大喊大叫不好。"他问:"哪一个?"我说:"穿黄皮草那个。"他抬头思索:"哪个穿黄皮草?"

我跑远了,看他手拄锄头,还在思索"穿黄皮草的保安"。第二天,他大笑,明白我说的是他厂里的大黄狗。

我住在村中的山庄里,朋友李坚在山庄有一处别墅,邀我到这里小住。偌大的山庄有湖、有塔和大佛。庄里只住两三个人,小猫成群蹿来蹿去。山庄管理员阿勇和小莲给我做饭。早上,见到阿勇拎小筐在竹林挖笋,他身边是此起彼伏的林鸟啼鸣。我爬上小山,闭眼躺在石上听鸟啼,辨识有多少种鸟儿歌唱。一怔,才知自己刚才睡着了。

我对美丽村庄的期待是:一,它要小,十多户人家就好了。不会因为人多而嘈杂。二,它有水。水是村庄的灵魂,正像草地是它的衣服、鲜花是它的笑容一样。三，它有不太高的山，可攀玩宜远望。四，它要静，在这里叫喊的不是集市的人而是小鸟和公鸡。五，植被茂盛，野生胜过手植。六，它有网络信号。七，它具有盗贼不喜欢的地理特征，也就是位于路的尽头。八，民风淳朴。九，虽偏远但仍适于跑步。十，进城方便。第十一条我就不列了，因为上述十条在现实中是矛盾的，基本上不存在。把陶渊明的“桃花源记”抄下来当第十一条当然可以，但现实中还是不存在，是幻想。

现实中，我去过占其中一两条或两三条的村庄。我在这个村庄住了一周，它占全了我想象的美丽村庄的特征，但忘记了村庄的名字。

可是这个村叫什么名字呢？想不起来似乎不仁义。唯一的线索是村里的中巴站牌，上写——黄姥山，这可能是它的村名，也可能不是。

铁匠街的黎明

我住的地方叫阿热亚路，在喀什的老城区。

现在是北京时间 7 点，对喀什来说还是黎明。路灯还亮着，像刚刚点燃的蜡烛，衬托宝蓝色的天幕。刚刚醒来的喀什，身上还披着蓝纱巾。

阿热亚路实为一条小巷，经过老城区改造，沿街两侧的房子一派阿拉伯风情。“卡叽”这个词源于印地语，意为干枯的泥土，后转为英语的卡叽布。卡叽就是这里房屋的颜色，比杏白，比牛奶的颜色黄，像新刨出的木板的颜色。这条巷子里尽是这样的房子，高低错落，平房或二层楼房。墙砖像用木块贴上去的，细看是仿木块的工艺砖。

维吾尔人起得很早，他们把清水洒在自己门前。阿热亚路上铁匠铺密集，是“铁匠巴扎”，高鼻深目的铁匠们把自己的产品摆在门口，挂在高处。这里有一尺多高的纯钢折页，这么大的折页只有《一千零一夜》故事里古城堡的大门才用得上。还有成对的黄铜大门环，我把两只手握在铜环上，心想：一握就握住了这么多铜。门环背衬雕花精美，怎样恢宏的人家才佩有这样的门环呢？铁匠露出诧异的眼神，好像没人像我这样攥住门环不松手。我对铁匠和门环分别笑笑，松开手，同时明白，住在农村或古代的人才有可能把两扇大门安上这么好看的东西，我只不过摸一摸。

铁匠铺里摆着许多好东西，让我流连巡视却用不上。这把锋利的斧子上面刻着三朵小花，用不上。圆弯刀，用不上。木柄一米长捞肉用的铁笊篱，用不上。一个远远离开了土地、森林和村庄的人，用不上真正有用的东西。

看这些东西时，我觉得右脚的鞋动了一下，低头看，一只小鸟在啄我的鞋带，更准确地说，是啄鞋带上的草籽——昨天我刚从莎车县的乡下回来。我如此清晰地看见了这只鸟儿的小蓝脑袋瓜儿，颈子一伸一缩地啄鞋带。我想把这小鸟用手捧起来，心里说：小鸟，你让我像抱小猫一样抱一下行吗？我把鞋带（连鞋）都送你。我一弯腰，鸟儿飞走了。但它刚刚啄过我的鞋，我越想越高兴，我默记小鸟的特征——蓝脑瓜儿，灰下颏，黑翅膀，灰爪子……后来飞了。小鸟飞到西边的街上，西边的人家正捏着塑料管往地上喷清水。十字路口的黑大理石碑刻着金色的隶书字体：

坎土曼巴扎。

我悄悄走向小鸟,它不飞,步行躲开。我再追,它又躲开。这不是逗我吗?我和小鸟在街上转圈儿跑。我们俩都不飞,只跑,用绅士的步伐慢跑。我抬头,见到一个维吾尔老人正看我。他眉开眼笑,脸上满是慈祥。我第一次见到小鸟啄人鞋带,老汉可能第一次见到一个人追一只鸟追不上。老人右手放左边胸口,庄重地向我躬身,我赶忙还礼。老汉的胡子如胸前绣的一团银丝,戴一顶墨绿色的花帽,缓缓走了。他的灰风衣长可及地。

小鸟站在铁匠铺边(它可能是铁匠雇的护铺的鸟儿),我继续漫游。空气中传来木炭的气味,馕铺开始工作了。我探头往炉子里看,白胖的馕面在炉子里贴了一圈儿,炉子像一个冒香味的宝库。干燥裂纹的柳树根劈成段,垛在炉子旁。一位穿绿长裙,蒙黑头纱的维吾尔少妇走进一家卖手抓饭的店铺。在门口,她和店里的女老板互致问候,行贴颊礼。在喀什,我鲜明感受到维吾尔人的彬彬有礼,这个民族把互相尊重看作每天的大事。那些弹唱十二木卡姆的民间艺人都彬彬有礼,有歌声、有舞蹈的地方必然通行礼节,它们同是文明之树开出的花。

野鸽子在屋顶上盘旋,一个穿阿凡提长袍的维吾尔老汉赶着毛驴车走过。铁匠在砂轮前蹲着锉折页,火花从他裤裆喷出,如礼花。他戴的风镜,是我小时候戴过的——方形,由四块玻璃组成。街东的骡马客栈播放十二木卡姆音乐,民间艺人扯着嗓子演唱,而我钟情音乐里的手鼓声。独特的中亚风情的八六拍子的节奏,让我跃跃欲试,用鞋跟打节奏,把脚步变成舞步,往前、往右或往后顿挫而行。

我在这条街上走第二个来回的时候，孩子们上学了。天空露出玉石般的青白色，杨树的树干越发洁净。仔细看，绿色的小桑椹爬在枝条上，桑树的树干像毛驴肚子一样白。

乡村片段

人跟人比，比的是名誉地位。人跟树比，比啥？树沉默、天真、甘于卑下。树柔软、坚硬，敢于腐烂而不留一丝痕迹。树把普照大地的阳光保存起来，变为绿叶还给大地。树是青草、昆虫和小鸟的家。树落叶毫不悲伤，第二年把新叶举在头顶。树是水的花园，树永远在生长。

人如果活得像树那样，人人身上都有清香。

幸福？好多年前，没人说这个词。它在心里悄悄藏着，在字典里白白躺着。那些年，幸福这个词软弱，比盆景长得还慢，更不用说开花结果。现在幸福跟人们招手了。可它是什么？是吃的、穿的，是不挨欺负，是高兴，是打麻将光赢不输，是车，是房子，是没完没了的欲望吗？幸福是一辈子拉不完的单子？可能幸福没那么多，可能它是个找也找不到的东西。找吧，每个人的幸福可能都不一样。

海来了。涨潮的时候，海浪一次又一次地往岸上跑，像亲友重逢。在陆地还全是海水的时候，每寸土地都是海的故乡。海里有珍宝、有故事，海连着所有的地方。

人降生的信息，母亲最先知道；人辞世的先兆，医生最先知道。人生的大事，都是自己不知道，别人先知道。

家是啥？千里之外想家想的是什么？土坯抹泥的房子外面，有一张门板的脸。推开门进屋睡觉，敞开门下地干活儿。门天天迎接你，目送你，大月亮地里，门在外边给人站岗。

门是家的灵魂，人是门的上帝。家里要是少了一口人，门知道吗？

把身子靠在门上，听听岁月讲述的秘密。它像钟表一样嘀嗒作响。

榆树是树里的爷们儿。拧着劲儿长，跟钢筋似的。树这辈子没少遭罪，雷劈电闪、虫咬火烧，那也得活呀。有的树富贵，有的树娇柔。有的树把自己长成了石头，长绿叶的石头。榆树就这样，不开花不结果，春天一把一把地往地下撒钱，叫“榆钱儿”，圆圆的，吃着甜啊！

没见过这么大的雨，哗——哗——好比泄洪。哪儿是雨？这是老天爷的一场事故。人管天，白云散尽；天管人，一锤定音。

药进了肚子，不光到病那儿去。它哪儿都去，全身溜达一遍。病维护自己，药维护主人。它俩斗起来，不知要经过多少回合。

美丽、漂亮、好看，是仨词儿，意思一样；克服、忍受、煎熬，仨词儿，意思也一样；撤销、迁移、消灭，意思还一样。别看世界上词儿多，意思就那么几个。

词儿也有让人疑惑的地方。聪明有时候和奸诈是一个意思，奸诈有时候和愚蠢是一个意思。你看，愚蠢跟聪明又拉上了手，说不明白了。

有守国土的，有守球门的，没听说有舍命守一个村子的人。农民的眼睛里，一辈子就守望几样东西。庄稼是一样儿，村子是一样儿，再就是老婆孩子。村子没了，庄稼上哪儿种去？就像把筋抽走了。农民不是旅游者，他们脚底下有根系，在土里扎着。到了非走不可的时候，已经触犯了他们的尊严。

恨是压在心上的一块铁。心要喘息，要挣扎，逐渐变硬了，像铁一样。

怀恨的人以为报复可以带来幸福，其实幸福从来不和报复在一起。导火索引爆的是炸药，不是鲜花。

男人把爱情想象成一只鸟儿，它是自由与飞翔；女人把爱情想象成鸟巢，它是安全、牢固和温暖。

鸟和鸟巢想到了一块儿，就叫美满。

一层一层的雾，粉红如烟，笼罩山野。山杏的花，手拉手给山坡披上一件嫁娘的新衣。雾散了，山杏探头窥视春天的情形。孩子们要给仙女压轿，孩子们要为鲜花鼓掌。为什么孩子的心里装的都是幸福的事情？没有丑恶，也找不到虚假。

长大了，人所失去的不仅是快乐，更有纯真。纯真走失，虚假升堂，快乐离开了，去寻找纯真的人。

快乐并不是成长的牺牲品。

如果快乐来自内心，是来自纯真。快乐不过是幸福的花朵，纯真才是果实。

人要能重新活一遍，觉着比现在过得好。假如真的从头开始，会什么样呢？下棋的下一千盘，每盘都不重样。人生也往往如此。

肩膀抗过二百斤麻包的人都明白，越是负重，越得直腰，要不连步都迈不开。

直开腰板，肩上的重量就交给大地，人只是一个支柱。弯着腰扛东西，早晚得压成一张饼。碰着啥事儿，人别忘了直腰，“立木顶千斤”啊！

以往干部管农民没什么商量，就像农民种地也没跟庄稼商量。现在商量了，两方面有点儿不得劲儿。没在一边儿高的板凳上坐过呀！“商量”好，比“带领”“管理”“教育”“引导”这些词儿仁义。常商量就习惯了。没吃过饺子的人，刚吃饺子也不习惯，看不着肉，说烫嘴。慢慢地，过年都吃饺子了。

雨要是不在春天下，秋天指定下。一年就这么多水，下完就完了。

看一个村子有没有活力，莫过于早上站山顶看家家户户的烟囱。炊烟像丝绵，从各家的烟囱飘出来，把村子包裹得像一口热气腾腾的大锅。炊烟里有柴草的香味儿、小米粥的香味儿，日子回到了太阳下面。城里人说的人气，在这儿叫人烟。人到哪儿炊烟到哪儿，拢住这片炊烟的人，当然算得上英雄。

人心能老不？生活了这么些年，心总年轻？人老了，胳膊腿儿，连眉毛胡子都老了。但心老不了，跟年轻人想的事一样。谁要说自己老了，记着，他心可没老。

承诺别轻易说出口，说了就得用一辈子担当。上帝唯独让人说话，是相信人是言而有信的生灵。

承诺落地，就好比鸟开始飞，河开始流，找寻目的地。

大自然都是承诺者，树承诺花，花承诺果，果承诺种子，种子承诺土地，土地承诺春天，春天承诺万物。大自然诚实啊，一草一木都不失信，岁岁枯而岁岁荣。

“克”(kē)在东北话里是顶牛的意思。不是牛跟牛顶,是牛跟老虎顶,非分出个你死我活。人跟人要是“克”上了,必有一场惨烈之战。也难怪,人的基因里都有一点儿兽性的残留物,仇恨培育这些基因壮大,一点点吞噬了人性。

粮食——在农村叫口粮,在城里叫主食,在酿酒厂叫淀粉,在养牛场叫饲料。这么多的叫法儿,说来说去还是粮食好听,特本分。庄稼、碾子、犁杖、水井这些词儿都本分,听着端正。过些年,这些词儿都没了,MP3 了,听说城里人现在不怎么吃主食。粮——食,这个词儿多好。

贼心要是长到好人身上,自己遭罪。它长到坏人身上,别人遭罪。

好人天天防范自己的贼心,跟它斗争,怕它转移成贼胆。坏人嫌自己贼心小,发展培育,最后把自己赔进去了。

好人坏人,有时候就是一念之差。念是心念,防心比防毒蛇猛兽都难。

血缘就是血缘,里边不含政策,也不含知识。血缘不告诉你该做什么、不该做什么。生活给予人的智慧,比血缘给予的多得多。

农村小孩儿都吃过甜秆儿。玉米秆儿、高粱秆儿,当时没听说过甘蔗。嚼啊、嚼啊,甜水哗哗往肚子里咽,嘴跟粉碎机似的吐渣滓。好甜秆儿吃着不光嘴甜,肚子都跟着甜。在庄稼地,听风吹玉米叶子,唰——啦、唰——啦,嘴里一个劲儿咽唾沫。想,甜秆儿的甜是从哪儿来的呢?玉米的根像抽水机,把土壤里的糖分抽上来了?土壤里还有糖分,没听说呀?想着想着就傻了。

看了没，这就是群众。“近之则不逊，远之则怨”。群众跟干部的关系，就像骑自行车和开汽车的关系一样，谁都觉得对方可气。车不一样，速度不一样，想法也就不一样。

不过，开汽车的到火车跟前，那也是群众。火车跟飞机比，更群众。飞机跟日月星辰比，算群众都占便宜了。

以后的人，看我们也跟看群众似的，尽管可爱，仍然好笑。在自然和历史面前，大伙儿都是群众。当个好群众吧！

磨刀的一来，猪羊害怕；刺猬一来，长虫害怕。生物链的意思是说谁都得怕点儿啥。有所怕才有所敬畏，敬畏之后才有珍惜。

如今说爱情、说财富、说享受说得太多，说说友谊吧。

友谊是用血水泡过的麻绳，悬崖上能担得起一条命。友谊是遥远的恒星，是静静的河流，是没有香气的花朵。友谊在，诚信还会不在吗？怀揣着友谊的人，值得所有的人尊敬。

谁要觉得天特别远、地特别宽、花特别艳，那就是恋爱了。谁要觉得天特别低、地特别窄、花特别蔫，那就失恋了。谁要觉得天不过是天，地不过是地，花不过是花，那就结婚了。谁要觉得天是锅盖，地是水缸，那不是人，是青蛙。青蛙就会说一句话，说了一辈子。

鹤要是一条腿站着，是睡觉呢，两条腿站着就出问题了。人吧，坐着站着躺着、哭着乐着想着，看不出是喜是忧，忧中有喜，或喜中有忧。人是万物之灵，碰上自己的事儿，有时候灵，有时候不灵。

静水深流，心思重的人从外表看不出来。人的肩膀宽不过两尺，可啥都想担。世界上想帮忙的人比忙都多，帮上忙的真没几个。

近朱者赤，近墨者黑，近啥人学啥人。历史其实是人学人的模仿史。可惜人跟自然学到的东西太少了。拿河流来说，遇平则静，遇遏则鸣；逢春开化，入冬结冰，在四季轮回之中走向大海。人也像河流那么忙，忙来忙去究竟要上哪儿去呢？人皆好学，学到的多数是别人的毛病。

啥叫奢侈？人头马兑茅台酒、拿鱼翅拌大米饭、让熊猫推碾子、用牡丹花炒天鹅蛋，都比不了朱二这出。拿谷子苗喂羊，奢侈啊，奢侈。

天下的好东西里边，有一样叫针。穿线缝衣，针做的是团结的事儿。在医生手里，针做治病的事儿。针在油灯捻儿上拨一拨，一亮一大片。针挺了不起。

有人管酒叫酒水，酒哪儿是水？别看液态，那是流动的火焰、瓶装的粮食。酒跟水倒在碗里都像水，人跟人走在街上都是人。外表一样，其实差别挺大。

手啊，就这么一举，代表着民意。人平常用嘴说自己的想法，关键时刻还得靠手。手比嘴权力还大。举与不举，立等裁决，比"锤子剪子布"厉害。看这些手，握镰刀的、和猪食的、烧火的、脱坯的、拔草的，举起来就是一票。现在老百姓的手值钱了，往后得好好珍惜自己的手。

酒要是在瓶子里待着，十年八年没事。它要进了人肚子，啥事儿都出。四大发明咋没算上酒呢？世界七大奇迹里也没提酒，怪事。

有一个猎人跟狼搏斗，枪掉山崖下边了。狼咬他腿，他掏出酒瓶子塞狼嘴里，咕咚咕咚全进去了。狼喝了酒，浑身哆嗦，走不了道，盯着猎人哭了，意思是：灌我酒干啥？不如给我一枪呢。都说狼厉害，厉害啥？连酒都喝不了，还是人厉害。

野生的丹顶鹤每年11月向南迁飞。卫星定位技术发现，野生丹顶鹤从俄国兴安斯克起飞，抵达向海，然后飞到盘锦的沼泽地。休息三到五天，在唐山以南的海岸休息六到八天，到黄河入海口休息十到二十天。12月上旬到达盐城的滩涂越冬。迁飞距离两千二百公里，迁飞时间约二十五天，每天平均飞行八十公里。

栖息地是鹤类迁飞的重要条件。如果没有湿地和生态保护区，鹤无法到达越冬地，会遭遇灭绝。

云彩要是树就好了，在山上栽着，一片一片望不到边，又能下雨，还能遮凉。云彩不招虫子。可惜呀，云彩不生根。在天上白白让风刮跑了。

感情这种事儿，跟豆角秧差不多，先出叶子再出蔓儿。豆角蔓儿像蛇芯子，绕着架往上缠，缠实了开花，花不大。之后结豆角。豆在荚里包着，好像婴儿躺在床里。不立架，不起蔓，豆角往哪儿结啊？感情也是，前前后后有个过程才有结果。

两口子在一起好比打篮球，往别人筐里投球，自己才得分；好比画肖像，把别人往好看里画才美。专画缺陷，还不如上医院照CT呢。两口子的事儿就像电视剧似的，剧本好还得演员好，演员好还得导演好，几好儿轧一好就拍成戏了。不过，电视剧才几十集，人这辈子胜过几万集电视剧，一点儿一点儿拍吧。

经常出现在梦境的地方，教你一口方言的地方，赶回去过除夕的地方，每个人都叫得出乳名的地方，喝酒爱醉的地方，少年想出老年想回的地方,童年数过星星的地方,对你知根知底的地方,就是一个人的家乡。

这个村子要是撤了，就像谷糠跟小米分离，光剩下一个名儿。头两年还有人念叨这个名儿,过几年就没人知道了。让历史学家把这个村子写进中国通史里?不可能。树杈从树上掰下来,想安也安不上。

人能回避这个回避那个,但是回避不了血缘。拿树说,这有一棵,那有一棵,在泥土的覆盖之下,根在一块儿连着呢。

生命立起倒计时的牌子,人的价值观就要调整、改变、颠覆,乃至升华。这时候,这个人思维敏锐,目标清晰,行为果敢。他要挑最有价值的事情来做,就像篝火在熄灭之前,迸出耀眼的火星。

其实,生命给每个人都立了一块倒计时牌,包括刚刚出生的婴儿。只是这块牌子有些遥远,有些模糊。牌子上的数字还没有缩到很少的数……

有身即有病,有病才有身。病从何来?喜怒哀乐、一惊一乍都可能埋下病根。不是肉身抗不住病,是人心抗不住病。文殊菩萨问:“何物是药?”善财童子遍访世间，回答:“世间无一物不是药。”心静是药,善良是药,敬畏天地江河草木是药,谦逊卑下是药,利益大众是药。小孩儿敬的大礼更是甘露妙药。

人要是掉到“爱”里边,有甜蜜,也有疑心。人恋爱疑心最重。因为爱情太珍贵了,恋爱的人像金匠一样不断测试它的纯度,是百分之九十九点九?还是百分之百。

有人说,真理是从怀疑当中产生出来的。但真爱产生于信任。

候鸟的大脑有一个生物罗盘,即使穿越海洋、沙漠,地面没有参照物时，也不会迷失方向，在繁殖地和越冬地之间，年年穿梭往来。没有方向感，当不了一只鸟。人的方向感不一样，有钱的方向感，没情的方向感；有小的方向感，没有大的方向感。有人一辈子也没有方向感。

仁、义、礼、智、信、忠、孝，说的本是人应有的方向感。

世上不喘气的事物里边，钱是唯一成精的东西，能填山移海，也能逼人上吊。钱也有姓氏，个、十、百、千、万、亿，越往后辈分越大。钱攥在手里，手出汗钱不出汗。钱的故乡不叫村子叫银行。钱像人参娃娃，挖地三尺，人都能把它找到。钱无味道，但走到哪儿都能被人闻出来。钱没有腿脚轮子却云游八方，后面跟一群追赶的人。

钱在人前成精了，在山川、动物、友谊、信仰面前啥也不是，又回到了纸的位置。

给大伙儿谋事儿，光靠赤胆忠心不够，还得有钱。就好比牵着骆驼穿过针眼儿，针眼儿是啥？钱。用钱的时候钱不吱声。用错了，钱该说话了。钱说的话，一句顶人一个跟头。

戏演到这块儿，说了不少。乡情、亲情、爱情，可一提到钱，这地方的人立马把眼珠子瞪溜圆。咋回事儿？穷呗！

人有对象就幸福。有对象的人再找幸福，还得上下求索，八方寻觅，像狗熊找蜜蜂窝似的。

说幸福在自己心里，谁也不相信这个话，都上外边找去，以为幸福在一个地方等着自己。

处感情靠咳嗽不行，靠钱也不行。婚恋之事与年龄关系很大。

二十岁谈恋爱是一通长拳，飞拳快腿，麻利又好看。三十岁谈恋爱是八卦掌，一招一式讲究程序。四十岁谈恋爱咋的？太极，前后左右都得照顾到，用意超过用力。

老虎三岁搞对象，丹顶鹤两岁搞对象，老鼠生下来就搞对象。它们明白，这事儿不能往后拖。

燕子不识字，串鸡、雪雀子都不识字。它们不知道地图和文件准备抹去望海屯这个地名，它们年年还要飞回来。小鸟儿看到破砖烂瓦，那是个什么心情？村里没广播了，老爷们儿和老娘们儿不吵架了，静悄悄的，小鸟儿指定害怕，这一夏天的日子，不知跟谁过去。要是想望海屯的人了，上哪儿找去呢？

村庄的历史比城市还早。建一个村庄，用的是燕口衔泥的辛苦。一根草棍一口泥，慢慢才垒起一个村庄。村庄比城市的钢筋水泥包含更多人的感情。

在城里，高楼大厦之间没有祖先的身影，没有露水，没有鸡鸣犬吠，也捧不到一捧渗透过汗水的泥土。

城里人爱家，农民爱的是自己的村庄。

龙潭

广西全州也有龙井村，我问当地人，村名有什么典故吗？

村民说，叫龙井村一来因为这里姓龙的人居多。有龙头村和龙尾村，也有龙潭村和龙井村。二来它与山水形势有关。这座山摇头摆尾，逶迤而下，正如一条卧龙。这不算奇，奇的是山中密林明里暗里流下的溪水汇成瀑布围绕着山脊左盘右绕，在龙的脊梁边上聚集一处又一处的潭水。其中就有龙首俯下饮水的水潭，故名龙井。

我在山的高处看到的山景和村民说得差不多。更高的地方没法攀登了，如果有无人机把这座山里的龙脊和边上大大小小的潭水拍下来,一定更好看。还要说龙姓居民真会选择家园,这座山比其他地方更适合龙姓人士居住。当然其他姓氏的村民住这里也合适,青山绿水,人人适宜。

说好在山半腰的龙井村吃一餐农家饭，到达饭堂要曲曲弯弯走一段路。这一段山路不白走,途经好多水潭。有的潭水深绿,波澜不兴,好像是碧玉的溜冰场,等着人们穿上旱冰鞋去滑行。有的潭水呈现天蓝色,这是由各种矿物岩石形成的奇特景观。天蓝色的潭水上方的石壁上探出红花和黄花,也许是中药材。这些花束从悬崖抻长脖子,好想要寻找自己在潭水里的倒影。一个连一个的水潭都不算大,水面如晒谷坪大小。潭水静静歇息之后,又从狭窄的石缝急急忙忙流出去,到下面形成新的水潭,但颜色会改变。

我问村民这些水潭有没有名字,村民说没有,哪儿有时间给它们起名字?

我觉得精力充沛的人可以来这里给水潭起上名字，如墨玉潭、天青潭、百鸟潭等。也可以标上桂林山水甲天下 3 号,桂林山水甲天下 4 号、5 号等等。1 号和 2 号留给漓江。

为了吃山上这顿饭,我们走了好多路,有石板路和木栈道。路边树枝和野花横逸,跟你抢路。幽深的林中传来无尽的鸟鸣,我常常从鸟鸣的声音猜测它们羽毛的色彩。悠然清亮的啼鸣者,我认为它有长长的尾羽，肚子是白色或绿色的，头顶红羽或蓝羽。细碎不可辨听的鸟鸣代表这些鸟体型较小，脑袋像拨浪鼓一样左啄右叨。那种移动的鸟鸣常常是大鸟发出的歌唱，翅膀是黑的。在所有的鸟鸣之上发出高音的鸟，一定站在树的最高处，绿翅膀，爪子黄色。当然这只是我的想象。

走着走着，身边的水塘和溪流上方涌来白雾，它们不紧不慢，缓缓占领了水面。这些雾算不上浓雾，像纱一样。透过雾可以看出深碧色潭水的底色。这些缓缓踱步的雾如同乐曲。我知道这么说词不达意，雾怎么能像音乐呢？我想说雾的速度如同音乐。音乐里有一个术语叫柔板（意大利语为 Adagio），节拍每分钟 56 下，表达音乐家沉思的情绪。这些雾就是柔板，它们也许正在沉思。但是雾在这里有什么可沉思的呢？

如果俯下身子看潭水，雾会从清澈的潭水下面看到长满青苔的石头缝隙摇曳着水草。如果盯着石头看，会有小鱼的身影一晃而过。白雾也可能计算潭水里有多少条鱼，这哪里算得清？更多的鱼都藏在石缝里。

白雾移动过来，并不笼罩山崖上的绿树和野花。它仅仅覆盖在水潭上，或者说它让水潭改变了颜色。变成了白潭。没多久，这些白雾消散了。谁也不知道它们去了哪里。它们把潭水遮盖那么一会儿，是为了什么呢？好像潭水会在它的遮盖中变一个戏法。

贴着碧绿的水面缓缓行进的白雾好像是童声合唱，歌唱大自然的神奇；又好像是单簧管的协奏曲。大家知道，单簧管是最适合描述自然风光的乐器，受到莫扎特青睐，当然也适合描述白雾。我又想，如果有一种机器把这些雾抽出来灌到塑料袋里，让游客带回家也蛮有意思。上写“全州县安和镇龙井村之雾”，也很好，而且不贵。

顺着曲折的山路，看过野花和水潭，到达山腰的饭堂。这时我已经不想进屋吃饭了，所谓饭菜，到哪里都差不多少，无非是炒什么、炸什么，然后喝什么，大同小异。但这里的风景却不同，独一无二。

进饭堂吃了一些土菜，吃了些什么记不住。然后下山，沿原路又走了一遍。再次看到了潭水、溪流和郁郁葱葱的大山，却没有见到白雾。看来白雾巡行有时辰，游人看过一遍就可以了，不能免费看第二遍。